KB262333

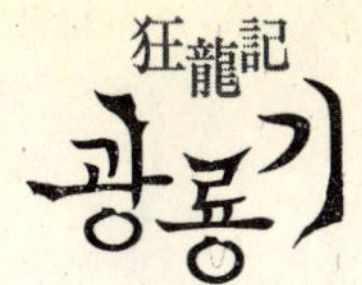

狂龍記

광룡기

장담 新무협 판타지 소설
FANTASTIC ORIENTAL HEROES

광룡기 8

장담 新무협 판타지 소설

초판 1쇄 찍은 날 § 2009년 3월 12일
초판 1쇄 펴낸 날 § 2009년 3월 20일

지은이 § 장담
펴낸이 § 서경석

편집장 § 문혜영
편집책임 § 서지현
편집 § 문정흠

펴낸곳 § 도서출판 청어람
등록번호 § 제1081-1-89호
등록일자 § 1999. 5. 31
어람번호 § 제2-1695호

주소 § 경기도 부천시 원미구 심곡2동 163-2 서경B/D 3F (우) 420-822
전화 § 032-656-4452   팩스 § 032-656-4453
http://www.chungeoram.com
E-mail § eoram99@chollian.net

ⓒ 장담, 2008

ISBN 978-89-251-1720-1 04810
ISBN 978-89-251-1521-4 (세트)

장담 新무협 판타지 소설
FANTASTIC ORIENTAL HEROES

狂龍記
광룡기

8 광룡출성(狂龍出城)

장담 新무협 판타지 소설
FANTASTIC ORIENTAL HEROES

도서출판 청어람

目次

第一章
광룡단(狂龍團)

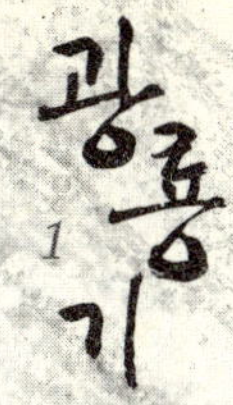

　“저기, 바쁜 일이 있어서 그러니까, 나머지 이야기는 잠시 미루죠.”
　담사황은 멍한 표정으로 이무환을 바라보았다.
　“그거야… 바쁘다면 내일 이야기하지. 그런데… 왜 그러나?”
　“하, 하. 꼬맹이가 왔거든요.”
　‘꼬맹이? 조금 전에 말한 그 꼬맹이?’
　담사황은 실소가 터져 나오려는 것을 가까스로 참고 이무환을 빤히 바라보았다.
　‘완전히 잡혀 사는 건가?’
　그로선 그렇게 생각할 수밖에 없었다.

기분이 별로였지만, 그렇다면 참을 수밖에 없었다. 자신 역시 그 마음을 잘 아니까.

"와하하! 왔냐?"
"오 오 오빠아아!"
백 년 만에 극적인 상봉을 하는 오누이 같았다.
남궁산산과 함께 온 당호민과 황산의 제자들도, 주위를 오가던 천룡부의 무사들도, 서로를 향해 달려가는 두 사람을 벙찐 표정으로 바라보았다.
저 사람이 광룡 맞아?
대부분이 그런 눈빛이었다. 물론 광룡사위를 비롯한 광룡대원들이야 일상사를 보는 것처럼 무덤덤한 표정이었지만.
"나 안 보고 싶었어요?"
"며칠이나 떨어져 있었다고 보고 싶고 말고 하겠냐? 그래도 걱정은 조금 되었지."
저게 반가워하는 사람의 말투가 맞아?
그런데도 남궁산산은 여전히 웃음 띤 얼굴이다.
"나도 오빠가 조금 걱정되었어요. 제가 없으면 뜬눈으로 밤샐지 몰라서 말이에요."
그 나물에 그 밥이다.
끝내 광룡대원들조차 한숨을 내쉬었다.
하지만 이무환과 남궁산산은 밝게 웃으며 여전히 헛소리만 했다.

“야, 임마. 내가 왜 뜬눈으로 자? 눈을 감고 자지.”

“피, 오빠는 눈뜨고도 잘 잔다면서요.”

“그거야 물속에서 잘 때나 그러지. 그런데 왜 말 안 듣고 구룡성에 들어온 거냐?”

“그거야 오빠 도와주려고 왔죠, 뭐. 내가 없으면 오빠 혼자 고생할 거 아니에요.”

“너 없어도 잘할 수 있어, 임마.”

“헹, 내가 말 안 했으면 범 아가리에 머리를 들이밀었을 거잖아요.”

“그건 그렇지. 좌우간 어차피 왔는데, 이제 와서 볼기를 때릴 수도 없고, 들어가자.”

“예, 오빠!”

“어? 그런데 이틀밖에 안 되었는데 키가 큰 것 같네?”

“원래 컸어요.”

“가슴도 디 키진 것 같고 말이야.”

“원래 컸다니까요? 보여줘요?”

“여자가 어디서! 놔둬, 임마. 나중에 나만 볼 거니까.”

그렇게 어이없는 대화를 나누던 이무환이 당호민과 황산의 제자들을 보고 활짝 웃었다.

“오느라 수고들 했습니다. 자, 들어가시죠.”

그리고는 남궁산산의 머리를 흩뜨리며 안으로 걸음을 옮겼다.

“가자, 꼬맹아.”

사람들이 정신을 차린 것은, 두 사람이 나란히 별원 쪽으로 사라진 후였다.

'광룡, 광룡하더니, 역시 제정신이 아닌 것은 분명하군. 혹시 영단을 정량보다 더 복용한 거 아니야?'

'저 사람이 정말 우리 일을 해결해 줄까?'

하지만 여기까지 온 이상 다시 돌아갈 수는 없는 일이었다.

당호민과 황산의 제자들은 광룡사위의 안내를 받으며 별원으로 들어갔다.

자시가 다 된 시각.

이무환은 영호승을 시켜 당호민과 황산의 제자들이 쉴 만한 곳을 마련해 주도록 했다.

남들이야 믿든 말든, 꼭 남궁산산과 단둘이서만 있고 싶어서 그런 것은 아니었다.

단둘이서만 방 안으로 들어가, 은은한 대황초가 켜진 탁자에 마주 앉은 지 반 각이 지났다.

미지근하게 식은 차를 한 잔 따라 마신 이무환은 남궁산산의 눈을 빤히 바라보며 물었다.

"너, 밀천회라고 알아?"

남궁산산의 눈이 동그래졌다. 생전 처음 듣는 말이라도 되는 것처럼.

"밀천회요?"

그러나 이무환의 눈을 완전히 속일 수는 없었다.

바람 한 점 없는 호수처럼 잔잔하던 꼬맹이의 눈 깊은 곳에서 갈등의 물결이 일렁인다.

"알지? 그렇지?"

이무환이 눈썹 하나 흔들리지 않고 뚫어지게 바라보며 재촉했다.

남궁산산은 이무환이 확신을 가지고 묻는다는 걸 알고 한쪽 눈을 찡긋하며 배시시 웃었다.

"우리 오빠, 촌뜨기인 줄 알았는데 제법이네요?"

"잔말 말고 임마, 네가 알고 있는 것을 말해봐."

"저도 많이는 몰라요. 그냥 우연히 세가의 서고에 있는 책을 읽다가 실마리를 잡고 조금 알아봤을 뿐이에요. 그런데 알려진 것이 너무 적어서 기껏해야 껍질만 봤을 뿐이죠."

한 번 관심을 가지면 광기에 가까울 정도로 집착하는 성격이라고 했다. 그런 남궁산산이 대충 알아보고 넘겼을 리 없다.

한데도 알아낸 것이 껍질뿐이라면, 밀천회의 내면이 얼마나 철저하게 비밀에 쌓여 있는지 능히 짐작할 수 있을 듯했다.

"거짓말이면… 너……."

"오빠가 저 버려도 뭐라고 않을게요."

남궁산산이 먼저 선수를 치자, 이무환은 붕어처럼 입만 벙긋하며 말을 잇지 못했다.

'음, 음, 누가 버린다고 했나? 그냥 볼기 몇 대 치고 말려고 했지…….'

그때 남궁산산이 웃음을 지우고 고개를 저었다.

“정말 많이는 몰라요.”

이무환도 더는 추궁하지 않고, 너의 모든 것을 다 믿는다는 표정으로 고개를 끄덕였다.

“좋아, 그럼 알고 있는 것만 말해봐.”

남궁산산이 탁자에 팔을 걸치더니, 머리를 앞으로 내밀며 속삭이듯 입을 열었다.

“정천무림맹이 밀천회를 만든 것은 삼백 년 전이에요. 절대사천좌에게 강호의 주도권을 뺏겼을 때 말이에요. 당시 구파칠가를 중심으로 각파 최고의 고수와 인재들 백 명이 차출되었어요.”

“가만, 구파오가가 아니라 구파칠가라고?”

“당시에는 산서 모용세가와 하남의 하후세가가 한창 기세를 올릴 때라서 오가가 아니라 칠가라 불렸어요.”

“흠, 모용세가와 서문세가라……”

‘그럼 모용상명과 하후영이 그들의 후예인가?’

좌우간 그것은 그리 중요한 것이 아니었다, 최소한 지금은.

이무환이 잠시 생각에 잠긴 사이, 남궁산산의 말이 이어졌다.

“그렇게 백 명의 고수와 기재들이 차출되어서 힘을 길렀는데… 어이없게도 갑자기 절대사천좌가 사라져 버렸어요. 천자산이 무너진 그날에요.”

‘흐흐흐, 나는 그날의 일을 알고 있단다, 꼬맹아.’

그때 남궁산산이 묘한 눈으로 이무환을 바라보았다.

'헛, 저 여우가!'

흠칫한 이무환은 표를 내지 않고 입가에 매달린 웃음을 지웠다.

"험, 계속 말해봐."

좀 더 바짝 붙어 앉은 남궁산산은 이무환의 코앞에 머리를 들이밀고, 눈을 빤히 바라보며 나직이 말을 이었다.

"적이 사라졌으면 각파로 돌아갔어야 하는데, 그들은 그러지 않았어요. 나중에 그들의 후예가 나타날지 모르니 그때를 대비해서 계속 밀천회를 존속시켜야 한다고 했죠."

"그, 그래?"

이무환이 더듬거리며 멍하니 남궁산산을 바라보았다.

그 어떤 섭심마공보다 무서운(?) 눈빛, 향기가 남궁산산의 눈과 입에서 흘러나오는 듯했다.

'음, 음, 이러면 안 되는데…….'

남궁산산이 슬그머니 자리를 옮겼다.

"그러고는 암암리에 기재들을 차출해서 밀천회의 모임을 이어왔어요. 무려 삼백 년 동안이나 말이에요, 오빠."

"그, 그래서?"

"밀천회 회원들의 숫자가 얼마나 되는지는 아무도 몰라요. 그들의 총단이 어디 있는지, 회주가 누군지, 누가 회원인지도 말이에요."

문득 의문이 들었다. 이무환은 한 자 앞에 있는 남궁산산의 눈을 바라보며 물었다.

"남궁세가의 기재도 밀천회에 차출되었을 거 아냐? 그럼 밀천회에 대해 아는 게 상당히 많을 것 같은데."

"밀천회에 들어간 기재들은 절대 비밀을 누설하지 않는다는 맹서를 한다고 해요. 본 가에서 밀천회에 들어가신 분들도 절대 입을 열지 않았죠. 열면 본 가에 어떤 피해가 있을지 알 수가 없으니까요."

"그게 제대로 지켜질까?"

무려 삼백 년이다. 간사한 사람의 입이 그 오랜 세월 비밀을 유지한다는 것은 거의 불가능에 가까웠다.

"물론 처음부터 지금까지 완벽하게 비밀이 유지되지는 않았어요. 오빠는 백여 년 전 모용세가와 하후세가가 칠가에서 빠진 결정적인 이유가 뭔지 알아요?"

"설마 비밀을 누설했다고⋯⋯?"

"어느 날, 두 곳의 수뇌 십여 명이 며칠 사이에 무공을 잃었어요. 그들은 자신들이 누구에게 당했는지 절대 입을 열지 않았죠. 그리고 두 집안은 그 후 몰락의 길을 걷기 시작했지요."

무서운 일이었다. 단지 입을 열었다고 가문을 몰락시키다니.

만일 그게 사실이라면, 그 후부터는 누구도 쉽게 입을 열지 않았을 것이 분명했다.

"철저한 놈들이군."

남궁산산이 고개를 끄덕이며 입을 열었다.

"좌우간 본 가도 기재 차출 때문에 불만이 많았어요."

세가의 기재가 밀천회에 들어간다는 것은 영광이라 할 수도 있는 일이었다.

하지만 남궁세가의 마음은 결코 그렇지가 않았다. 그러잖아도 힘이 쇠락하고 있는 판에 절세기재의 부재는 그들에게 있어 막대한 손실이었다.

그렇다고 밀천회가 남궁세가를 도와주었느냐 하면 그것도 아니었다. 남궁세가로선 불만이 쌓일 수밖에 없었다.

남궁산산은 이무환의 귀에 대고 속삭이듯이 말을 이었다.

"기재를 빼앗긴 본 가는 정천무림맹에 정식으로 요구했지요. 차출한 기재들을 돌려보내 달라구요. 그런데 정천무림맹은 아무런 대답도 하지 않았어요. 그들은… 이제 밀천회의 결정을 움직일 힘이 없었으니까요."

정천무림맹이 만들고도 마음대로 하지는 못한다는 말. 한마디로 그만큼 밀천회의 힘이 크다는 말과도 같았다.

이무환은 쿵쿵 뛰는 심장의 박동을 감추기 위해 딱딱한 말투로 밀천회를 씹었다.

"겉만 정파지, 욕심을 부리는 것은 다 똑같군. 나쁜 놈들."

"그죠, 오빠?"

쪽!

"나는 그런 놈들이 싫어."

"나도요."

쪽!

"입술에 연지 안 칠했지?"

"안 칠했어요."

쪽!

뺨에서 부딪치기 시작한 남궁산산의 입술이 자신의 입술 근처까지 접근했다. 복사꽃 향기에 머리가 멍할 지경이다.

이무환은 슬쩍 고개를 돌렸다. 꼬맹이의 입술이 갈라진 석류처럼 붉게 보인다.

"어… 꼬, 꼬맹아, 내가 입술 닦아줄까?"

"으응……."

"총대주! 자루는 옆방에 놓겠습니다!"

밖에서 엽상의 목소리가 들린 것은 이무환이 혀를 이용해 남궁산산의 이가 몇 개인지 세고 있을 때였다.

'빌어먹을, 눈발! 그냥 놓고 가면 입술에 종기가 나나?

하지만 찰싹 달라붙은 꼬맹이 때문에 입을 열 수가 없었다. 물론 꼬맹이를 떼어놓을 마음은 더더욱 없었다.

그사이 손이 제멋대로 움직였다.

이무환은 절대 말리지 않았다.

'으음, 역시 아직은 옥이 것보다는 작아…….'

2

아침이 밝았다.

동쪽 하늘에서 떠오른 황금빛 태양이 구룡성을 비추었다.

이슬에 젖은 천룡전의 지붕이 황금빛으로 물들어갈 무렵.

이무환은 장포를 걸치고, 무영뢰가 든 가죽띠를 팔목에 차고, 뇌정갑을 낀 후 묵린도를 옆구리에 끼웠다.

남들이야 안 믿을지 몰라도, 예쁜 소저를 옆에 두고 그럴 리가 있냐며 잘근잘근 씹어댈지 몰라도! 이무환은 밤을 새워 운기를 했다. 폭령잠마영단 하나를 더 복용하고서.

한계치를 넘어 위험할지 몰랐지만, 전신으로 퍼진 만년해령실의 기운이 폭령잠마영단의 폭주하는 기운을 억제해 줄 거라 믿었다.

어제처럼 서로 융합되면 더 좋고.

사실 아니어도 하는 수 없었다. 내상을 최대한 빨리 치료해야 하는데, 방법이 마땅히 없었으니까.

어쨌든, 그렇게 모험을 한 덕에 내상이 팔 할가량 치유되었다.

한데 그 정도만으로도 전날의 기운보다 더 강한 것처럼 느껴진다. 아마도 단전에 뭉쳐 있던 만년해령실의 기운이 완전히 용해되었기 때문인 듯하다.

'흠… 내상만 완전히 나으면 파천삼법의 마지막 수법을 펼칠 수 있을지도 모르겠군.'

이무환은 기분 좋은 웃음을 지으며 침상을 바라보았다.

꼬맹이가 침상 위에 누워서 반짝이는 눈으로 자신을 바라보고 있었다.

짐짓 눈에 힘을 준 그가 말했다.

"오늘은 침상이 하나라 그냥 재워줬지만 내일은 안 돼. 사람들이 이상하게 보니까. 알았지?"

남궁산산은 베개에 얼굴을 반쯤 파묻고 실실 웃으며 대답했다.

"예, 오빠. 침상 하나 구해올게요."

다른 방에 가라고 하지 않은 것만도 다행인 듯했다.

사실 이무환도 다른 방으로 보내고 싶지는 않았다.

"험, 그럼 갔다 올게."

이무환은 일단 당호민을 만나 자신이 폭령잠마영단을 총 열 개나 복용했다는 말을 해주었다.

'역시 그래서……'

당호민은 어젯밤에 보았던 이무환의 모습을 떠올리고 내심 고개를 끄덕였다.

하지만 표를 내지 않고 최대한 신중하게 입을 열었다.

"어디 맥을 좀 짚어보세."

당호민은 이무환의 맥을 짚고서 일각 가까이 고민했다.

고민할 수밖에 없었다. 정상이 아니라면 맥의 흐름이 불규칙하다든지, 하다못해 평상시보다 빠르기라도 해야 했다.

한데… 너무나 정상이다. 이상할 정도로.

게다가 맥을 타고 흐르는 기운이 강한 것인지, 약한 것인지 그것조차 도무지 알 수가 없었다.

당호민은 눈곱만큼이라도 이상한 부분을 찾기 위해 모든 심력을 쏟아냈다.

'어딘가 이상이 있을 거야. 절대 이럴 수는 없어!'

어디엔가 잠복해 있던 광기가 불길처럼 일어날 거다.

그럴 것이다. 자신이 아는 한 그래야 정상이니까.

이무환의 맥문을 잡은 채 모든 신경을 집중한 지 얼마. 당호민의 이마에 땀이 솟았다.

일각이 지나도록 아무것도 발견할 수가 없다.

뭐가 잘못된 걸까?

"어떻습니까?"

그때 이무환이 불쑥 물었다.

그제야 슬그머니 눈을 뜬 당호민이 담담하게 웃으며 말했다.

"허, 허. 역시 내가 정확히 판단한 것 같네. 폭령잠마단이 영단이 되었군."

이무환의 표정도 환해졌다.

"그렇죠?"

"그런데 말이네……. 혹시 다른 것하고 혼동해서 잘못 복용한 것은 아니겠지?"

"가지고 있는 약은 그것밖에 없었는데요? 아! 어릴 적 만년해령실이라는 것을 먹은 적이 있는데, 어제 그 기운이 전부 펴진 것 같더라고요."

"만년… 해령실?"

처음 듣는 이름이다. 당호민은 자신이 모르는 약재가 있다는 것에 자존심이 상하는 한편으로 호기심이 일었다.

"그게 어떻게 생겼던가?"

이무환이 간단하게 만년해령실을 설명했다.

"뜨거운 바다 속에 있는 건데 말이죠. 나무는 불길처럼 빨갛고, 열매는……."

설명이 끝나기도 전에 당호민의 몸이 석상처럼 굳었다. 그리고 곧 입술이 문풍지처럼 파르르 떨렸다.

"그, 그걸… 세 알이나… 먹었다고?"

"예, 맛은 별로 없었죠. 입에 넣으니까 그냥 녹아버려서……."

'오오오! 맙소사! 내 기억이 잘못되지 않았다면, 광룡이 말한 것은 분명 그거야! 전설로만 전해지는, 인세에 한 번도 발견되지 않았다는 전설의 불로불사영과, 해심만년화령불로혈란실(海深萬年火靈不老血卵實)!'

그가 전혀 외울 필요가 없는 그 이름을 잊지 않은 것은, 우습게도 열매의 이름이 워낙 길기 때문이었다. 이름이 긴 만큼 수십 번 외워야 했으니까.

당호민은 침을 꿀꺽 삼켰다.

'그, 그럼… 광룡의 피야말로 천고의 보약이라는 말.'

이무환을 바라보는 당호민의 눈이 번들거렸다.

'전설이 사실이라면 한 대접만, 아니, 반 대접만 먹어도… 우리 악이의 무공이 절정에 오를 수 있을 텐데…….'

자신이 먹을 경우에는 오십 년을 더 살 수 있을지도 몰랐다.

하지만 상대는 광룡, 욕심을 낸다고 얻을 수 있는 것이 아니었다. 어쩌면 진짜 용을 잡는 게 더 쉬울지도 몰랐다.

그래도 이무환을 보면 볼수록 침이 고였다.

꿀꺽.

당호민이 침을 삼키자 이무환이 별거 아니라는 투로 말을 이었다.

"좌우간 그거 먹고 나서 처음에는 고생 좀 했죠. 이삼백 년 묵은 산삼을 먹고 나면 조금 괜찮아지는데, 큰 것이 없어서 작은 것을 먹으면 날뛰는 기운이 쉽게 가라앉지 않더라고요. 그 바람에 물속에서 한나절씩은 살았죠, 뭐."

천고의 영약을 먹은 것으로도 모자라 이삼백 년 묵은 삼을 간식으로 먹었다고?!

─자네 피, 한 종지만 주면 안 되겠나!

당호민은 목구멍까지 기어나온 그 말을 꾹 눌러 삼키고 최대한 담담한 표정으로 입을 열었다.

"그랬군. 험, 좌우간 다치지 않도록 조심하게. 아까운 피를 흘리면… 아니, 그게 아니고, 커험, 폭령잠마단을 더 복용하면 무슨 일이 벌어질지 모르니까 말이야."

이무환의 눈이 반짝였다. 그에겐 자신의 피가 어떤 약효를 지녔는가 하는 것보다 품속의 폭령잠마영단이 더 중요했다.

"그럼 말이죠, 혹시 두어 개 더 복용해도 괜찮지 않을까요?"

"글쎄, 한두 개라면 괜찮을지도 모르겠군."

이무환의 표정이 환해졌다.

혹시나 이상이 있지 않을까 걱정했는데 멀쩡하단다. 더구나 거기다가 한두 개는 더 먹어도 된단다.

비록 한두 개지만, 그것만 해도 어딘가 말이다!

그때 당호민이 그냥 지나가듯이 물었다.

"한데, 영단이 아직 많이 남았나?"

이무환은 단호하게 고개를 저었다.

"아닙니다. 이제 몇 개 남지 않았습니다."

그래도 당호민의 눈빛이 변하지 않는다. 뭔가를 바라는 눈치.

이무환은 호탕하게 웃으며 인심 좋게 말했다.

"하, 하, 하! 뭐, 그래도 한 개쯤은 더 드릴 수 있습니다! 제가 누굽니까?!"

그러고는 품속에서 대나무통을 꺼내 단약 하나를 꺼내주었다.

한데 이상하다. 당호민의 표정이 별로 달라지지 않는다.

'이 양반이……!'

하는 수 없이 하나 더 주었다.

"뭐, 혼자 드시기 뭐하면, 손자도 하나 주십시오. 하, 하!"

그제야 당호민의 표정이 펴졌다.

'후우우. 부릴 욕심을 부려야지, 다 늙어서 무슨……'

그의 마음을 알 리 없는 이무환은 내심 안도하며 대나무통을 품속에 넣었다.

"그럼, 저는 가볼 곳이 있어서……. 편히 쉬십시오."

그렇게 당호민의 거처를 나온 이무환은 입맛을 다셨다.

"쩝, 왜 그러지?"

아무리 생각해도 뭔가 이상했다. 이제 와 생각해 보니 단순히 폭령잠마영단이 욕심나서 바라봤던 것이 아닌 듯하다.

그렇다고 다시 들어가서 물어보기도 그랬다.

'꼬맹이라면 알아낼 수 있을지 모르는데. 나중에 물어보라고 할까?'

그때 영호승이 넌지시 물었다.

"뭐 좋지 않은 일이라도 있었습니까?"

"응? 아, 별거 아니야. 천룡전으로 가자고."

천룡전은 무거우면서도 엄중한 기운으로 둘러싸어 있었다. 전날과 완전히 다른 분위기였다.

그러나 이무환은 어제나 다름없는 걸음걸이로 털레털레 걸음을 옮겨 천룡전으로 들어갔다.

광룡사위와 함께 이층으로 올라가자 천룡호위들이 이무환을 알아보고는 목이 부러지지 않을까 싶을 정도로 각도있게 머리를 숙였다.

"오셨습니까?!"

"일어나셨지?"

곧 그들 중 하나가 고개를 들더니 방 안에 대고 소리쳤다.

"부주께 아룁니다! 천외광룡께서 오셨습니다!"

“안으로 모셔라.”

“들어가시지요.”

이무환은 광룡사위를 밖에 남겨둔 채 천룡호위가 열어준 방 안으로 들어갔다.

천룡의 주인이 집무를 보는 그 방에는 세 사람이 앉아 있었다.

이금환과 북궁만호와 이충신.

이금환이 이무환 옆의 남궁산산을 보고는 빙그레 웃으며 아침 인사를 했다.

“편히 쉬었는가, 아우?”

이제는 말을 높이지 않는다. 이무환도 그것이 편했다.

“꿈속에서 몇 놈이 설치는 바람에 개꿈만 꾸다가 깼수.”

“어떤 몽귀(夢鬼)인지 모르지만, 재수도 없군. 하필 찾아가도 광룡의 꿈속을 찾아가다니.”

“앞으로 머리 없이 돌아다니려면 고생 좀 해야 할 거유.”

북궁만호가 실없는 농담에 끼어들었다.

“네깟 놈이 잘라봤자 콧방귀도 안 뀔 거다, 이놈아. 귀신들은 머리가 잘려도 곧 자라난다고 하지 않더냐.”

“젊은 귀신들은 그럴지도 모르죠. 하지만 늙은 귀신들은 그럴 힘도 없을걸요?”

흘겨보는 모습이 은근히 비꼬는 것만 같다.

‘그놈 참……’

말상대해 봐야 자신만 열날 뿐이다. 얼굴 본 것은 겨우 하루

반이지만 북궁만호도 그쯤은 알았다.

하기에 그는 더 이상 말상대하지 않고 말머리를 돌렸다.

"그건 그렇고. 이놈아, 밀천회 애들을 어떻게 할 거냐?"

이무환의 입가에 묘한 웃음이 번졌다.

웃는 얼굴과 달리 무저의 늪처럼 가라앉은 눈빛이다. 보는 사람의 가슴을 섬뜩하게 만드는 괴이한 웃음이었다.

"제가 가서 담판을 짓지요."

어제저녁과는 사정이 다르다. 천룡부도 안정이 되었고, 자신의 몸도 팔 할은 나은 상태다.

멋모르고 수작을 부리면, 뒤집어엎어 버리면 될 터였다.

솔직히 이무환으로선 그들이 그렇게 나오기를 바라는 마음이었다. 그래야 깨끗이 정리가 될 테니까.

하지만 이금환은 걱정이 되는 듯했다.

"몸도 아직 안 나았을 텐데 괜찮겠나, 아우?"

"숨어서 꼼지락거리는 미꾸라지들 때려잡을 정도는 되니까 걱정 마쇼."

밀천회의 고수들 중에는 천중십마와 우내십존에 속한 고수들이 셋이나 속해 있다.

하거늘, 그들이 졸지에 미꾸라지로 변해 버렸다.

북궁만호는 어이없는 한편으로 이무환과 말상대하지 않은 것을 다행으로 여겼다. 만일 계속했으면 이무환은 분명 자신을 늙은 미꾸라지라고 했을지도 몰랐다.

"아무리 네가 강해도 그들을 다 상대할 수는 없다는 것쯤은 알고 하는 말이겠지?"

"그거야 당연하죠. 내가 미쳤습니까? 혼자서 설치게."

"그럼 누구누구 데려갈 것이냐?"

"생각해 둔 사람들이 있습니다. 그들이 함께 가면 저들도 쉽게 발작하지 못할 겁니다."

"금환이가 오시에 정식으로 성주 위에 취임할 거다. 그전에 대충이라도 정리했으면 싶다만."

"아예 끝내 버리죠, 뭐."

고개를 끄덕이려던 북궁만호가 고갯짓을 멈추고 눈을 치켜떴다.

"응? 뭐라? 설마 그때까지 놈들과의 싸움을 끝내겠다는 말은 아니겠지?"

"못할 거 뭐 있습니까? 어르신이 도와주면 더 빨리 끝날 것 같은데, 어때요? 함께 가실래요?"

"가능하겠느냐?"

"한번 해보죠, 뭐. 기왕이면 깨끗하게 정리하는 게 낫지 않겠습니까?"

누가 그걸 모르나? 그만큼 힘든 일이니까 그렇지!

이충신이 말도 안 된다는 표정으로 입을 열었다.

"조카의 마음을 모르는 것은 아니네만, 너무 무리하다 보면 역효과가 날지 모르네."

"좌우간! 그 일은 제게 맡겨두십쇼. 그들을 삶아먹든 구워먹든 제가 알아서 할 테니까요."

이무환은 몇 마디로 세 사람의 입을 막았다.

그러고는 세 사람을 둘러보며 또 하나의 용건을 꺼냈다.

"별원에 황산검문의 제자들이 와 있다는 거 알죠?"

"알고 있네. 아우를 찾아온 거 같던데, 왜 온 것인가?"

"나를 찾아온 것은 맞는데, 용건은 내가 아니라 구룡성에 있지요."

"무슨 말이지?"

이무환은 구강의 풍강표국이 표물을 강탈당한 일에 대해 최대한 간단하게 설명했다.

"…어쨌거나 구룡성의 무사들이 관여한 일이라서 구룡성도 발뺌할 수만은 없는 일이 되어버렸지요. 해서 내가 원만하게 일을 해결해 볼 테니 조금만 기다리라고 했습니다."

이금환의 표정이 무겁게 굳어졌다.

"음, 정말 그리되었다면 본 성으로서도 나 몰라라 할 수만은 없는 일이군."

"저들이 바라는 것은 두 가집니다. 하나는 구룡성의 공식적인 사과. 또 하나는 피해에 대한 보상."

보상이야 어려울 것이 없었다.

문제는 공식적인 사과였다.

이충신이 눈살을 찌푸린 채 의견을 말했다.

"충분한 보상을 해주는 것만으로 끝낼 수는 없겠나?"

"고개 한 번 숙이면 될 것을 뭐 그리 어렵다고 그러십니까?"

"음, 그게 그렇게 간단한 문제가 아니네."

"왜요? 체면이 상할까 봐서요? 속이 다 썩은 마당에 체면은 무슨 개떡 같은 체면 타령입니까?"

비꼼이 완연한 말투.

이충신의 눈에 노기가 떠올랐다.

"자네 정말……!"

그때 이금환이 손을 들어 두 사람을 말렸다.

"잠시 기다리십시오, 숙부."

이충신은 차마 이금환의 말을 거역할 수 없어 이를 악물고 화를 참았다.

이금환의 눈이 이무환을 향했다.

"원한다면 고개를 숙일 것이네. 천룡부의 주인이 아닌, 구룡성의 차대 성주로서 말이야."

이충신이 놀라 소리쳤다.

"부주!"

하지만 이금환은 여전히 이무환만 바라본 채 말을 이었다.

"잘못을 했다면 당연히 사과를 해야겠지. 하나 만인 앞에서 하기에는 때가 좋지 않네. 그러니 따로 만나서 했으면 하네. 그 정도는 그들도 이해해 줄 거라 생각하네만."

그 정도면 최선이라고 봐야 했다. 솔직히 황산검문도 구룡성주의 사과를 받아낼 가능성은 반반 정도로 봤으니까.

"그 정도면 뭐, 저들도 이해할 거유."

'사실 나야 합의금이 더 중요하지.'

합의금의 오 할이 자신 것이다. 그것만큼은 최대한 받아낼 생각이었다.

'그 돈이면 상산에 커다란 장원을 세울 수 있을 거야.'

이무환은 흐뭇한 웃음을 지으며 자리에서 일어났다.

이제 미꾸라지를 잡으러 가야 할 때였다.

한데 그때, 무슨 생각에선지 이금환에게 한 가지를 더 요구
했다.

"솔직히 광룡대의 능력으로 봐서 '대' 로 불리기는 그렇지
않습니까? 해서 말인데… 광룡대를 광룡단으로 승격시켜 주면
어떻겠수?"

3

북궁만호와 함께 별원으로 돌아온 이무환은 사람들을 소집
했다.

일단 광룡대에 있는 사람들 중 절정 이상의 경지에 이른 고
수들을 골랐다.

무설강, 제갈신걸, 유철상, 와룡사십팔객의 조장들 중 부상
이 심하지 않은 관철주와 서문학과 열세 명의 와룡객까지. 물
론 광룡사위와 엽상은 당연히 따라갈 것이었다.

한쪽에서 멀뚱히 구경하는 황산검문의 제자들 중에도 쓸 만
한 자들이 많았다.

하지만 그들을 부려먹으려면 양심상 그만한 대가를 주어야
할 터, 받기로 한 보상금이 깎일까 봐 포기했다.

대신 그들에겐 남궁산산이나 지키게 했다. 그 일은 어차피 저들이 허락한 일, 공짜니까.

그렇게 인원을 추린 이무환은 곧바로 담사황을 만났다.

"담 궁주님, 도와주는 김에 한 번 더 도와주쇼."

말이 도와달라는 것이지, 당연히 그래야 한다는 말처럼 들린다.

광룡의 그물에 걸린 담사황으로선 거부하기도 마땅치 않았다. 그냥 떠나면 대가를 없던 것으로 하겠다고 할 것이 분명했으니까.

'후우, 애초에 욕심을 부린 내가 잘못이지. 구룡성에 저런 놈이 있는 줄 알았다면 죽어도 장사를 떠나지 않았을 텐데.'

하지만 후회해 봐야 이미 그물에 걸린 상황. 담사황은 말이라도 힘있게 대답했다.

"말해보게! 뭘 도와주면 되겠나?"

"밀천회 놈들을 잡으러 갈 생각이오. 같이 갑시다."

"밀천회?"

담사황이 의아한 표정을 짓자, 이무환은 세상에서 가장 은밀한 비밀에 대해 털어놓는다는 듯 나직한 목소리로 말했다.

"그런 놈들이 있습니다. 아마 놈들에 대한 것을 알게 되면 제가 함께 가자고 한 것을 고맙게 생각할 겁니다."

그 말에 담사황도 슬그머니 호기심이 생겼다.

"그래? 그럼 같이 가도록 하지."

담사황을 제외하고도 만겁궁의 사람들 중 초절정의 고수가 셋이다. 상당한 도움이 될 것이었다.

그렇게 담사황마저 승낙하자 이무환은 즉시 영호승과 엽상을 와룡부와 철룡부로 보냈다.

일각 후.

공손척이 다섯 명의 고수와 함께 도착하고, 곧이어 철위평이 철룡칠의 중 셋을 데리고 천룡부의 별원으로 들어왔다.

철위평은 여전히 이 부러진 원한을 잊지 못하고 이무환을 흘겨보며 물었다.

"무슨 일로 부른 것이오?"

"할 일이 있어서 불렀소. 그냥 따라다니다가 힘만 좀 쓰면 되는 일이오. 뭐, 조심만 하면 이 부러질까 봐 걱정하지 않아도 될 거요."

이무환은 눈을 부라리는 철위평을 향해 씨익 한 번 웃어주고는, 별원의 앞마당에 모인 사람들을 향해 말했다.

"이제부터 미꾸라지를 잡으러 갈 거요. 사납게 덤빌지 모르니까 각자가 알아서 몸조심하시오. 그리고 한 가지 더! 이제부터 우리의 이름은 광룡단(狂龍團)이오! 하, 하, 하! 곧 성주 위에 오르실 이금환 부주께서 허락한 이름이니 그렇게 아시오."

광룡대가 광룡단이 되었다.

구룡성의 지휘 체계상 한 단계 승격했다는 말.

이무환은 그것이 자랑스럽다는 듯 흐뭇한 표정을 지었다.

그러나 별원 마당의 누구도, 광룡대가 광룡단이 되었다는 것에 감동하지 않았다. 어차피 오래가지 않을 이름이라 생각했으니까.

특히 철위평은 부러진 이 사이로 침을 찍, 뱉어내며 코웃음을 쳤다.

"훗, 광룡단? 아는 게 '광(狂)' 자밖에 없나?"

하지만 앞날은 누구도 모르는 법이었다.

물론 광룡의 속은 더욱더 몰랐다.

알았다면 결코 지금처럼 태연하게 있지 못했을 것이었다.

좌우간 이무환은 남들이야 광룡단이라는 이름을 돌아서면서 잊어먹든 길거리 약장수에게 팔아먹든 상관하지 않고, 흐뭇한 웃음을 지은 채 일행을 둘로 나누었다.

그러고는 광룡사위와 엽상, 종리난경 등 기존의 광룡대에 있던 사람 중 몇 사람만 데리고 별원을 나섰다.

"자! 나중에 웃으면서 만납시다. 출발!"

第二章
협상(協商)은 화끈하고 끈질기게

"광룡이 왔습니다!"

모용상명이 그답지 않게 다급한 걸음으로 들어온다.

평소라면 조카답지 않다며 한마디 했을 호연청이다. 그러나 오늘만큼은 그럴 마음의 여유가 없었다.

"그가 왔다고?!"

호연청은 칼날처럼 눈을 빛내며 벌떡 일어섰다.

그뿐만이 아니었다. 소천득과 황보광, 하후영 등도 벌떡벌떡 일어났다.

와중에도 헌원숭만은 침중하게 굳은 표정으로 천천히 자리에서 일어났다.

"함께 온 자들은 몇이나 되느냐?"

"광룡사위와 엽상을 비롯해서 십여 명 정도 되는 것 같습니다."

"훗, 그래? 다행이군."

호연청의 눈가로 싸늘한 살기가 스치고 지나갔다.

말하는 걸로 봐서는 십여 명 중 이렇다 할 자가 없는 듯하다. 그렇다면 광룡만 처리하면 된다는 말. 조금 마음이 편해졌다.

황보광도 조금 편해진 표정으로 입을 열었다.

"아무래도 우리에 대한 것을 다 아는 것은 아닌 것 같소."

그 말에 호연청의 입가로 잔잔한 미소마저 번졌다.

"그러게 말이오. 우리가 너무 깊게 생각했나 보오."

대부분이 고개를 끄덕이며 굳은 표정을 풀었다.

하지만 모두가 그런 마음인 것은 아니었다.

헌원숭은 오히려 가슴이 더 무거워졌다.

생각보다 빠른 광룡의 귀환. 아무도 예상치 못한 상황이다. 결코 단순하게 광룡대의 자리로 돌아오는 것이 아닐 터였다.

'겉으로 보면 아무 생각 없이 행동하는 것 같지만, 광룡은 절대 무리한 일을 벌이지 않는다. 그걸 모른다면 당신은 오늘 참담한 실패를 맛볼 수밖에 없을 것이다, 호연청.'

그는 옆자리의 두 제자를 향해 전음을 보냈다.

"무슨 일이 벌어져도, 내 명령이 없으면 절대 함부로 행동하지 마라."

천룡부의 싸움에서 제자 하나를 잃었다. 그로선 더 이상 제자를 잃고 싶지 않았다.

이런저런 생각을 하며 기다린 지 반 각가량이 지났을 즈음.

"하, 하, 하! 안녕들 하셨습니까?"

이무환이 한 손을 들어 올린 채 웃는 모습으로 들어왔다. 꼭 십 년 만에 만나는 사람처럼 반가운 표정이었다.

호연청도 억지로 웃음을 지었다.

"허허허. 부상을 당했다 들었는데, 괜찮아 보이는군."

"재수가 좋았지요."

"그래, 이제 천룡부는 안정되었나?"

"그럭저럭 된 거 같습니다."

"좌우간 수고가 많았네. 자네의 활약 덕분에 잠풍련의 마수를 완전히 부술 수 있었으니 구룡성의 무사들은 자네의 공을 결코 잊지 않을 것이네."

"글쎄요. '완전히'라고 하기에는 좀 그렇군요. 천세도인의 제자가 백 명이나 되는 고수들을 데리고 빠져나갔으니까요."

"그거야 어쩔 수 없지. 한데 이제 어떻게 할 건가? 이러나저러나 잠풍련도 몰아냈고, 구룡무제 시해를 주도한 천세도인과 주백천도 죽었으니 특조대도, 광룡대도 더 이상 존속할 상황이 아닌데 말이야."

이제 광룡대를 더 이상 인정하지 않겠다는 말. 또한 광룡대에 보태주었던 세력을 거두겠다는 뜻이다.

그리되면 수룡 삼, 육, 구대뿐 아니라, 구룡수호단과 헌원승과 소천득 등 광룡대의 힘 중 칠 할가량이 빠져나간다.

제아무리 광룡이 강하다 해도 남은 힘으로는 결코 수룡단에 모인 자신들을 감당할 수 없을 것이다.

그것이 호연청의 계산이었다.

하지만 이무환은 빙그레 웃으며 별걱정 다 한다는 표정을 지었다.

"하, 하! 사실 그동안 단주님의 도움이 컸지요. 하긴 저도 낯짝이 있지 언제까지 단주님의 신세를 질 수는 없지요."

그러면서 태연하게 호연청의 뒤통수를 후려쳤다.

"뭐, 곧 알게 되시겠지만, 앞으로 광룡대라는 이름은 불리지 않을 겁니다."

"호, 그런가? 그거참, 아깝군. 그래도 구룡성의 새로운 전설을 쓴 단첸데 말이야."

"아까울 것은 없습니다. 대신 광.룡.단.이 만들어졌으니까요."

너무 세게 후려쳤는가?

호연청이 잠시 멍한 표정을 지었다.

"광… 룡단?"

"아마 오후에 정식으로 발표가 날 겁니다. 축하해 주실 거죠?"

호연청은 축하 대신 이무환의 머리통을 후려치고 싶었지만, 주먹을 움켜쥐고 꾹 참았다.

"현재 본 성의 삼단은 각자의 고유 임무가 있네. 광룡단은 무슨 임무를 맡기 위해 만들어진 것인가?"

이무환이 친절하게 설명해 주었다.

"구룡성의 별동 단체로 성주의 위엄을 지키는 일이 첫 번째고, 다음이 구룡성에 들어온 불순한 무리를 때려잡는 일이지요. 예를 들어……."

이무환은 잠시 말을 멈추고 조용히 웃음을 지었다.

호연청은 속이 타들어갔다.

입을 열면 노성이 터져 나올 것 같았다.

악다문 이가 부서질 것 같은데도 그는 최대한 무심한 표정을 유지한 채 이무환만 노려보았다.

그때 이무환이 고저없는 목소리로 나직이 말했다.

"예를 들어… 잠풍련이나 사우 같은 무리들을 때려잡는 일 말입니다."

호연청은 자신도 모르게 안도의 숨을 내쉬었다.

'후우, 그래, 저놈은 아직 우리를 모를지도 몰라.'

이무환은 그런 호연청을 바라보며 씩 웃었다. 그러고는 호연청이 미처 반응을 보이기도 전에 말을 이었다.

"물론 밀천회는 조금 예외라고 할 수 있지요."

철렁!

호연청과 모용상명, 황보광, 소천득 등은 심장이 툭 떨어지는 소리가 귓속에서 들리는 듯했다.

이무환을 바라보는 그들의 눈빛이 찰나간에 서너 번도 더 변했다.

반면 헌원숭은 이를 악물고 뒷짐 진 손을 풀었다.

‘역시 다 알고 왔어.’

그렇다면 그만큼 승산이 줄어들었다는 말.

그로선 도무지 광룡과 싸울 마음이 나지 않았다.

광룡이 지닌 무위는 나중 문제였다. 늙은 너구리 천세도인을 농락하고, 이제 호연청마저 마음대로 가지고 논다.

적으로서 가장 두려운 특징을 모조리 가지고 있는 사람이 광룡인 것이다.

바로 그때, 이무환의 목소리가 귓전에 울렸다.

“그래도 밀천회는 아직 구룡성에 큰 피해를 끼친 것은 없지 않습니까? 뭐, 욕심이야 누구나 품을 수 있는 것이고, 문제는 계속 욕심을 부릴 거냐, 아니면 욕심을 버리고 순순히 하늘의 뜻에 순응할 것이냐 하는 것인데……”

그의 목소리가 이어질수록 사람들의 마음속에 갈등이 똬리를 틀기 시작했다.

“결국 결정은 본인들이 하겠지만 말입니다.”

이무환이 그렇게 말을 끝내고 입을 닫자, 호연청이 천천히 눈을 감았다 떴다.

일순간 극심한 변화를 일으키던 그의 표정이 무심하게 가라앉았다.

“설마 자네 혼자 우리를 모두 상대할 수 있다고 생각하는 것은 아니겠지?”

“내가 미쳤수?”

　말은 그리하면서도 여전히 태연한 이무환이다. 그만큼 믿는 구석이 있다는 말.

　하지만 호연청은 더 이상 흔들리지 않고 담담히 입을 열었다.

　"자네는 알지 말아야 할 것을 알았네."

　황보광이 굳은 표정으로 그의 말을 받아 이었다.

　"우리에 대해 알았다면 더 이상 협상의 여지가 없다는 것도 알겠군."

　이무환은 두 사람을 번갈아 보며 입꼬리를 말아 올렸다. 그의 입가에서 시작된 미소가 서서히 얼굴 전체로 번졌다.

　"하, 협상의 여지가 없다? 그러니까, 비밀 유지를 위해서 내 입을 막아야겠다? 와하하하! 그거 정말 반가운 소리군요!"

　갑작스럽게 터져 나온 대소. 비웃는 말투.

　호연청과 황보광은 물론이고, 수룡전 내 대부분의 사람들 눈에 차가운 분노의 눈빛이 일렁였다.

　동시에 별다른 명이 없는데도 이무환을 둘러싸기 시작했다.

　이무환은 그들의 움직임이 뜻하는 바를 알면서도 턱을 치켜들었다.

　절대고수들을 앞에 둔 채, 천하를 오시하는 모습으로!

　"어디 자신있으면 마음대로 해보쇼. 단, 죽을 각오를 하고 덤비쇼."

　눈을 내리깔고 보는 것이, 꼭 고양이가 쥐를 보는 것 같은 태도다.

그 모습에 스멀거리며 피어난 분노가 머릿속을 하얗게 태운
다.

전날의 일대 격전을 두 눈으로 봤음에도, 장내의 고수들은
자신들이 본 것을 부정하고 싶었다.

—그래, 어두워서 잘못 본 것일 거야.

—생각했던 것보다 천세도인이 약했을 수도 있어.

—어제 그렇게 큰 부상을 입었는데 벌써 다 나았을 리가 없
다. 분명 허장성세일 거다.

분노가 눈을 가리고, 판단을 흐리게 했다.

억눌렸던 오만한 자존심이 고개를 들었다.

각파 최고의 기재 소리를 듣던 자신들이다. 저따위 미친놈
하나 상대하지 못해 몸을 사려야 한다는 게 말이 되는가 말이
다. 죽이겠어! 놈을 죽여서 밀천회의 위대함을 보여주리라!

제일 먼저 이무환의 뒤쪽에 서 있던 중년인이 움직였다.

소리없이 몸을 날린 그는 단숨에 이 장의 거리를 좁히고 이
무환의 등을 향해 쌍장을 내려쳤다.

거의 동시, 우측에 서 있던 장한이 번개처럼 발도하며 신형
을 날렸다. 팽가의 팽효상이었다.

종남의 속가제자 노군화와 팽효상. 절정의 경지를 넘어 초
절정의 경지를 바라보는 두 사람의 급습이다.

눈 한 번 깜박하기도 전에 두 사람의 공격이 이무환을 덮쳤
다.

동시에 나머지 사람들도 각자의 무기를 잡고 공력을 끌어올

렸다.

　이무환의 등을 향해 쌍장을 내려치는 노군화의 입가에 싸늘한 냉소가 걸렸다.

　무쇠도 부수는 종남의 비기, 태을천강장의 장세다. 쌍장이 등에 틀어박히면 광룡이 아니라 광룡 할아비라도 심장이 터져나갈 것이다.

　'역시 허장성세였어!'

　한데 바로 그 순간!

　갑자기 이무환의 얼굴이 눈앞에 보였다.

　조소를 띤 표정이 악귀의 얼굴처럼 느껴진다.

　등을 치는데 왜 얼굴이 보인단 말인가!

　찰나의 순간! 눈앞에 뭔가가 아른거리는가 싶더니, 우두둑! 뼈 부러지는 소리가 뇌리를 울리며 목이 콱 막혔다.

　'크어억!'

　노군화가 제아무리 강호에서 난다 긴다 해도 상대는 광룡이다. 더구나 전력을 다한 일격필살의 급습은 그만큼 공격자도 위험을 감수해야 하는 법. 찰나의 방심도 있어서는 안 되었다.

　그러나 그는 너무 자신을 과신했고, 광룡을 무시했다. 그 차이가 그의 몸을 지옥으로 던져 넣었다.

　환상처럼 몸을 돌린 이무환은 뇌정갑을 낀 손으로 노군화의 양 팔목을 잡아 꺾고, 뒤이어 좌수를 뻗어 목을 움켜쥐었다.

　"죽을 각오를 하라고 했지?"

동시에 목이 잡힌 노군화를 휘둘러 팽효상의 쾌도를 막았다.

악랄하게 보일지 몰라도, 이무환에게는 단지 방어의 일환일
뿐이었다.

"헛!"

대경한 팽효상은 급격히 도의 방향을 틀었다.

그 바람에 팽효상의 옆구리에 미세한 틈이 드러났다.

찰나, 이무환의 오른발이 한 줄기 번개처럼 팽효상의 옆구
리에 틀어박혔다.

퍽!

"커억!"

허공으로 일 장이나 붕 뜬 팽효상의 두 눈이 튀어나올 듯이
커졌다.

하지만 이무환은 그를 보지도 않고 노군화의 목을 움켜쥔
좌수에 힘을 주었다.

"사람이 말을 하면 믿어야 할 거 아냐?"

우두둑!

또다시 뼈 부러지는 소리가 천둥처럼 울린다. 입을 쩍 벌린
노군화의 몸이 파르르 떨리더니 힘없이 처진다.

숨을 한 번 쉴 정도의 짧은 순간, 그 모든 일이 벌어졌다.

'설마 제압한 사람을 죽이지는 않겠지.'

그렇게 생각했던 사람들에겐 날벼락이나 다름없었다.

일말의 거리낌도 없는 행동. 미동조차 없는 차가운 눈빛!

미처 모르고 있던 사람들은 그제야 이무환이 왜 광룡이라

불렸는지 이해가 갔다.

그러나 동료의 죽음을 마냥 보고만 있을 수는 없는 일.

"이 미친놈!"

황보광과 정화풍이 동시에 이무환을 공격했다.

이무환은 머리가 처진 노군화를 내던지고 두 사람의 공세 사이로 뛰어들었다.

다섯 자의 거리를 두고 이무환과 황보광의 기운이 맞부딪쳤다.

콰광!

우수 일장에 황보광이 주르륵 밀려나고, 수룡전이 충격의 여파에 우르릉, 울음을 터뜨렸다.

그러나 이무환은 옆으로 미끄러지며, 뇌정갑을 낀 좌수를 정화풍의 검세 속으로 밀어 넣었다.

푸르스름한 장영이 십여 개로 늘어나며 정화풍의 검영을 쫓는가 싶더니, 두 손가락이 검날을 잡아 꺾었다.

따당! 쩡!

시퍼런 강기가 서린 정화풍의 검이 중농에서 부러지고, 반쪽 난 검날이 이무환의 손에 잡혔다.

이미 노군화의 죽음을 본 터. 사람들이 대경하며 소리쳤다.

"조심해!"

"물러서!"

황보광이 다시 쌍권에 공력을 집중시킨 채 몸을 날렸다. 하후영도 검을 뽑으며 정화풍을 구하기 위해 뛰어들었다.

이무환의 신형이 유령처럼 흐릿해졌다 싶은 순간.

푹!

좌수에 들린 부러진 검날이 정화풍의 어깨를 관통했다. 그나마 정화풍으로선 최후의 순간 몸을 틀어 심장이 뚫리는 것을 모면한 것이 다행이었다.

"크흡!"

신음을 씹어 삼킨 정화풍이 비틀거리며 삼 장 밖으로 몸을 피하자, 황보광과 하후영은 곧바로 공세를 취하지 않고 신중한 자세로 이무환의 앞을 막았다.

소천득과 모용상명도 이무환의 좌우로 다가서며 간격을 좁혔다.

쏴아아아…….

모래 쓸리는 것 같은 소리가 이무환을 중심으로 흘렀다.

바람도 없는데 이무환의 옷자락이 잘게 펄럭였다.

숨 막히는 정적! 짓눌린 침묵!

모두가 입을 닫고 수룡전의 중앙을 주시했다.

개천신권 황보광과 절명마수 소천득, 거기에 중원오신룡 중 잠룡과 도룡이 한 사람을 상대로 전력을 다 끌어낸다.

강호에 소문이 퍼지면 천하가 들썩일 것이었다.

하지만 그 와중에도 한쪽에서 바라만 보고 있던 헌원승은 곤혹스럽기만 했다.

왜? 왜 광룡은 혼자 들어온 것일까?

함께 온 사람들을 왜 수룡전으로 데려오지 않은 걸까?

광룡이 광오해서? 아니면 정말로 미쳐서?

아닐 것이다. 절대 그런 것이 아닐 것이다. 자신이 아는 광룡은 자만하지도, 무모하게 일을 처리하지도 않는다.

그런 사람이었다면, 지금까지 남의 힘을 빌려 적을 치는 잔머리를 굴리지도 않았을 터였다.

절대 손해 보는 짓은 하지 않는 사람, 그게 광룡이 아니던가.

'뭔가 있어. 분명히……'

그사이에 이무환을 중심으로 휘도는 기운이 더욱 강해졌다.

고오오오오오!

네 사람 한가운데 서 있는 이무환의 눈빛도 더욱 깊어졌다.

그러나 포위한 네 사람 누구도 먼저 공세를 펼치지는 않았다.

강호무림의 정점에 서 있는 그들이다. 한 사람을 둘러싸고 있다는 것만으로도 그들은 자존심이 상하고 심경이 착잡했다. 아무리 회의 비밀을 지켜야 한다는 절대명제를 이행하기 위해서라지만, 먼저 공격한다는 것이 망설여질 수밖에 없었다.

한데 그때 이무환이 그들의 속을 긁었다.

"어제 천세 늙은이의 공세가 어땠는지 알아? 아마 당신들은 상상도 못할걸? 거기에 비하면 이건 봄바람이라고."

제일 먼저 하후영의 가늘어진 눈매에서 싸늘한 광채가 번뜩였다.

'오냐, 이놈! 어디 봄바람에 맞아 뒈져 봐라!'

퐈악! 쉬익!

하후영이 한 발 튀어나가는가 싶더니 도광이 대기를 사선으로 갈랐다.

순간 이무환의 입술 끝이 묘하게 틀어졌다.

그걸 보고 모용상명도 신형을 날렸다.

"하후 형! 말려들지 마!"

찰나였다. 이무환의 우수가 홱 뒤집어지며 손끝에서 붉은 구슬이 튕겨졌다.

땅!

귀청을 울리는 맑은 탄음!

대기를 사선으로 가르던 도광의 허리가 잘리고, 이를 악문 하후영을 향해 커다란 손바닥이 밀려갔다.

홍옥지에 이어 수룡회가 연환으로 펼쳐진 것이다.

"헉!"

대경한 하후영은 황급히 세 번의 칼질로 자신의 앞을 막았다.

도왕의 천절칠도 중 단설영(斷雪影)의 일초다.

하늘에서 내리는 눈의 그림자를 모조리 잘라낸다는 절대의 도식.

상황에 따라 공방(攻防)을 겸할 수 있는 장점이 있어 하후영이 애용하는 도식이었다.

그러나 커다란 손 그림자는 회오리처럼 휘돌며 단설영의 도망(刀網)을 짓눌렀다. 찰나간에 수룡회가 만압회로 바뀐 것이다.

쾅!

굉음이 일며 도망이 터져 나가고, 하후영의 몸뚱이가 뒤로 굴러갔다. 그야말로 순식간에 벌어진 일이었다.

그러나 그 틈에 모용상명의 검이 지척에 이르렀다.

모용상명의 검강이 이무환의 옆구리를 파고드는 순간! 이무환의 신형이 좌우로 흔들리며 서너 개의 그림자가 어른거렸다.

어느 것이 진체인지 보고도 알 수 없는 극한에 이른 수류보다.

그사이를 모용상명의 검이 훑고 지나간다.

모용상명은 순간적으로 자신의 검이 허상만 베어냈다는 것을 느끼고 급히 몸을 뒤집었다.

일순간, 머리 위 일 장 허공에서 떨어지는 시퍼런 장영이 눈에 들어왔다.

'흐읍!'

보는 것만으로도 이가 절로 악물릴 정도다.

항거하기에 부담이 되는 엄청난 위력의 장력!

자신이 선택할 방법은 둘. 이대로 몸을 굴려 피하거나 정면으로 부딪치는 길뿐이다.

'피하지 않겠다, 광룡!'

각오를 다진 모용상명은 모든 공력을 검에 집중하고 허공을 향해 검을 뻗었다.

찰나, 번쩍! 그의 검첨에서 석 자 이상의 검강이 솟구쳤다.

결코 절대고수들에 뒤지지 않는 위력의 검강이다.

반천무영장을 펼치던 이무환의 눈에 이채가 번뜩였다.

'호오! 생각보다 강한데?

이무환은 모용상명을 향해 뻗은 우수에다 천광지령의 기운을 쏟아냈다.

천광뇌벽이 펼쳐지자 모용상명의 검강이 석 자에서 더 뻗지 못하고 부서져 나가기 시작했다.

콰르르릉! 쩌저적!

이를 악다문 모용상명의 얼굴이 하얗게 변했다.

가슴이 울렁거리고, 숨이 턱턱 막힌다.

하지만 모용상명은 이판사판이라는 마음에 한 걸음도 물러나지 않았다. 아니, 이제는 물러나고 싶어도 물러날 수가 없었다.

"피해!"

황보광이 모용상명의 위기를 눈치채고 다급히 쌍권을 휘둘렀다.

소천득도 눈을 부릅뜬 채 신형을 날리며 쌍수를 뻗었다.

절대고수 두 사람이 합공을 해온다.

제아무리 자신이 강하다 해도 방심한다는 자체가 죽음과 직결되는 상황. 이무환은 일단 상대를 하나 줄일 작정으로 천강뇌벽에 탄자결을 섞어 모용상명의 검강을 쳐냈다.

콰릉!

뇌음이 일며 모용상명이 멀찌감치 나가떨어졌다.

이무환은 그 반탄력을 이용해 일 장가량 뒤쪽으로 날아갔다.

그 바람에 지척에 이르렀던 황보광과 소천득의 공세가 일 장가량 벌어졌다.

찰나의 여유!

이무환은 구성의 천광지령을 끌어올리고는, 양손을 엇갈려 천광뇌벽과 천광뇌령을 연이어 펼쳤다.

벌어진 거리는 찰나간에 다시 좁혀지고, 세 사람의 기운이 다섯 자의 거리를 둔 채 정면으로 충돌했다.

콰과광!

수룡전을 뒤흔드는 격돌음!

황보광이 또다시 뒤로 주르륵 밀려났다.

소천득도 얼굴을 일그러뜨리며 서너 걸음을 물러섰다.

이무환은 그사이 두 사람과 부딪친 충격을 이용해서 허공을 날아 삼 장 밖으로 내려섰다.

쐐아아아아!

뒤늦게 절대고수들의 대결로 인한 충격파가 수룡전 내부를 휩쓸었다.

밀천회의 고수들은 딱딱하게 굳은 얼굴로 이무환을 바라보았다.

특히 호연청은 격동하는 마음을 가라앉히기가 쉽지 않았다.

보고도 믿을 수가 없었다.

천세도인과의 격전에 대해 들은 것이 조금도 과장이 없는 사실이라면, 광룡이 환우사천만큼이나 강하지 않을까 생각했다.

하지만 그러한 와중에도 그 사실을 부정하고픈 마음이 더 강했다.

황보광과 소천득이면 가능하겠지. 두 사람에 비해 크게 뒤지지 않는 모용상명과 하후영까지 합공하면 이기는 거야 기정사실이겠지.

그렇게 생각했다.

한데 현실은 결코 자신의 마음처럼 흐르지 않았다.

네 사람이 합공했는데도 두 사람이 부상을 입기만 했을 뿐, 조금도 우세를 보이지 못한 채 뒤로 밀렸다.

전력을 다하지 않은 것은 서로가 마찬가지. 그렇다면 전력을 다한다고 해도 결과에서 큰 차이가 없다는 말이다.

'놈을 여기서 죽이지 못하면 우리가 죽을지 모른다.'

벼랑 끝에 매달린 상태. 더 가릴 것이 없다.

자존심이 상해도 광룡을 제거하는 것이 최우선이다.

"헌원 형, 함께 손을 씁시다."

호연청의 전음이 귀청을 울리자, 헌원숭의 눈빛이 잘게 흔들렸다.

천천히 고개를 돌린 그는 호연청과 눈이 마주치자 고개를 저었다.

"나는 합공하지 않겠소."

"헌원 형?!"

호연청을 바라보는 헌원숭의 눈은 조금 전과 달리 형형한 빛을 발하며 미동조차 하지 않았다.

"회의 명으로 강호의 도산검림을 걸은 지 삼십 년, 나름대로 당당한 삶을 살아왔다 자부하오. 죽어도 후회없을 만큼 말이오. 나 헌원숭, 이제 와서 후회할 일을 하고 싶지는 않소. 미안하오."

헌원숭의 단호한 의지를 읽은 호연청의 이마에 주름이 깊게 파였다.

그러나 헌원숭을 다그치기에는 상황도 좋지 않고 시간도 너무 없었다.

호연청은 헌원숭의 마음을 돌리는 걸 포기하고 이무환을 향해 걸음을 떼었다.

"이무환, 살아남은 사람만이 이곳을 나가는 걸로 내기를 하지 않겠나?"

이무환이 피식 웃었다.

"내가 왜 그런 내기를 해야 하죠?"

"우리는 어차피 너를 그대로 보내주지 않을 것이다. 그러니 남자답게 결판을 보자."

"남자답게? 아하! 그래서 지금까지 합공한 거요?"

끝까지 속을 긁는다. 걸음을 멈춘 호연청은 이를 갈며 이무환을 노려보았다.

그때 이무환이 말했다.

"나더러 이곳에서 죽을 때까지 싸우라고? 아니면 당신들을 다 죽이든지? 단주, 당신 미쳤수? 그렇게 죽고 싶수?"

호연청의 눈에서 백색에 가까운 싸늘한 광채가 일렁였다. 분노에 찬 살기였다.

이무환이 그걸 보더니 눈을 동그랗게 떴다.

"호오, 환우사천 중 한 사람인 백령무존(白靈武尊)의 백령천존수(白靈天尊手)를 익혔다더니, 정말인가 보네?"

호연청의 눈에서 일렁이던 백색 광채가 파도처럼 출렁였다.

"네, 네가 그걸… 어떻게……?"

놈이 밀천회의 비밀 중 하나를 알아낸 이상, 이제 죽일 이유가 하나 더 생겼다.

호연청은 두 손에 전 공력을 집중시키고 다시 걸음을 옮겼다.

그가 다시 걸음을 옮기자 이번에는 다른 사람들도 움직이기 시작했다. 헌원숭과 그의 두 제자만 그 자리에 있을 뿐.

그렇게 이무환과 이 장의 거리에 이르렀을 때였다. 두 다리를 철탑처럼 바닥에 굳게 박은 호연청이 쌍장을 들어 올려 앞으로 내밀었다.

순간 백색 광채가 호연청의 쌍장에서 번쩍이더니, 설백색의 하얀 기운이 이무환을 향해 밀려갔다.

십성 공력이 실린 백령천존수의 기운이었다.

이무환은 백령천존수의 기운이 석 자 거리까지 다가온 후에야 천광뇌령의 장력을 마주 쳐냈다.

우우우웅!

두 기운이 얽혀들자 그 충격파에 고막이 먹먹해졌다.

하지만 그도 잠시,

콰아앙!

일성 굉음이 수룡전을 뒤흔들더니, 호연청의 몸이 그대로 주욱 밀렸다. 얼굴이 와락 일그러진 것이 상당한 충격을 받은 듯했다.

의외의 일이 벌어진 것은 바로 그때였다.

이무환이 뒤로 이 장이나 훌쩍 물러나는 것이 아닌가.

자신의 장력에 당해서 그런 것이 아니라는 것을 누구보다 호연청이 잘 알았다.

그는 이무환이 갑자기 몰리너지 디급히 명을 내렸다.

"퇴로를 막아!"

그 순간, 탁! 탁! 이무환이 갑자기 손바닥을 쳤다.

우르르릉,

지붕에 벼락이라도 떨어진 듯 수룡전이 부르르 떨렸다.

가공할 진기의 파동!

호연청을 비롯한 밀천회의 고수들은 움직임을 멈추고, 잔뜩 긴장한 표정을 지은 채 이무환을 노려보았다. 내력을 실어 박수 친 것뿐인데, 이무환이 어떤 기괴한 무공을 펼치는 거라 생각한 듯했다.

하지만 그들의 염려와 달리 별다른 일은 벌어지지 않았다.

그저 무심한 표정으로 바라만 볼 뿐이다.

한데 이무환의 눈과 정면으로 마주친 순간, 호연청은 갑자기 등골을 타고 한기가 솟구쳤다.

만장 심해처럼 깊은 이무환의 눈빛. 그 눈빛 깊은 곳에서 청광과 적광, 그리고 암흑보다 더 어두운 묵광이 소용돌이친다.

바라보고 있으니 이무환의 눈 속으로 심혼이 빨려 들어가는 듯하다.

'이, 이놈은 대체……!'

그때 이무환이 입을 열었다.

"정말 내가 미치길 바라는 거요? 좋게 말할 때 사람 마음을 알아줘야지 말이야. 그래도 함께 밥 먹은 정이 있어서 말로 풀어보려고 했더니, 무더기로 덤벼?"

그에 대해선 입이 열 개라도 할 말이 없었다. 암습을 한데다 협공까지 마다하지 않았다.

밀천회의 사람들은 모두가 정파의 기재 출신들. 잘잘못을 모를 정도로 낯 두꺼운 자들이 아니었다.

문제는, 어떻게든 이무환을 죽여 입을 막아야 한다는 것이었다. 비겁함을 감수하고서라도.

'욕을 먹어도 저놈만큼은 반드시 죽여야 된다!'

모두가 이를 지그시 악물고 무기를 쥔 손에 힘을 주었다.

한데 그때, 이무환이 코웃음을 치며 말을 이었다.

"흥! 설마 밀천회에 대해 나만 알고 있다 생각하는 것은 아니겠지? 정말 그렇게 알고 있었다면 당신들은 다 똥멍청이들이야. 안 그래?"

졸지에 똥멍청이가 된 사람들.

호연청과 황보광을 비롯해 모든 사람들의 눈빛이 흔들렸다.

바로 그때였다.

"죽고 싶지 않다면 비켜라!"

수룡전 내부까지 뒤흔드는 커다란 외침이 바로 문밖에서 들려왔다.

호연청과 황보광 등은 목소리에 담긴 내력을 가늠하고 이를 악물었다.

절대의 힘이 담긴 외침이다.

분명 신경 쓸 만한 고수는 오지 않았다 했거늘, 대체 누가 저런 기세를 뿜어낸단 말인가!

콰당!

함께 온 자들이 누군지 나름대로 유추하는 사이, 문이 거세게 열리며 몇 사람이 들어왔다.

"벌써 싸움이 벌어졌군. 일찍 온다고 오긴 했는데, 조금 늦었나?"

그를 본 호연청의 눈매가 잘게 떨렸다.

'만겁존자 담사황!'

담사황만이 아니다. 무설강, 제갈신걸, 유철상 등 기존 광룡대의 고수들도 있다.

그리고 그 뒤를 따라 들어오는 자들.

'공손척! 으음, 철룡칠의까지?!'

두려운 것은 그들이 아니다. 그들의 뒤에 와룡부와 철룡부가 있다는 것이 더 큰 문젯거리였다.

"하, 하, 하! 오셨군요. 오실 때까지 시간 좀 끌려는데, 어찌나 성질들이 급한지 계속 달려들어서 혼났습니다."

호연청과 황보광을 비롯해 밀천회의 고수들 얼굴이 참담히 일그러졌다.

결국 이무환이 이러쿵저러쿵 질질 시간을 끈 것이 그러한 이유 때문이었단 말인가?

와중에도 의문이 들었다.

그런데 왜? 그럴 거면 함께 오면 되었을 것이 아닌가?

이무환이 그들의 궁금증을 풀어주려는 듯 무설강에게 물었다.

"검룡부는 어떻게 되었습니까?"

"정오까지 문밖을 나서면 적과 내통한 걸로 알겠다고 했네. 동방 부주가 얼굴이 벌게지더군. 하마터면 담 궁주님과 다툴 뻔했지."

다툴 뻔?

이무환이 슬쩍 담사황을 바라보았다.

담사황이 어깨를 으쓱하며 말했다.

"한판 붙고 싶었는데, 자네 형이 말려서 참았지. 빨리 가지 않으면 자네가 곤란해질지도 모른다고 하더군."

태평하게 말들이 오간다.

하지만 호연청 등은 천 장 벼랑 위에서 떨어진 돌이 머리를 때린 기분이었다.

　별 볼일 없는 수하들만 데리고 왔다는 것에 너무 마음을 놓았다. 광룡만 잡으면 되었으니까.

　한데 말로 시간을 끌면서 그사이에 검룡부를 옴짝달싹 못하게 묶어놓다니!

　'사악한 놈! 그런 잔꾀를 부리다니!'

　마음 같아서는 잘근잘근 두들겨서 패 죽이고 싶었다.

　조금 전만 같았어도 일말의 가능성이라도 있었다. 그러나 고수들이 몰려온 이상 이제는 모든 것이 다 틀어졌다.

　거기다 이제는 검룡부의 도움도 바랄 수가 없게 되었다.

　검룡부 탓만 할 수도 없었다. 천룡과 와룡과 철룡의 주요 인물들이 움직였다. 삼룡부가 움직인 것과 다름없는 상황. 천하의 동방휘라도 웅크리지 않을 수 없었을 것이다.

　이판사판 놈들을 칠까, 아니면 이대로 빠져나갈까?

　치자니 이길 가능성이 없고, 그냥 빠져나가자니 밀천회의 비밀을 아는 자들을 그대로 두고 가야만 한다.

　이럴 수도 없고, 저럴 수도 없고. 호연청이 갈등을 겪으며 망설이고 있을 때였다.

　이무환이 광룡 특유의 썩은 웃음을 지으며 큰 소리로 말했다.

　"하, 하! 자! 이제 본격적으로 이야기를 나눠볼까요?"

　미친 새끼! 백여우보다도 더 교활한 놈!

　그래도 겉으로는 태연하게 대답했다.

　"뭘 말인가?"

“그야, 앞으로 어떻게 해야 서로 간에 이익이 되는가, 하는 이야기를 하자는 거죠, 뭐.”

“우리가 더 나눌 이야기가 있던가?”

“아니면, 서로 죽일까요? 그걸 바랍니까?”

웃지나 않으면 덜 미울 것이다. 피식피식 웃는 이무환의 얼굴을 울퉁불퉁한 돌판에 문질렀으면 하는 마음뿐이다.

“어차피 적으로 상대할 생각이 아니었나? 내가 잘못 듣지 않았다면 처음에 그렇게 말한 거 같던데?”

“에이, 그거야 한번 해본 소리죠. 넘어가나 안 넘어가나 볼 겸 말이죠. 나이도 드신 분들이 그 정도 가지고 삐치면 애들만도 못하죠. 안 그렇습니까?”

들을수록 속만 끓는다. 차라리 빨리 하고 싶은 말을 하는 게 나을 듯했다.

호연청이 자신도 모르게 버럭 소리를 질렀다.

“좋아, 할 말이 뭔가?! 돌리지 말고 말해보게!”

“그 양반 참, 왜 소리 지르고 그럽니까? 좋게 이야기해 보자는데.”

으드득!

호연청이 이를 갈았다. 철위평이 그 소리를 듣고는 혼잣말처럼 중얼거렸다.

“그렇게 갈면 이가 부러질지 모르는데…….”

호연청의 고개가 홱 돌아갔다.

수룡전으로 한 사람이 더 들어온 것은, 호연청이 철위평을 잡아먹을 것처럼 바라보고 있을 때였다.

"오셨습니까?"

이무환이 빙긋 웃으며 반기는 사람, 그는 북궁만호였다.

슬쩍 눈을 돌려 그를 본 호연청의 이마에 깊은 주름이 파였다.

'저 늙은이까지 오다니……'

이제는 더 이상 놀랄 것도 없었다. 구룡성의 모든 사람이 다 몰려온다 해도 태연하게 맞이할 수 있을 것 같은 마음이었다.

'흥! 어디 모조리 몰려와 봐라.'

하지만 곧 그는 물론이고, 황보광 등 밀천회의 모든 사람이 뒤통수에 날벼락을 맞은 것처럼 눈을 부릅떴다.

북궁만호가 천천히 안으로 들어오며 날벼락을 던진 것이다.

"황보광이 밀천회의 오회주고, 헌원숭과 소천득이 칠대봉공 중 두 사람이란 것을 알겠는데… 호연청, 자네에 대해선 아무리 생각해도 잘 모르겠군."

그의 말이 떨어진 순간, 호연청은 전신의 살이 떨렸다.

상대는 단순히 밀천회라는 이름만 아는 것이 아니다. 밀천회의 극비 사항까지 알고 있다.

대체 저들은 얼마나 많은 것을 알고 있는 것일까?

"어, 어떻게… 그걸……?"

"상당히 오랜 시간이 걸렸지. 삼십 년이 걸렸으니까."

북궁만호의 눈이 호연청을 직시했다.

"단순히 수룡단의 단주일 뿐이라고 우길 생각은 아니겠지?"

호연청의 떨리는 몸이 서서히 가라앉았다.

자신에 대해 모른다면 굳이 먼저 입을 열 이유가 없었다.

그때 이무환이 방정맞은 말투로 물었다.

"할배, 백령무존도 밀천회의 사람입니까?"

할배? 썩을 놈, 그냥 할아버지라고 하면 입술이 부르트나?

"쿵, 그는 밀천회의 대회주다."

"그래요? 그럼 단주도 밀천회 사람이 맞군요."

"무슨 말이냐?"

"단주가 백령천존수를 익혔거든요."

북궁만호의 눈이 다시 호연청을 향했다.

"정말이냐?"

호연청은 무표정한 얼굴로 한 가지 사실만큼은 부정했다.

"나는 밀천회의 사람이 아니오."

"아니라고?"

이무환과 북궁만호가 의아한 표정으로 호연청을 바라보았다. 이 상황에서 거짓말을 해봐야 소용없다는 것을 모를 호연청이 아니다. 한데도 밀천회의 사람이 아니라고 한다.

정말일까?

두 사람이 그런 눈빛으로 바라보자, 호연청은 입술을 질끈 깨물고 천천히 입을 열었다.

어차피 상황이 이리된 이상 숨기고 자시고 할 것도 없었다.

"그렇소. 나는… 정천무림맹의 사대령주를 총괄하는 정천무령주(正天武令主)요."

그의 대답이 의외인 듯 북궁만호의 얼굴에 골이 파였다.

하지만 이무환은 눈빛을 빛냈다. 그에게는 호연청의 말이 사실인지 아닌지 알아낼 방법이 있었다.

"그럼 나철위에 대해 아시겠군요?"

호연청이 눈을 가늘게 뜨고 이무환을 응시하더니 고개를 끄덕였다.

"자네가 어떻게 그를 아는가 모르겠지만, 그는 본 맹의 동안 총령주네."

이무환은 그를 뚫어지게 바라보았다. 정천무령주라는 말이 거짓은 아닌 듯했다.

그때 북궁만호가 말을 건넸다.

"일단 그의 말을 들어보자."

이무환은 차가운 웃음을 입가에 매단 채 느릿하니 고개를 끄덕였다.

"좋습니다."

그러고는 호연청을 향해 싸늘히 말했다.

"엉뚱한 짓을 할 생각은 아예 마쇼. 어떤 미친놈이 정천무림맹에 나타났다는 말을 듣고 싶지 않다면 말입니다."

호연청은 이를 으드득 갈며 잇새로 으르렁거렸다. 그렇게 되면 정천무림맹의 모두가 자신을 원망하게 될 것이 뻔했다.

"걱정 마라. 네놈을 여기서 보는 것만도 질리니까."

수룡전의 내전에 열 사람이 마주 앉았다.

구룡성 쪽에선 이무환과 북궁만호, 무설강, 공손척, 철위평 등 각부의 대표들이. 그리고 호연청 쪽에선 호연청과 황보광, 헌원숭, 소천득, 모용상명이 정천무림맹과 밀천회의 대표로 나섰다.

호연청이 말문을 연 것은, 이무환이 차를 넉 잔이나 비운 다음이었다.

"삼악의 흔적을 쫓던 중놈들이 구룡성에 뿌리내렸다는 정보를 얻었소. 그때부터 본 맹은……."

이무환과 북궁만호 등 둘러앉은 구룡성의 사람들은 호연청의 말이 이어질수록 정천무림맹의 집요함에 혀를 내둘렀다.

나철위가 십수 년을 검운장에서 지냈던 것과 비슷한 상황이면서도 더 철저했다.

호연청은 구룡성에 몸을 담고 혈악 야율모궁의 움직임을 파악했다.

하지만 야율모궁은 철저하게 몸을 숨긴 채 구룡성의 각부에 뿌리를 내렸다.

그들이 어찌나 철저히 움직이는지, 호연청은 그들의 세력을 단숨에 뿌리 뽑으려 했던 생각을 포기해야만 했다.

대신 그들의 힘을 파악하며 대응할 힘을 내부에서 키우기 시작했다. 구룡수호단이 만들어진 것은 그때부터였다.

문제는 장소가 천하제일성 구룡성이라는 것이었다.

자칫하면 잠풍련을 제거하기 전에 구룡성과 다툴지 모르는
일. 그것은 정천무림맹으로서도 절대 바라는 일이 아니었다.

그나마 잠풍련도 구룡성의 눈을 의식해서 힘을 빠르게 기르
지 못하고 있다는 것이 다행이라면 다행이었다.

그렇게 서로를 견제하며 힘을 기르다 보니 순식간에 십 년
이라는 세월이 흘렀다.

이제는 자신들이 정천무림맹 사람인지 구룡성 사람인지조
차 잊을 정도가 되었다.

그럼에도 잠풍련의 중심 세력은 제대로 파악조차 되지 않았
다.

답답한 가운데 또 이 년의 시간이 흘렀다.

그제야 호연청은 정천무림맹의 힘만으로는 불가능하다는
생각을 하고, 구룡성의 부주 중 몇 사람을 설득하기 시작했다.

하지만 잠풍련이든 정천무림맹이든 외부의 세력이 자신들
의 터전에서 설치는 것을 좋아할 자들이 누가 있을까.

천하제일성, 대구룡성이라면 더 말할 것도 없었다.

결국 호연청으로선 자신의 정체를 최대한 숨기고 뜻을 펼치
는 수밖에 없었다.

다행히 모두가 호연청의 뜻을 외면하지는 않았다. 몇 사람은
극비리에 호연청과 뜻을 함께하고 잠풍련에 대항하기로 했다.

그렇게 힘을 키워갈 무렵, 구월의 사건이 터졌다.

잠풍련이 먼저 역천사룡을 움직여서 선수를 친 것이다.

다행히 모든 화살이 천룡부로 집중되었다. 그들만 무너뜨리

면 된다 생각한 듯했다. 덕분에 검룡부와 창룡부는 힘을 보존
할 수 있었다.

밀천회가 본격적으로 끼어든 것은 바로 그때였다.

"힘이 밀리니 어쩔 수 없었소. 무리가 가더라도 회에 도움을
청하는 수밖에. 그러다 보니 결국 상황이 이렇게 된 것이오."

호연청은 말을 끝내고 이무환과 북궁만호를 바라보았다.

언뜻 들으면 정천무림맹이 마를 물리치기 위해 목숨을 걸고
뛰어든 것처럼 느껴지는 이야기였다.

정도와 협의를 지키려는 정파 협사의 표상처럼 말이다.

그러나 결코 그렇지만 않다는 것을 이무환과 북궁만호는 잘
알고 있었다.

"정말 정천무림맹이나 밀천회가 다른 욕심은 없었단 말이
죠?"

이무환이 먼저 콕 집어서 물었다.

호연청은 이무환을 뚫어지게 바라보며 대답했다.

자신의 마음을 몰라주는 이무환에게 분노가 끓어오르는 눈
빛을 강하게 보내면서.

"우리는 정의를 위해서 목숨을 걸기로 맹약한 사람들이네."

"그래서 절대 욕심이 없었다?"

"물론이네."

"그런데 왜 단주와 동방 부주는 어제의 싸움에서 뒤로 빠졌
수?"

계속 다그치는 이무환이다.

호연청은 눈썹 한 올의 미동도 없이 이무환을 직시했다.

이글거리는 눈빛. 협상이고 뭐고 판을 다 뒤집어 버리고 싶은 마음이 가득한 눈빛이었다.

"그건 그만한 이유가 있었네."

"혹시 우리가 함께 다 죽기를 바란 것 아니었수?"

이무환은 그 말을 하며 머리를 쑥 내밀고 눈을 들이밀었다.

호연청의 눈이 미미하게 흔들렸다.

"나는 그렇게 악독한 사람이 아니네."

"우리가 다 죽으면 그때 간단하게 구룡성을 접수하려고 했지요?"

"말 못할 이유가 있다지 않았는가?!"

호연청이 버럭 소리쳤다.

"글쎄, 그게 뭐냐니까요?!"

이무환도 마주 소리쳤다.

호연청은 이를 악물고 또박또박 대답했다.

"미안하지만, 절대, 밝힐 수, 없네."

"동방 부주를 앞에 세워놓고 뒤에서 구룡성을 움직이려고 했지요?"

으드득!

호연청이 또 이를 갈았다.

뿌드득!

잡고 있던 탁자 모서리가 호연청의 손안에서 부서졌다.

"정말 끝까지 그럴 건가?"

협상이고 뭐고 다 끝났다는 표정. 더는 참을 수 없다는 눈빛.

호연청이 작심했다는 듯 몸을 일으켰다.

정천무림맹과 밀천회의 대표들 역시 이무환과 각부의 대표들을 노려보며 금방이라도 일어날 것 같은 자세를 취했다.

그러거나 말거나 몸을 뒤로 뺀 이무환은 두 손을 깍지 낀 채 의자에 등을 기댔다.

"솔직히 말해봐요. 어차피 다 끝난 마당인데 말 못할 게 뭐 있습니까? 사실이라고 해도 더 안 따진다니까요?"

누가 광룡 아니랄까 봐 말거머리보다 더 끈질기다.

모두가 질렸다는 표정을 지었다.

미치지 않고서야 협상장에서 저렇게 상대를 윽박지르며 끈질기게 달라붙는 사람이 누가 있을 것인가?

오죽하면 북궁만호가 헛기침을 하며 말렸다.

"험. 무환아, 일단 그 이야기는 뒤로 미루고……."

하지만 이무환은 끝까지 들어야겠다는 듯 또 물었다.

"내가 돌아오면 무조건 죽일 생각이었죠? 나만 죽이면 구룡성을 통째로 먹을 수 있을 것 같았을 테니까요. 그런데 내가 쉽게 당하지 않으니까 성질이 많이 났죠?"

사람들이 헛힘 빠진 것처럼 축 처졌다.

도대체 협상을 하자는 것인지, 시비를 걸자는 것인지 모를 지경이다.

'누가 아우를 광룡이라고 불렀는지 몰라도, 이름 하나는 참 잘 지었군.'

'광룡의 이는 언제 안 부러지나?'

'석치상도 참 재수가 없지. 어쩌다 저런 친구를 건드려서……'

그때였다. 호연청이 부르르 떨더니, 발끈해서 고함을 질렀다. 그의 고함 소리가 어찌나 큰지 수룡전의 내전이 들썩거릴 정도였다.

"오냐, 그래! 너만 죽이면 다 될 거 같았다! 돌아오면 어떻게든 죽일 생각이었지! 그래서 천세도인에게 죽든지 말든지 놔두었다! 되었느냐!"

귀가 멍멍했다.

태풍이 휩쓸고 간 농지처럼 내전의 분위기가 납작하니 내려앉았다.

이제 알았으니 어쩔 거냐! 하는 표정의 호연청.

그럴 줄 알았다는 듯 태연한 이무환.

두 사람을 뺀 나머지 사람들은 각양각색의 표정을 지은 채 입을 꾹 닫고 돌아가는 상황을 지켜보았다.

그때 이무환이 속삭이듯이 입을 열었다.

"혹시 더 감추는 것 없어요? 단주께서 단순한 정천무령주가 아니라 밀천회의 무슨 책임자라든지, 그런 거요. 제가 봐서는 있을 거 같은데. 우리 꼬맹이가 그랬거든요. 단주가 순순히 대답하면, 분명 숨겨놓은 게 또 있을 거라고요. 있죠?"

第三章
때려잡고 싶은 사람 있으면 말하쇼

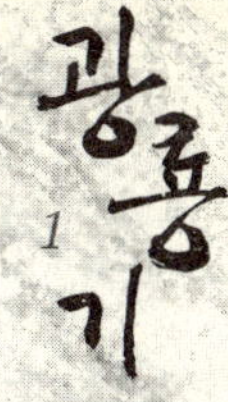

탁!

찻잔을 탁자에 내려놓은 이무환이 광소를 터뜨렸다.

"크하하하! 네가 못 봐서 그렇지 얼마나 웃겼는지 아냐?"

"다른 사람들은 아무도 웃지 않았다면서요?"

사실이 그랬다.

웃기는커녕 금방 엉덩이에서 뭐라도 떨어질 것처럼 안절부절못했다. 거머리 중의 대왕 거머리를 보는 표정을 한 채.

그래도 어쨌든, 자신은 웃음을 참느라 천광지령의 기운을 끌어올려야 할 정도였다.

"나만 웃겼으면 됐지 뭐. 그 사람들이 해학이 뭔지나 알간?"

남궁산산은 한숨이 절로 나왔다.

"에휴, 오빠도 참……. 그래서 어떻게 되었어요?"

이무환이 다시 찻잔을 채우고는, 홀짝 입안에 털어 넣고 입을 열었다.

"내가 그렇게 말했더니, 결국 입을 열더라고. 시간은 좀 걸렸지만."

시간이 걸린 것은, 호연청이 머리꼭대기까지 끓어오른 분노를 가라앉히는데 일각 정도 걸렸기 때문이다.

물론 그 덕분에 자신은 차를 두 잔이나 더 마실 수 있는 시간을 벌었다.

"호연청이 말이야, 자신은 정천무령주이면서 밀천회의 힘을 실질적으로 관장하는 용천단주라고 하더라. 크크크, 좀 더 높은 줄 알았더니 나와 같이 단주였어. 그러고 보면 광룡단으로 바꾸기 정말 잘했지 뭐."

남궁산산은 그 말을 하며 웃는 이무환을 보며 새삼 다짐했다.

'조금 가볍게 보이긴 하지만, 내가 옆에서 조금씩 고치면 되지 뭐. 그게 내조 아니겠어? 헤헤헤.'

그때 이무환이 조금 심각한 말투로 말을 이었다.

"좌우간, 그자들하고 사우와 묵운의 무리를 상대하기로 했다. 그리고 잠풍련의 잔당도 잡고 말이다. 호연청이 벌써 추적조를 붙였다고 했거든. 그러고 보면 그도 참 끈질긴 사람이야. 도망간 사람들까지 다 잡으려고 하다니."

'오빠가 왕거머리라면, 호연청은 새끼 거머리일 뿐이죠. 아마 호연청이 오빠의 말을 들었다면 그 자리에서 머리를 감싸고 쓰러졌을걸요?

남궁산산은 그렇게 생각하며 찻잔을 채웠다.

"그런데, 그들을 잡는 일에 오빠가 꼭 나설 필요가 있나요?"

"환비 때문이지 뭐. 사부를 이용할 정도라면 그 고약한 심성으로 또 무슨 짓을 저지를지 모르잖아."

물론 그것이 아니라도 절대사천좌의 무공을 수거하는 것 또한 자신이 해야 할 일 중 하나다. 자신이 광노의 무공을 잇고 천광계(天光界)의 주인이 된 이상, 귀찮아도 그 정도 일은 처리해 줘야 하지 않겠는가.

그러나 전부를 다 잡을 수는 없는 일. 환비 정도만 잡고 끝낼 생각이었다.

무면검마와의 약속 때문이기도 했지만, 거기에는 형을 위하고자 하는 마음도 조금은 있었다.

환비라면 언제든 위협이 될 수 있는 자이니까.

"그럼 섬에는 언제 갈 거예요?"

"환비를 잡고, 사우천도 부수고, 그러고 나서 가지 뭐. 어차피 가는 길이잖아. 아! 조부님하고도 약속한 게 있으니까 검운장도 들르고 말이야. 내가 원래 약속은 칼 아니냐."

남궁산산이 이무환의 마지막 말에 방긋 웃었다.

"저도 약속을 잘 지키는 오빠가 좋아요. 섬에 함께 가자고 한 것도 분명히 지킬 테니까요."

움찔한 이무환의 얼굴에 어색한 웃음이 떠올랐다.

"하, 하. 내, 내가 그랬어?"

"예, 오빠. 어제 오빠가 옥이 언니하고 비교해 본다고 가슴
만질 때 그랬잖아요."

"그, 그랬던가?"

남궁산산이 대못을 때려 박듯이, 얼굴을 바짝 대고 한 자 한
자 콕콕 찔러서 이무환의 기억을 되살려 주었다.

"분명히, 그랬어요, 오빠가."

순간 밀려드는 달짝지근한 향기.

갑자기 심장이 쿵쿵거리며 밖으로 튀어나올 것만 같았다.

곧 구룡성주 취임식에 가야 하는데도 이무환의 머릿속에서
는 자꾸 엉뚱한 생각만 들었다.

"그럼 뭐, 지켜야지. 그런데… 꼬맹아, 우리… 서로 입술 닦
아주는……. 읍."

역시 이런 방면에선 꼬맹이가 자신보다 한 수 위다.

반쯤 감긴 이무환의 눈앞에서 봄바람에 날린 복사꽃이 함박
눈처럼 떨어졌다.

'까짓거, 안 가면 어때?

이곳이 무릉도원인데, 그 따분한 곳에 왜 간단 말인가!

"꼬, 꼬맹아……."

"아이, 오빠……."

이무환의 손가락이 꼼지락거리며 남궁산산의 가슴 위로 거
의 다 전진했을 무렵이었다.

"총대주! 빨리 오시랍니다!"

엽상이 북궁만호의 명으로 이무환을 데리러 왔다.

정말 웬수가 따로 없었다.

2

둥! 둥! 둥! 둥!

성문에서 일백 번의 북소리가 울렸다.

구룡성주의 취임식을 알리는 북소리였다.

하지만 대구룡성의 취임식답지 않게 모든 절차가 간결하게 진행되었다.

수백의 무사가 죽임을 당한 지 하루도 안 된 상황이다. 와중에 신룡부와 금룡부의 부주가 죽는 불상사까지 일어났다.

피를 딛고 올라서는 자리인만큼, 이금환은 취임식을 성대하게 할 생각이 전혀 없었다.

제일 전면에 천룡부, 와룡부, 철룡부, 창룡부, 검룡부, 도룡부, 마룡부의 부주들이 줄지어 앉아 있다.

신룡부는 주용천이, 금룡부는 장로였던 장시경이 임시 부주로 참석했다.

그다음 줄에는 어깨에 힘을 준 적룡단주 곽가위와 화룡단주 장완, 그리고 굳은 표정의 호연청이 십이지부장과 함께 앉아 있었다.

호연청이 그 자리에 아직 앉아 있는 것은 이무환의 반협박을 못 이겼기 때문이다.

"사람들하고 가서 자리나 채워주쇼. 우리 형 성주 되는데 천중 십마와 우내십존과 중원오신룡이 몇 명 끼어 있으면 더 보기 좋지 않겠수?"

뜻은 그럴듯했다. 단지 자신의 기분이 좋지 않아 그렇지.
철저히 당한 것으로도 모자라 들러리까지 서야 하다니!
'빌어먹을 놈. 아주 철저히 이용해 먹는군.'
아마 자신의 바로 뒤에 앉아 있는 황보광이나 소천득, 헌원 숭도 속이 쓰린 것은 마찬가지일 것이었다.
하지만 문제는 오늘이 아니었다. 앞으로가 더 큰 문제였다.
함께하기로 한 일이 언제 끝날지 몰라도, 최대한 빨리 끝내는 것만이 머리 덜 빠지고 오래 사는 길이었다.
그나마 그 일이 환비를 잡고, 삼악 중 하나를 상대하는 것이라는 게 위안이라면 위안이었다.
어차피 밀천회로선 그들을 그냥 놔둘 수 없는 일이었으니까.
'제기랄, 못하겠다고 할 수도 없고.'
그때였다.
둥!
백 번째 북소리가 울리더니 북궁만호가 일어나 소리쳤다.
"신임 성주로 선출되신 천룡부의 이금환 부주께서는 단상으로 오르시오!"

맨 앞에 앉아 있던 이금환이 마흔네 명의 승룡이 늘어선 단상으로 올랐다.

둥둥둥둥!

천룡전 구석에 있던 북이 빠르게 울렸다.

그게 신호라도 되는 듯 앉아 있던 모든 사람이 일제히 일어났다.

역대 성주들 중 가장 초라한 취임식이라 할지도 몰랐다.

그러나 천룡전 안에 있는 사람들은 절대 그렇게 생각하지 않았다.

가장 젊은 나이에, 가장 의미있게 성주에 오른 사람이 되었다.

게다가 구룡성을 침탈하려던 잠풍련을 물리치고 성주 위에 오르지 않았는가 말이다.

한편, 이무환은 입술이 퉁퉁 부은 사람처럼 구시렁거리며 한쪽에 앉아 이금환이 성주 위에 오르는 것을 지켜보았다.

'쳇! 나 하나 없다고 취임식을 못할 것도 아닌데, 그렇게 악착같이 데리러 올 것은 또 뭐야?

저만치 눈두덩이 시퍼렇게 멍든 엽상이 보였다.

'나하고 무슨 원수를 졌다고……. 두고 봐, 눈발! 내가 가만 놔두나!'

사흘 전, 종리난경이 몰래 엽상의 방으로 들어가는 것을 봤다. 보나마나 뻔했다. 둘이 몰래 입술을 닦고 있었을 것이다. 아니면 더 높은 단계를 진행하고 있었을지도 몰랐다.

따로 감시무사를 두어서라도 복수를 하고 말리라!

마침 어울리는 사람이 하나 있었다.

서문 위사였던 신기영, 그라면 광룡에게 대들 만큼 강단이 있으니 훌륭히 명을 수행할 것이었다.

'일단 신법을 하나 가르쳐 줘야겠어. 그리고 나서……. 흐흐흐.'

이무환이 그렇게 복수를 계획하고 있을 때, 남궁산산은 마냥 즐거운 표정이었다.

그녀는 그저 이무환과 나란히 앉아 있다는 것 자체가 즐거웠다. 그것도 사람이 많이 있는 곳에서.

보라! 사람들이 힐끔거리며 자신을 쳐다보잖아!

아마 사람들은 자신을 이무환의 부인 정도로 생각할 것이었다.

그것만으로도 방 안에서 오빠의 입술을 닦는 것보다 이곳에 나와 있는 것이 훨씬 유익했다.

게다가 이금환이 성주가 되면, 자신은 성주의 제수씨가 된다. 남궁세가 가주의 딸인 자신이.

그것은 세가에 엄청난 힘이 될 터였다.

'너무 순진해서 그렇지, 사람은 정말 잘 골랐어! 우헤헤헤!'

그러니 어찌 즐겁지 않으랴.

"오빠, 오빠 큰형, 정말 멋지다."

“반은 되지.”

“뭐가?”

“나하고 비교할 때, 내 반은 따라온다고. 그래도 형이니까 그 정도 되는 거야.”

힐끔거리는 사람들이 배 이상 늘었다.

하지만 말한 사람이 광룡이라는 것을 알고는 곧 눈을 돌렸다. 괜히 봤다는 표정을 지은 채.

그때 북궁만호의 목소리가 천룡전에 울려 퍼졌다.

마침내 젊은 천룡 이금환이 정식으로 성주 위에 오르는 순간이었다.

그래도 이무환의 퉁퉁 부은 입술은 가라앉을 줄 모르고, 남궁산산은 마냥 즐거웠다.

“오빠, 시작한다. 얼굴 펴고 일어나.”

구룡성 역대 선조들에 대한 배례(拜禮)가 끝나자, 성주로서의 책무를 다하겠다는 이금환의 일장연설이 천룡전에 울려 퍼졌다.

“오늘의 위해 많은 일이 벌어졌습니다! 바로 이곳에서 동료들의 수많은 목숨이 스러졌습니다! 하나 어제의 일은 이미 지나간 시간 속에 묻힌 일이 되었습니다! 누구도, 지난 일에 대해 묻지 않기를 바라며, …하여 본인은! 모든 걸 털어내고! 여러분과 함께 힘을 합쳐, 대구룡성을 천하의 중심으로 이끌어갈 것입니다!”

그의 연설이 끝난 순간, 천룡전이 무너질 것처럼 커다란 환호가 터져 나왔다.

"와와와와!!!"

"구룡성주 이금환 천세! 천세! 천천세!"

"천하제일 구룡성!!!"

각 부의 부주들과 삼단의 단주, 십이지부의 지부장, 각 부의 장로와 원로 등 구룡성의 주요 인사들의 충성 서약이 이어졌다.

그 뒤에야 황보광과 소천득, 헌원숭 등 밀천회의 고수들과 담사황을 비롯해 만겁궁 대표로 참석한 다섯 사람이 축하 인사를 건넸다.

많지 않은 인원이었지만, 그들의 위명은 일천의 군웅보다 더 무게가 있었다.

그들 다음으로는 황산검문의 제자들이 정중하게 축하 인사를 했다. 이무환에게 들은 말이 있기에 표물 강탈 사건에 대한 말은 일체 꺼내지 않았다.

그리고 마지막으로 이무환이 씨익 웃으며 축하 인사를 건넸다.

"우와! 그렇게 서 있으니 우리 성주님 멋진데요? 좌우간 축하합니다, 이금환 구룡성주님!"

이금환도 빙그레 웃으며 화답했다.

"이 모든 게 다 아우 덕분이네."

그러자 이무환이 넌지시 물었다.

"지금이라도 때려잡고 싶은 사람 있으면 말하쇼. 이 동생이 해결해 줄 테니까."

순간, 천장이 뚫리고 얼음덩이가 쏟아진 듯 열기에 가득 찼던 장내가 싸늘하게 식었다.

"없수? 없다면 그렇게 믿죠, 뭐. 하지만, 언제라도 그런 사람이 있으면 말하쇼."

이무환이 제법 큰 소리로 말하고는 주위를 쓸어본다.

이금환은 이무환의 마음을 알고 조용히 웃기만 했다.

아마 이후로, 이곳의 모든 사람들은 이무환이 방금 한 말을 잊지 못할 것이었다.

자신과 대적할 마음이 생겨도 그전에 광룡의 말을 떠올리게 될 것이다.

이무환은 앞으로 있을지 모를 구룡성 신임 성주의 적을 말 몇 마디로 짓눌러 버린 것이다.

광룡이 아니면 천하의 누가 그렇게 할 수 있을 것인가!

'고맙네, 아우.'

그렇게 성주의 취임식은 이무환의 엉뚱한 축하 인사를 마지막으로 두 시진 만에 끝이 났다.

3

천룡의 주인이 새롭게 구룡왕이 된 그날 저녁.

천룡전 내전에 구룡의 주인들과 이무환, 북궁만호, 호연청. 그렇게 열두 사람이 둘러앉았다.

방 안은 아홉 개의 대황초로 대낮처럼 밝았다. 그러나 사람들의 얼굴은 그리 밝지만은 않았다.

제갈무진이 내건 안건 때문이었다.

—절대사천좌의 무공을 얻은 삼악 중 하나, 마악(魔惡)이 만든 사우천이 천마교를 장악하기 직전이다. 천마교가 사우천에게 장악되면 욕심이 많은 그들이 강서에만 머물러 있을 리 없다. 그들이 구룡의 터전을 위협하는 강력한 적이 되기 전에 천마교를 도와 사우천의 세력을 부숴야 한다.

—천세도인의 제자인 환비가 잠풍련의 남은 세력을 이끌고 탈출했다. 그들이 힘을 키우면 또 다른 강적이 될 것이다. 삭초제근, 그들이 크기 전에 미리 싹을 잘라야 한다.

설명은 길었지만, 실제 하고자 하는 말은 단순했다.

천마교를 도와 사우천을 치고, 환비와 잠풍련의 잔당을 제거해야 한다는 것.

잠시 말을 멈춘 제갈무진이 차로 입술을 적시는 동안, 철군평이 이마를 찌푸리고 입을 열었다.

"수신제가평천하라 했잖소? 아직 내부의 상황도 안정이 되지 않았는데, 일단 내부부터 다스리는 게 먼저 아니겠소?"

제갈무진이 찻잔을 내려놓고 말했다.

“물론 철 부주의 말씀도 옳습니다. 하나 사우천과 환비가 손을 잡고 천마교를 장악하면 더 큰 혼란이 올지 모른다는 게 제 생각입니다.”

그때 이금환이 말문을 열었다.

“이 단주와 상의했다는 이야기를 듣고 싶군요.”

“간단합니다, 성주. 이 단주가 소수의 정예를 데리고 밀천회와 함께 천마교로 가서 적을 흔들어놓기로 했습니다. 그러면 본 성으로서도 인원의 변동이 거의 없는 만큼 내부를 정리하는 데 큰 어려움이 없고, 미연에 적도 제거할 수 있을 것입니다.”

이금환의 눈이 이무환을 향했다.

이금환이 슬쩍 고개를 끄덕였다.

“어차피 이곳의 일도 끝났고 해서 집에 가려던 참이었는데요, 뭐. 가는 길과 크게 어긋나지도 않고 말이죠.”

무창에서 절강으로 가려면 어차피 강서를 지나가야 하는데, 천마교는 강서와 복건성의 경계를 이루는 무이산맥 최북단에 위치해 있었다.

장강을 타고 쭉 내려간 후, 안휘성 무호에서 내려 절강으로 들어가는 것과 거리상으로는 이삼 일 정도의 차이. 물론 그곳에서 일을 처리하는 시간까지 잡는다면 더 오래 걸릴지도 모른다.

하지만 이무환에게는 며칠 더 걸리더라도 사우천을 그대로 놔두고 갈 수 없는 어쩔 수 없는 속사정이 있었다.

‘우리는 수뇌들만 족치고, 나머지는 천마교더러 알아서 하

라고 하지 뭐.'

어쨌든, 광룡이 간다?

그 말만으로도 사람들은 천마교가 걱정되었다.

'천마교가 곧 뒤집어지겠군.'

모두가 그런 생각을 하며 이무환을 바라보았다.

북궁만호도 수염을 쓰다듬으며 이무환을 바라보았다.

"어느 정도나 데려갈 생각이냐?"

호연청과 협상할 때 같은 자리에 있었기에 그도 돌아가는 상황을 어느 정도 알고 있었다.

"함께 갈 사람은 많이 필요없수. 적당히 데려갈 거요. 한 이십 명 정도면 될 거 같은데……."

"이십 명? 너무 적지 않겠느냐?"

"대신 쓸 만한 사람들로만 데려갈 겁니다."

쓸 만한 사람.

다른 사람이 그렇게 말했다면 애매모호해서 다시 물었을 것이다. 하지만 광룡이 말한 이상 더 따질 것도 없었다. 보나마나 초절정고수 이상은 되어야 할 테니까.

쓸 만한 사람 중 하나, 호연청이 이무환을 노려보며 물었다.

"우리까지 포함해서 그 정도인가?"

이무환도 호연청의 눈을 똑바로 바라본 채 입을 열었다.

"앞으로 함께 다니다 보면 생사를 맡겨야 할지 모르죠. 그런데 말입니다… 나는 나를 죽이려고 했던 사람에게 목을 맡길 만큼 속이 넓은 사람이 아닙니다. 나중에 적과 싸우다 보면 조

금 달라질지도 모르겠지만. 그런데 단주 일행보다 인원이 적
으면 어떻게 하겠수?'

아직 당신들을 믿지 못한다. 그러니 꼼수 쓸 생각 버려라,
그러한 뜻이 내포된 말이다.

호연청은 이를 악문 턱에 힘을 주었다.

'젠장, 저놈에게 물어본 내가 미쳤지. 괜히 이 자리에 와
서…….'

'헹, 두고 보라고. 내가 철저히 굴려줄 테니까.'

호연청을 이 자리에 참석시킨 것은 이무환이었다.

이유는 하나, 호연청과 밀천회가 이 일에서 빠져나가지 못
하도록 올가미를 씌우기 위해서였다.

이제 공식적으로 구룡부주 모두가 호연청과 얼굴을 맞대면
하고 사실을 알게 된 터, 그것만으로도 반은 성공한 셈이었다.

'알지 모르겠지만, 이제 당신이 허튼짓을 벌이면 구룡성이
밀천회를 쥐 잡듯 잡게 될 거다, 호연청. 크크크.'

그렇게 이무환이 속으로 웃을 때, 제갈무진이 본론을 꺼내
들었다.

"일단 사람을 뽑는 것은 이 단주가 알아서 하기로 하고…….
음, 좌우간 이 단주가 명심할 일이 있네. 공손척의 말대로라면
천마교가 우리보다 상황이 더 심각한 것 같네. 보다 자세한 것
은 그곳에 가면 알 수 있겠지만, 절대 무리하지 말고 최대한 조
심해서 일을 처리해야 할 거네."

광룡이 함부로 날뛰면 천마교라 해도 뒤집어지는 것은 여반

장일 터였다.

자칫 도와주고도 욕만 얻어먹을지 모르는 일.

제갈무진이 우려하는 것은 바로 그것이었다.

이무환이 콧등을 문지르며 물었다.

"일단 천마교의 군사인 순우결인가 하는 사람을 만나라, 이 말이죠?"

"현재 천마교에서 믿을 만한 사람은 그 사람뿐이네. 물론 그를 얼마만큼 믿을 것인지는 자네가 판단해야겠지만 말이야."

이무환의 눈이 철군평을 향했다.

"사우천에 대해 아는 거 있으면 말해보세요."

철군평이 슬며시 눈을 돌렸다. 이무환이 재촉하듯 물었다.

"없어요?"

"정확한 것은 알지 못하네."

"그럼 그동안 뭘 믿고 사우천하고 손잡으려 했던 겁니까?"

이무환이 신랄하게 몰아붙였다. 철군평은 딴청을 피우며 별거 아니라는 듯 대답했다.

"누가 손잡으려 했단 말인가? 나는 단지 급할 때 그들의 힘을 빌리려 했을 뿐이야."

"힘을 빌려서 뭐 하게요?"

"상황이 급박하게 흐르는데 그럼 어떻게 하나? 잠풍련은 싫고, 호연청도 수상하고, 우리도 살 수 있는 길을 만들어놔야 하지 않겠는가?"

"그럼 차라리 천룡부를 도와주었어야죠!"

"솔직히 말해서, 그때만 해도 가망이 없었네. 잠풍련의 세가 너무 강한데다가 천룡부도 호연청의 손아귀에 들어간 것처럼 보였으니까."

그 말을 하며 힐끔 이금환과 호연청을 바라보는 철군평이다.

이금환은 고소를 지으며 담담히 찻잔을 잡아가고, 호연청은 이를 악문 채 뒤마려운 표정으로 이마를 잔뜩 찌푸렸다.

하지만 이무환은 호연청이야 뒤가 마렵던가 말던가 철군평만 몰아붙였다.

"그래서 사우천을 끌어들이려고 했다, 이 말이죠? 그들에 대해서는 알지도 못한 채 말입니다."

"글쎄, 그게 아니라니까 그러는군. 나는 어떻게든 중도를 지켜서 구룡성을 지키고 싶었을 뿐이야."

그때 제갈무진이 넌지시 철군평의 편을 들어주었다.

"내가 철 부주의 미음을 알지. 우리도 마찬가지 마음이었으니까, 허험."

이무환은 제갈무진과 철군평을 번갈아 보고는 탁자를 탁탁 쳤다.

"좋습니다. 좌우간 그것은 이제 지난 일이니까요."

그러고는 내심 안도하는 사람들을 향해 강하게 말을 이었다.

"하지만, 지나간 일이라도 잘못은 잘못이니까 그에 대한 대가는 지불해야 할 겁니다."

"대가?"

"예, 대가."

조금 불안한 표정으로 제갈무진이 말했다.

"나는 그래도 자네를 많이 도와주었지 않은가?"

철군평도 지지 않고 나섰다.

"나 역시 결정적일 때 한 표를 행사했지 않은가? 더구나 천
룡부의 싸움에서 목숨을 걸고 싸웠고 말이야."

그래도 그들은 나았다. 동방휘와 혁성신, 주용천, 장시경은
속이 시커멓게 타들어갔다.

그러나 이무환은 그들의 마음을 안중에도 두지 않았다.

"그거야 구룡성을 위한 일인데, 당연히 해야 했을 일이고요.
뭔가 실질적인 대가를 내놓아야 하지 않겠습니까?"

그 말을 하며 씩 웃는 이무환이다.

실질적인 대가?

제갈무진과 철군평의 눈매가 가늘어졌다. 다른 사람들도 슬
며시 눈을 들어 이무환을 바라보았다.

속으로야 도둑놈 소리가 절로 나왔다. 하지만 광룡의 성질
을 건드려 봐야 이익될 게 없다는 것을 모르는 사람은 방 안에
아무도 없었다.

제갈무진이 최대한 담담한 표정을 지은 채 뭐든 다 줄 수 있
다는 투로 물었다.

"그럼… 자넨 뭘 바라는가?"

순간, 이무환이 갑자기 신중한 표정을 지었다.

그는 제갈무진과 철군평만이 아니라, 입이 찰싹 달라붙어 있는 동방휘와 도룡, 마룡, 신룡, 금룡의 대표들을 차례대로 둘러보고는, 묵직하고 엄숙한 목소리로 말했다.

"모두 남자 대 남자로서 약속하십쇼. 앞으로 절대 딴생각하지 않겠다고. 새로운 성주를 적극적으로 돕겠다고 말입니다."

뜻밖의 요구.

모든 사람의 눈이 잘게 떨렸다.

'허, 광룡이 저런 모습을 보일 때가 있다니…….'

'저게 정말 광룡의 본모습일지도 모르지. 아니라면 어떻게 이토록 엄청난 일을 처리할 수 있었겠는가?'

내심 가슴이 울렁거린 사람들은 힘차게 고개를 끄덕였다.

어차피 그들은 광룡과 적이 되고 싶은 생각이 눈곱만큼도 없었다.

"걱정 말게. 그러한 것이라면 열 번이라도 약속하지!"

"허허허. 나 철군평, 명예를 걸고 약속하겠네!"

다른 사람들도 침중하게 굳은 얼굴로 닫힌 말문을 열었다.

"이미 명예를 걸고 충성하겠다는 서약을 했네. 그리하지."

"나 동방휘, 비록 선택을 잘못해 이렇게 되었지만, 모든 것이 구룡성을 위해서였네. 내 마음을 알아주었으면 좋겠군."

이무환이 확인하듯 다시 말했다.

"정말이죠? 어기면 지나가는 똥개를 볼 때마다 형님이라고 절하깁니다."

그 말에 사람들의 생각이 조금 바뀌었다.

'말투하고는……. 하긴 조금 전의 모습이 본모습이었을 리가 없지'

하지만 그것은 시작일 뿐이었다.

이무환이 양팔을 벌리며 사람들을 둘러보았다.

"자! 그럼 이제 대가에 대해 본격적으로 논해보죠."

움찔한 제갈무진의 눈이 커졌다.

"본격… 적으로……?"

철군평의 입도 살짝 벌어졌다.

"조금 전의 그게… 대가가 아니었나?"

"그거야 여러분이 당연히 할 일이죠. 안 그렇습니까?"

그건 또 그랬다. 부정하기도 애매한 상황.

"그, 그건 그렇지."

그제야 이무환이 씩 웃으며 대가에 대한 본론을 꺼냈다.

"뭐, 대가라고 해봐야 별거 아닙니다. 사우천을 치러 가려면 사람도 사람이지만, 돈이 좀 필요한데…… 좀 넉넉히 내놓으시죠?"

4

아침이 되자 광룡단의 소집령이 떨어졌다.

무설강, 제갈신걸, 유철상과 두 조장, 공손척과 철룡칠의 중세 사람은 당연히 포함되었고, 이무환은 거기다 수룡단의 인명록을 뒤져 열 명을 더 뽑았다.

둘이면 검왕 동방휘도 버겁다는 검룡부 최강의 검사 사대검룡(四大劍龍).

구자천이 죽을 위협에 처하지 않는 이상 모습을 보이지 않는다는 도룡부의 천귀쌍도(天鬼雙刀).

이무환이 등장하기 전만 해도 미친놈의 대명사였던 창룡부의 미치광이 광수(狂手) 한무귀.

주백천이 잠풍련과 손잡은 것을 반대하다 결국 지하 깊숙이 감금되었던 신룡부의 최고 기재 나후령.

마찬가지 이유로 술독에 빠져 살던 금화산의 조카 금철광.

마룡의 차대 주인으로 꼽히며 그 무위가 혁성화에 비해 크게 뒤지지 않는다는 혁성화의 장자 혁무기.

열 사람 모두 나이는 이십대 후반에서 삼십대 중반까지, 큰 차이가 없었다.

한 가지 묘한 것은, 대부분이 천룡부와 반대쪽에 섰던 곳에서 사람을 뽑았다는 것이었다.

말로는 구룡에서 골고루 뽑기 위한 것이라고 했지만, 진짜 이유는 따로 있었다.

그들이 모두 이금환에게 위협이 될 만한 자들이라는 것.

'훗! 함께 다니면서 내가 얼마나 멋진 사람인가를 알면, 나중에라도 다른 생각을 못할 거야.'

이름도 미리 지어놓았다.

광룡십조(狂龍十爪).

한마디로, 광룡의 발톱이라는 말이다.

‘싫다고 하면 광룡십아(狂龍十牙)라고 부르지 뭐.’

광룡의 이빨.

물론 그렇게 불리는 사람들이야 기분이 나쁠지 모르지만, 그것은 자신과 아무런 상관이 없었다.

이무환은 흐뭇한 웃음을 지으며 그들이 오기를 기다렸다.

그가 흐뭇한 것은 꼭 그 일 때문만이 아니었다.

황산검문에 대한 보상금이 황금 일만 냥으로 책정되었다.

물론 그 금액은 신룡과 금룡과 마룡, 도룡이 모조리 부담하기로 했다.

그중 반은 자신의 것이니, 황금 오천 냥이 수중에 들어온다는 말이었다. 하거늘 어찌 즐겁지 않을 것인가!

남궁산산의 푹신한 허벅지를 베고 누워 있던 이무환은 바로 눈앞에 보이는 남궁산산에게 물었다.

“꼬맹아, 황금 오천 냥이면 괜찮은 장원을 지을 수 있겠지?”

남궁산산도 그 돈이 뭔 돈인지를 알기에 마냥 좋기만 했다.

그녀가 이무환의 머리카락을 쓸어 넘기며 대답했다.

“천 냥이면 커다란 장원을 지을 수 있어요, 오빠.”

“그래? 흐으……”

그럼 남은 돈만 가지고도 평생 배부르게 살 수 있을 것이었다.

“아들 딸 안 가리고, 열만 낳아야지.”

“너무 많지 않아요?”

“그 정도는 되어야 심심하지 않지.”

그때 누군가가 방 쪽으로 다가오는가 싶더니, 곧 영호승의 목소리가 들렸다.

"총대… 아니, 단주, 황산검문의 사도 노사께서 뵙고자 하십니다."

"응? 그래? 들어오시라고 해."

후다닥 몸을 일으킨 이무환은 탁자 곁으로 다가갔다.

그가 세 걸음을 옮길 때 문이 열리더니, 사도종이 담환, 백리성혼, 공은효와 함께 들어왔다.

"하, 하. 앉으시지요."

이무환의 담담한 웃음을 접한 사도종이 일행과 함께 의자에 앉았다.

사도종이 먼저 고맙다는 인사를 했다.

"방금 성주를 뵙고 왔소. 도와준 덕에 모든 일을 무사히 마쳤으니 우리 황산검문은 이 공자의 은혜를 결코 잊지 않을 것이오."

"하, 하. 별말씀을. 제가 뭐 한 일이 있습니까? 당연히 그리 될 일이었지요."

"그래도 이 공자가 아니었다면 어찌 이렇게 일이 순탄하게 해결되었겠소?"

"보상금 지급에 대한 말은 들으셨겠지요?"

"들었소. 해서 달리 할 말도 있고 해서 왔소."

'내 몫을 깎을 생각이면 아예 말도 꺼내지 마쇼.'

이무환은 그 말이 목구멍에서 터져 나오려는 것을 꾹 눌러 참고 빙그레 웃기만 했다.

'깎아줄 수는 없지, 아암!'

다행히 사도종은 그럴 마음이 없었다. 오히려 이무환의 입이 쩍 벌어질 말을 했다.

"약속대로라면 오천 냥을 이 공자께 드려야 하오. 하나 우리는 칠천 냥을 이 공자께 드리기로 했소."

이무환은 이게 웬 떡이냐는 마음에 '거, 훌륭한 생각이오!'라고 말하고 싶은 것을 가까스로 참았다.

"험, 거참, 너무 과하게 받으면 제가 미안한데……."

그래도 싫다는 말을 하지는 않았다.

다다익선!

생활신조인 그 마음을 배신할 수는 없는 일이 아닌가.

'흠, 열 명을 키우려면 그 정도는 있어야겠지? 졸병들도 있어야 하고, 하인들도 있어야 하고…….'

그때 사도종이 말을 이었다.

"대신 한 가지 부탁이 있소."

공짜는 아니라는 말. 이무환은 마음을 가라앉히고 의아한 표정으로 되물었다.

"부탁이라 하시면?"

"제자들의 죽음에 대한 복수를 직접 하지 못했소. 해서 잠풍련의 잔당을 쫓는 일에 우리도 참가했으면 하오."

이제 떡뿐이 아니라 시루까지 주겠다고 한다. 마다하면 이무환이 아니었다.

“위험할지 모르는데, 괜찮겠습니까?”

“죽음을 각오하고 잠풍련과 싸우러 온 우리외다. 위험이 대수겠소?”

감동했다는 듯 이무환이 일어나 힘차게 포권을 취했다.

“정말 황산검문의 제자들을 위하는 마음이 대단하군요. 제가 어찌 그 부탁을 거절할 수 있겠습니까? 좋습니다! 함께 가시지요!”

“고맙소.”

“고맙기는요. 오히려 제가 고맙지요.”

물론 속으로야 입이 귀밑까지 찢어질 것 같았다.

‘아! 나는 인복이 너무 많아. 음하하하!’

한데 그렇게 황산검문이 떠난 지 일각가량이 지났을 때였다. 제갈신걸이 찾아왔다.

“무슨 일이죠?”

“단주, 이제 나와의 약속을 지킬 때가 된 것 같소만.”

약속? 웬 귀신 씻나락 까먹는 이야기?

이무환이 그런 표정으로 쳐다보자, 제갈신걸이 아주 오랜만에 목에 힘을 주고 말했다.

“잊었소? 일이 끝나면 떠나겠다고 했잖소?”

아하! 그 이야기?

“그래서 떠나시려고?”

“그렇소. 그러니 이야기해 주시오. 그녀는… 어디로 갔소?”

이무환이 씩 웃었다.

말해주는 거야 어렵지 않았다. 자신이 그걸 말한다고 해서 뭐라 할 사람이 누가 있을까?

그런데 말해주려다 보니 번개같이 한 가지 생각이 뇌리를 스쳤다.

이무환은 동쪽을 가리키며 말했다.

"그녀는 동쪽으로 갔다고 적혀 있었죠. 아마 최대한 멀어지려고 한 모양이오."

"동쪽?"

"절강 쪽으로 간 것 같은데……. 흠, 이러면 어떻겠수?"

제갈신결은 왠지 불안했지만, 그냥 일어서기에는 뒷말이 너무 궁금했다.

"뭘… 말이오?"

"나도 어차피 절강으로 가야 하거든요? 그러니 함께 갑시다."

그냥 가는 게 아니다. 천마교에 들렀다 가야 한다. 분명 목숨을 걸고 싸워야 할 상황도 닥칠 것이다.

그럴 수는 없었다.

"미안하지만 그냥 바로 떠나야……."

하지만 그가 말을 맺기도 전에 이무환이 말했다.

"절강은 우리 외가인 검운장이 꽉 잡고 있소. 그리고 항주의 흑도 방파들은 나를 악귀대형이라 부른다오. 함께 간다면 사람들을 동원해서 그녀를 찾을 수 있도록 해주겠소. 아마 뇌고

자 혼자 가는 것보다 훨씬 빨리 찾을 수 있을 거요. 뭐, 싫다면 할 수 없지만."

제갈신걸은 망설이지 않을 수 없었다.

혼자 가도 여기저기 수소문하면 찾을 수 있을지 모른다.

하지만 시간이 그만큼 더 걸릴 것이다.

'그냥 도와주면 안 되나?

제갈신걸은 그런 생각을 했지만, 곧 지워 버렸다.

눈치를 보니 꼭 함께 가자는 표정이다. 혼자 갈 경우 절대로 도와줄 광룡이 아니다.

어디 광룡과 하루이틀 같이 지냈나.

방해나 안 하면 다행이었다. 아니, 분명히 방해를 할 것처럼 보였다.

제갈신걸은 아니꼬웠지만, 그녀의 행방을 알았다는 것으로 위안을 삼았다.

"좋소. 대신 꼭 찾아줘야 하오."

그제야 이무환의 표정이 환하게 밝아졌다.

"물론이죠."

'흐음, 하마터면 괜찮은 졸개 하나 놓칠 뻔했군.'

5

점심이 지나자 사람들이 별원으로 모여들었다.

미시 무렵, 마지막으로 광룡십조가 불만 가득한 표정으로 들어섰다. 물론 그들은 아직 자신들이 광룡십조로 불릴 거라는 것은 모르는 상태였다.

그렇게 광룡사위와 엽상, 종리난경, 그리고 신기영까지. 광룡단의 인원은 모두 스물일곱 명이나 되었다.

거기에 밀천회와 황산검문의 사람들까지 합하면 모두 육십 명. 처음 계획했던 것보다 훨씬 많은 인원이었다.

하지만 상대가 누군가. 안개 속에 가려진 채 천마교를 삼키려는 사우천이 아닌가.

게다가 환비를 비롯한 잠풍련의 잔당마저 상대해야 한다.

그들을 상대할 인원으로 육십이라는 숫자는 절대 많은 것이 아니었다. 아니, 많기는커녕 절대 부족했다.

물론 인원수로만 볼 때 그렇다는 이야기였다.

이무환은 흐뭇한 마음으로 별원의 마당에 늘어선 사람들을 둘러보았다. 강한 수하들을 보면 언제라도 기분이 좋았다.

'크하하하, 최강의 졸병들을 데리고 강호로 나가는 거야!'

이무환의 마음을 알 길 없는 사람들은 각자의 불만에 각양각색의 표정을 지었다.

호연청과 밀천회의 고수들은 말할 것도 없었다.

그중에서도 특히 철위평은 오만상을 찌푸리며 이를 악물었다.

'크윽, 저 얄미운 광룡과 함께 강호로 나가야 하다니!'

반면에 나후령, 금철광, 한무귀, 혁무기는 호기심이 가득한 표정으로 이무환을 바라보았다.

─단시일에 구룡성을 뒤엎고 신화를 쓴 주인공, 천외광룡 이무환!

남들이야 그렇게 말하며 삼두육비의 괴물처럼 말하지만, 그들의 눈에는 그저 어린 애송이로밖에 보이지 않았다.
구석에 처박혀 구룡성의 일에 거의 관여하지 않은 그들로선 이무환을 오늘 처음으로 본 터였다.
저 덜떨어져 보이는 애송이가 정말 광룡 이무환일까?
오죽하면 눈앞에 있는데도 그런 의문이 들 지경이었다.
그나마 사대검룡이나 천귀쌍도는 이무환에 대해 조금이라도 알았다.
특히 화운결이 제일 잘 알았다. 그는 이무환을 보며 이를 악물었다.
'광룡, 그대의 강함은 인정하지. 그러나 그것만으로는 내 위에 설 수 없을 것이다.'
그때 이무환의 입이 열렸다.
"잠풍련의 잔당을 잡아 무너진 구룡성의 명예를 살릴 것이오! 또한 강호를 위협하는 사우천이라는 잡것들을 때려잡아 구룡성의 위엄을 만천하에 알릴 것이오! 모두 자부심을 가지고 최선을 다해주길 바라겠소!"
제법 그럴듯한 연설이었다.
아마 다음 말만 없었다면 상당히 많은 사람들이 감동했을지도 몰랐다. 하지만 이무환이 남궁산산에게 묻는 말을 듣고 모두가 슬머시 고개를 돌렸다.

"꼬맹아, 연습한 거, 한마디도 안 틀렸지?"

"예, 오빠. 정말 좋았어요."

"음하하, 그래?"

잠풍련에 뒤지지 않는 세력을 상대하러 가는 마당이다.

과연 살아서 돌아올 수 있을까?

광룡의 손아귀에 잡힌 사람들은 앞으로의 나날이 걱정되지 않을 수 없었다.

한편, 멀리 떨어진 곳에서 구경하던 담사황은 내심 안도의 한숨을 내쉬었다.

'이번 일에서 빠진 게 천만다행이군.'

구룡성에 와서 일곱 명의 고수를 잃었다. 물론 얻은 것도 많아 손해 본 원정은 아니었다.

그러나 이번 일에 끼어든다면 그 모든 이익이 공염불이 되었을 게 분명해 보였다.

'함녕에서 바로 방향을 틀어야겠어.'

第四章
기다림의 미학(美學)?

광룡기
1

　이금환은 천룡전 삼층에서 저 멀리 외성으로 빠져나가는 광
룡단을 바라보았다.
　이무환이 떠나는 것을 보니 모든 일이 꿈속에서 흐른 것만
같았다.
　'잘 가게, 아우.'
　이제 가면 돌아오지 않을지 모른다. 자신이 억지로 부른다
면 올지 모르나, 그렇게는 하지 않을 생각이었다.
　동생 덕분에 구룡성의 주인이 되었지만, 구룡성을 지키는
것은 이제부터 자신의 책임이다.
　진정한 구룡왕이 되고 못 되고는 모두 자신의 능력에 달린
일인 것이다.

‘아우가 만족할 만한 형이 될 것이야.’

‘빌어먹을, 왜 쳐다보고 지랄이야? 눈물 나오게.’
형이 뒤에서 바라보고 있다. 굳이 볼 필요도 없다. 느낌만으로도 알 수 있으니까.
하기에 이무환은 억지로 돌아보지 않았다.
떠날 때는 망설임없이 떠나는 것이 형을 위해서도 좋은 일이다. 구룡성에 폭풍을 일으킨 광룡이 사라져야 형이 새로운 신화를 만들 수 있지 않겠는가 말이다.
‘잘 있어, 형.’
그때 문득, 남궁산산의 눈길이 느껴졌다.
이무환은 하늘을 바라보며 환하게 웃었다.
“으아! 날씨 한번 좋다!”
그 말을 두어 번 들었던 사람들은 흘낏 하늘을 쳐다보고 속으로 혀를 찼다.
역시나 비 올 것 같은 날씨였다.
광룡이 승천하기 좋은 날씨!
하지만 처음 듣는 사람들은 더욱더 앞날이 걱정되었다.
‘비 오는 날에 더 미치는 것 아닌지 모르겠군.’
그렇게 광룡단이 구룡성의 남문을 나선 것은, 삼월의 봄바람이 제법 강하게 불던 날 미시 무렵이었다.

*　　　*　　　*

휘이이잉!

황사를 몰고 밀려오던 봄바람이 반쯤 열린 문에 부딪쳐 작은 회오리를 일으킨다.

구룡성 남문 밖에서 작은 대장간을 운영하던 오이삼은 망치질을 멈추고 허리를 폈다.

저 멀리 구룡성의 남문을 빠져나오는 사람들이 눈에 들어왔다.

처음에는 삼십 명 정도, 그다음에는 이십 명, 그리고 마지막으로 열서너 명이 성문을 나선다.

약간의 거리를 둔 채 셋으로 나누어져 있다. 하지만 그의 눈에는 모두 한 패거리처럼 보였다.

모두 합해 칠십 여 명 정도. 상당히 많은 숫자다.

오이삼은 달궈졌던 낫이 식어가는데도 그대로 놔둔 채 그들만 바라보았다.

평소와 달리 싸늘하게 가라앉은 눈빛이었다.

'마침내 추격대가 나온 것인가?'

성주 취임식이 있은 지 겨우 하루. 칠십 명에 달하는 무사가 한꺼번에 움직인다는 것은 결코 단순한 일이 아니었다.

더구나 하나같이 고수들로 보이지 않는가 말이다.

문제는 저들이 자신이 생각했던 대로 추격대인지, 아니면 다른 목적을 가지고 나온 자들인지 확실치 않다는 것이었다.

"장호."

그가 몸도 돌리지 않은 채 한 사람을 불렀다.

풀무질을 하고 있던 삼십 초반의 장한이 고개를 돌리고 대답했다.

"예, 형님."

"문을 닫아야겠다."

그제야 장한은 풀무질을 멈추고, 오이삼의 눈길을 따라 시선을 돌렸다.

"얼마나 오랫동안 닫을 겁니까?"

"아무래도 한 달은 갈 것 같다."

"단(團)에는……."

"일단 이급 정도로 알려라. 좀 더 확인을 해봐야 할 것 같으니까."

"알겠습니다, 형님."

그날, 이 년 동안 한 번도 문을 닫지 않고, 인근 농부들의 농기구와 무사들의 도검을 싸게 수리해 주던 남문의 대장간이 문을 닫았다.

이무환 일행의 출성을 주의 깊게 바라보는 사람은 오이삼만이 아니었다.

기다란 나무 의자에 앉아 국수를 먹고 있던 회의장한 전호민도 젓가락을 놓고, 성을 나서는 이무환 일행을 바라보았다.

'역시 주군의 예상대로군.'

하루면 추격대가 성을 나설 거라 했다. 한데 아니나 다를까,

칠십여 명의 무사가 성을 나선다.

그는 철전 다섯 개를 탁자 위에 던져 놓고 자리에서 일어났다.

전호민이 허름한 국수집을 나오자, 십여 장 떨어진 곳에 앉아 있던 장한 하나도 자리에서 일어났다.

전호민은 그의 옆을 스쳐 가며 짧게 전음을 보냈다.

"가서 알려라. 사냥꾼들이 마을을 벗어났다고. 나는 저들의 뒤를 쫓겠다."

*　　　*　　　*

적룡단의 부단주로 다시 복귀한 첫날. 감이랑은 수하들을 시켜 구룡성 주위의 변화를 하나도 빼놓지 않고 살피도록 했다.

강호의 모든 눈이 구룡성에 집중되어 있는 상황이었다. 그 중에는 적대 관계에 있는 자들도 있을 터. 광룡이 움직이면 그들도 움직일 것이 분명했다.

그 덕분에 남문 밖의 대장간이 갑자기 문을 닫았다는 정보가 감이랑의 귀까지 들어가는 데는 세 시진밖에 걸리지 않았다.

"날을 잘 간다고 해서 소문난 곳인데, 갑자기 문을 닫았다고 합니다. 이 년 동안 한 번도 닫지 않았던 곳인데 말입니다."

언뜻 보면 보잘것없는 정보였다. 그러나 감이랑은 결코 허투루 넘기지 않았다.

이 년 동안 한 번도 문을 닫지 않았던 대장간이 갑자기 문을 닫았다? 그것은 정보를 취급하는 사람들에게는 결코 단순한 일이 아니었다.

더구나 광룡이 구룡성을 떠난 날이 아닌가.

'내가 직접 가서 그곳의 주인에 대해 알아봐야겠군.'

2

바람이 점점 거세진다.

하늘에선 금방이라도 비가 쏟아질 것 같다.

사람들은 연신 하늘을 힐끔거리며 빠르게 남하했다. 남쪽으로 내려가는 길에는 중간 중간 크고 작은 마을이 있어서, 비가 온다 해도 크게 걱정할 것이 없을 듯했다.

문제는 광룡이었다. 비를 좋아하는 광룡이 비 좀 온다고 쉬어 갈까?

아무래도 좋은 날씨라고 소리치며 그대로 비를 맞고 갈 것처럼 보였다.

불안한 마음에 몇몇 광룡단원들의 걸음이 점점 빨라졌다. 다른 사람들도 멋모르고 빨리 걸었다.

뒤에서 사람들이 밀려들자 앞에서 걷던 사람들도 빨리 걸을 수밖에 없었다.

'힘이 남아도는 모양이군.'

이무환은 그렇게 생각하면서도 불만이 없었다. 그만큼 비룡도로 돌아가는 날이 빨라질 테니까.

"구룡성 서쪽 이십 리 지점에서 백여 명에 이르는 사람들이 빠르게 이동하는 것을, 이른 새벽에 그물 걷으러 가던 어부가 보았다고 하더군."

"장강을 건너려고 한 것일까요?"

"그건 아닌 것 같네. 장강을 거슬러 올라갔다고 하니까."

"추격하는 대원이 얼마나 됩니까?"

"수룡단의 이 개 대 이십 명의 대원이 그들의 흔적을 쫓고 있네. 중간 중간 대원들의 연락 비표가 있을 것이네."

이무환은 유유하게 걸음을 옮기면서, 어제저녁 호연청과 나눈 이야기를 떠올렸다.

그 말을 듣고 나름대로 환비의 움직임을 유추해 보았다.

장강을 거슬러 올라가려면 무창에서 남서쪽으로 꺾어져야 한다. 광룡단이 이동하고자 하는 방향과 크게 다르지 않다.

게다가 강을 건너지 않을 것이라면 그들 역시 동쪽으로 방향을 틀 수밖에 없을 터. 잘하면 가는 도중에 그들의 꼬리를 잡을 수 있을지도 몰랐다.

'내가 환비라면 앞으로 어떻게 할까?'

아마 세 가지 중 하나를 택할 듯했다.

첫 번째는 멀리 도망가는 것. 두 번째는 어딘가에 숨어서 조용해질 때를 기다리는 것. 그리고 세 번째는, 구룡성과 힘을 겨룰 수 있는 누군가와 손을 잡는 것.

세 갈래 길을 떠올린 이무환은, 전보다 훨씬 작아진 보따리를 메고 있는 남궁산산을 바라보았다.

"꼬맹아, 환비가 어떻게 행동할 거라고 생각해?"

남궁산산은 조금도 망설이지 않고 말했다.

"둘 중 하나예요. 멀리 떠나던가, 아니면 다른 사람과 손을 잡고 또 다른 기회를 노리던가."

"근처 어딘가에 숨을 가능성도 있잖아?"

"숨어 힘을 기른다고 해도 그들만으로는 구룡성을 어떻게 할 수가 없어요. 그가 그걸 모를 리 없어요. 오빠가 말해준 대로라면 환비라는 자, 보통 영악한 사람이 아니거든요."

'내가 보기엔 네가 더 영악해!'

이무환은 그렇게 말하고 싶은 것을 꾹 눌러 참고 다시 물었다.

"둘 중 가능성이 더 큰 쪽을 택한다면?"

"제 생각으로는… 다른 사람과 손을 잡을 거라고 봐요."

"왜?"

"사부의 죽음을 이용하려 했을 정도면, 당장 뭔가를 이루고 싶은 마음이 그만큼 강했다는 말이잖아요. 안 그래요?"

"음, 그건 그렇지."

"다른 곳으로 도망가서 새로운 땅을 개척하려면 시간이 오래 걸릴 텐데, 오빠가 볼 때 그가 오랜 세월이 걸리는 일을 택할 거 같아요?"

자신들이 지닌 무공을 함부로 드러낼 수도 없다. 그런 상태로 세력을 키우려면 보통 일이 아닐 것이다. 당연히 시간이 오래 걸릴 수밖에.

"그럴 놈이라면 사부를 그렇게 이용하지도 않았겠지."

그럼 환비는 누구와 손을 잡으려 할까?

당장 떠오르는 세력은 세 곳이었다.

천마교, 사우천, 그리고 운의 무공을 지닌 자들.

그중에서도 같은 족속들인, 사우천과 운의 무공을 지닌 자들일 가능성이 더 컸다. 그들은 아직 그가 사부인 야율모궁을 이용했다는 것을 모를 테니까.

'환비를 먼저 잡아야 좀 편해질 텐데……'

*　　　*　　　*

첫 번째 비표는 강하를 지날 무렵에 엽상이 발견했다.

길가 커다란 바위에 한 자 크기로 '장(長)' 자가 적혀 있고, 그 아래쪽에는 화살표가 그려져 있었다.

"계속 장강을 따라간 것 같습니다."

하루 이상 차이가 나는 만큼 상당한 거리가 떨어져 있을 것이었다. 그러나 행적이 노출된 상태인만큼 추적이 불가능한 것은 아니었다.

문제는 그들이 언제 방향을 틀었느냐, 어느 쪽으로 틀었느냐 하는 것이었다.

그 후로도 두 개의 비표를 더 발견했다.

십여 리 정도 간격으로 쓰여 있었는데, 그때까지도 저들은 방향을 틀지 않은 상태였다.

일행은 더 빨리 걸었다. 살갗에 습기가 느껴지는 것이 금방이라도 비가 쏟아질 것 같았다.

네 번째 비표를 발견한 것은, 일행이 안산에서 십 리가량 떨어진 곳, 길이 세 갈래로 갈라진 곳에 이르렀을 때였다.

한데 비표를 알아본 사람들의 표정이 차갑게 굳어졌다.

커다란 나무에 적힌 비표는 이전과 달리 조금 복잡했는데, 특히 화살표가 안쪽으로 꺾어져 있었다.

방향을 틀었다는 말.

"홍광에서 이곳으로 방향을 틀었습니다. 그리고 곧장 남하했습니다."

엽상이 비표를 해독하며 빠르게 말을 맺자 이무환이 물었다.

"시간은?"

"어제 신시 무렵입니다."

시간이 많이 줄었다. 그만큼 거리도 줄었다는 말이다.

그때 남궁산산이 속삭이듯이 말했다.

"그들이 속도를 늦춘 것 같아요, 오빠."

"추적이 있을 거라는 걸 알 텐데 왜 속도를 늦추지?"

"뭔가 꿍꿍이가 있겠죠."

조용히 속삭이는 남궁산산의 눈에서 바늘처럼 날카로운 눈빛이 번뜩인다.

대답하는 이무환의 입가에 싸늘한 미소가 걸렸다.

"그래? 그거 반가운 일이군. 그럼 조금 더 빨리 가야겠어. 저들의 기대를 저버릴 수는 없으니 말이야. 자, 가자고."

그때부터 속도가 조금 더 빨라졌다.

뒤따라가는 사람들 모두가 잘되었다는 듯 더욱 속도를 냈다.

순식간에 안산을 지나친 일행은 쉬지 않고 걸음을 옮겼다.

그런데 그렇게 빨리 걷다 보니 문제가 생겼다. 서서히 날이 어두워지는데 큰 마을이 보이지 않는 것이다.

이무환은 고개를 갸웃거렸다. 무창으로 갈 때도 엇비슷한 길로 올라갔었다.

그때 큰 마을을 봤던가?

아무리 생각해도 기억이 나지 않았다. 당시 그가 본 것은 호수와 갈대뿐이었다.

"눈발, 얼마나 가야 객잔이 있는 마을이 나오지?"

이무환은 이 장 앞에서 신기영과 나란히 걷는 엽상에게 물었다.

순간 일행을 이끌던 엽상의 얼굴이 굳어졌다.

'제길, 안산에서 걸음을 멈췄어야 했는데……'

하지만 이미 십 리를 지나왔다. 이제 와서 다시 돌아가기도 어정쩡했다.

그때 신기영이 대답했다.

"함녕까지 가야 할 것 같은데요?"

함녕까지 남은 거리는 백여 리. 빨리 간다 해도 한밤중이나 되어야 도착할 것이었다.

날만 좋다면야 밤이든 낮이든 상관없었다. 그러나 함녕까지 가는 길은 호수와 호수 사이에 난 진흙길이었다.

말라 있을 때야 딱딱해서 걷기가 좋지만, 비라도 온다면 질척거려 걷기가 훨씬 힘들어질 터였다.

엽상은 운을 하늘에 맡기고 계속 가기로 했다. 아주 당연한 핑계를 대면서.

"시간을 다투는 일이니 이대로 함녕까지 갔으면 합니다, 단주."

이무환은 엽상의 뒤통수를 노려보며 고개를 끄덕였다.

"그것도 괜찮겠군. 도착할 때까지 비가 안 오면 좋겠는데……."

뒤따라오던 사람들이 움찔했다.

광룡이 비를 싫어한단 말인가? 그럼 괜히 빨리 걸었잖아!

그러나 후회하기에는 이미 때늦은 뒤였다.

그렇게 이십 리를 더 가자 날이 완전히 어두워졌다.

그리고…… 비가 내렸다.

봄비치고는 제법 굵은 비여서, 땅은 순식간에 진흙탕이 되어버렸다.

"쓰벌!"

누군가의 입에서 쌍소리가 흘러나왔다. 하지만 모두가 못 들은 척 공력을 끌어올린 채 묵묵히 걸음만 옮겼다.

오이삼은 굳은 얼굴로 바삐 발을 놀렸다. 빗물이 얼굴에서 흘러내리고 온몸이 젖었지만, 그것이 문제가 아니었다.

'뭐가 그리 급해서 비 오는 밤에 쉬지도 않고 걷는 거지?'

구룡성의 고수들이 낮밤을 안 가리고 걸음을 재촉한다. 비마저 오는데 말이다. 그 사실만으로도 긴장하지 않을 수 없었다.

'그만큼 급한 일이 있다는 말이겠지. 후후후, 느낌이 좋아. 제법 큰 건을 건질지도 모르겠어.'

벌어진 거리는 이삼백 장 정도.

다행히 발자국이 남아 있어서 뒤를 쫓는 것은 어렵지 않았다. 그러나 비로 인해 그 발자국들도 곧 지워질 터, 멀리 떨어질 수는 없었다.

상대가 쉬지 않는 한, 그도 쉴 수 없다는 말.

쉬지 않고 추적한다는 게 힘들긴 하지만, 자신의 생각대로 건수가 큰 거라면 이 정도야 아무것도 아니었다.

'잘하면 이번 일로 흑우령이나 사유전의 코를 뭉갤 수 있을지도……'

3

이무환 일행이 함녕에 도착한 것은 해시가 넘어갈 무렵이었
다.

일행 대부분이 비를 튕겨낼 정도의 고수였지만, 의외로 대
다수가 비에 젖은 상태였다. 절대고수가 아닌 이상 몇 시진 동
안 호신강기를 운용할 수는 없었으니까.

물론 이무환의 보살핌을 받은 남궁산산은 단 한 방울의 비
도 맞지 않았다.

"하, 하. 정말 일찍 도착했는데?"

이무환은 기분 좋게 웃으며 함녕으로 들어갔다.

하지만 뒤를 따르는 사람들 중 기분 좋은 사람은 단 한 사람
도 없었다.

그렇게 함녕으로 들어가자마자 기다렸다는 듯 비가 멎었다.

"조또!"

누군가가 또 욕지거리를 씹어서 뱉어냈다.

천상객잔은 함녕에서 제일 큰 객잔으로, 음식과 술맛이 좋
기로 유명했다.

엽상은 일행을 이끌고 곧장 천상객잔으로 안내했다.

방이 있을지, 자리가 있을지 걱정이 되었지만, 맛 타령을 하
는 이무환의 성화에 어쩔 수 없었다.

"음식 맛있기로는 함녕에서 이곳이 제일 유명합니다, 단
주."

"성하루보다 맛있을까?"

“그거야 먹어보면 알지 않겠습니까?”

약간 까칠한 말투. 이무환은 힐끔 엽상을 째려보고는 천상객잔의 주렴을 걷고 안으로 들어갔다.

천상객잔의 일층은 생각보다 넓었다. 얼핏 봐도 탁자가 오십여 개는 되는 듯했다.

한데 빈 탁자가 몇 개 안 되었다. 대충 봐도 예닐곱 개. 일행이 모두 앉기에는 현저히 부족한 숫자였다.

하지만 이무환은 서성거리지 않고 남궁산산과 함께 곧장 안으로 걸어갔다.

곧 그의 뒤로 광룡단이 따라 들어왔다.

우르르르…….

비 맞은 늑대 떼처럼 무사들이 들어가자, 다가오던 점소이의 몸이 굳었다.

“저, 저, 공자님, 몇 분이나…….”

“칠십 명이요.”

남궁산산이 빙긋 웃으며 대답했다.

그나마 남궁산산의 웃음에 용기를 얻은 점소이가 배에 힘을 주고 말했다.

“자, 자리가… 안 되는데…….”

이무환이 걸어가며 말했다.

“하루 종일 걸어서 다른 데 가기도 그렇고……. 흠, 없다면 기다리지 뭐.”

기다린다는데 뭐라고 할 건가.

더구나 상대는 모두 무인들. 점소이는 감히 안 된다는 말을
꺼내지도 못했다.

그사이 광룡단에 이어 황산검문의 제자들과 만겁궁의 고수
들이 들어왔다.

비에 젖은 칠십 명의 무사는 탁자 사이를 걸어갔다.

그러다 앞서 걸어가던 사람이 걸음을 멈추자 어정쩡한 상태
로 멈춰 섰다.

탁자 사이에 늘어 서 있는 칠십 명의 비 맞은 무인.

천상객잔의 공기가 갑자기 무거워졌다.

그때 구석에서 조용히 식사를 하던 무사 둘이 눈을 부릅뜬
채 중얼거렸다.

“저, 저 사람은 만겁궁의 혈추가 아닌가?”

“그 옆에 있는 사람은 동정호의 살귀 마웅조야.”

“맙소사, 저 사람들이 누구기에 만겁궁의 고수인 두 사람이
어깨도 못 편단 말인가?”

그들의 목소리는 작았다. 하지만 주위 사람들이 못 들을 정
도는 아니었다.

그러잖아도 잦아들던 소란이 완전히 가라앉고, 주위가 쥐
죽은 듯이 조용해졌다.

하지만 이무환은 주위 상황을 조금도 개의치 않고 빈자리를
가리켰다.

“자, 일단 빈자리에 먼저 앉죠. 거기 나이 드신 분들부터. 나
머지 분들은 조금만 기다렸다가 빈자리가 나면 앉으쇼.”

그때부터 앉아 있던 사람들이 하나둘 일어나기 시작했다.

비에 젖은 것이 핏물에 젖은 것으로 보였는지, 일어나는 사람들 중 몸을 떠는 사람마저 있었다.

"어? 그냥 더 드시지. 그러면 우리가 미안하잖습니까?"

이무환이 무진장 미안하다는 표정으로 일어나는 사람들을 말렸다.

빡빡 밀어댄 머리에 문신을 한 거한이 목을 자라처럼 쑥 집어넣고 얼버무렸다.

"아니, 저… 우리는 다 먹어서……."

"하, 하. 이거 미안해서……. 근데 머리에 한 문신이 새 같은데, 무슨 새입니까?"

남궁산산이 생긋 웃으며 말했다.

"봉황 같이요, 오빠."

"그래? 내 눈에는 참새로 보이는데."

거한이 용기를 내 눈을 부릅떴다.

'이 뺀질이 같은 놈이!'

그때 이무환의 뒤쪽에 서 있던 광룡사위가 동시에 대답했다.

"저희 눈에도 참새로 보입니다, 단주."

"도끼로 쪼개보면 확실히 알 것 같은데……."

"치울까요?"

거한이 눈을 부릅뜬 채 황급히 입을 열었다.

"어떻게 아셨습니까? 사실 참새를 새겨달라고 했는데, 문신을 파는 놈이 멍청하게 이상한 새를 그려 넣었습지요. 헤헤, 그럼 저는 이만……."

다행히(?) 자리는 금방 만들어졌다.

하나 칠십 명의 식사를 만들려면 상당한 시간이 걸릴 터. 이무환은 함녕 특산 노청차(老靑茶)를 마시며 느긋이 음식이 나오기를 기다렸다.

그렇게 두 잔의 차를 비울 즈음, 나이 어린 점소이가 곁을 지나갔다.

이무환은 점소이를 불러서 사람 좋은 웃음을 지으며 물었다.

"이 객잔은 방이 모두 몇 개나 되지?"

"예순두 개입니다요."

"호오, 함녕에서 제일 크다더니, 방이 많네? 그럼 빈방도 많겠군. 얼마나 있지? 좀 많았으면 좋겠는데."

"오늘은 손님이 많아서 빈방이 별로 없……."

"기다리지 뭐."

그게 기다린다고 될 일인가?

사람들은 이무환을 흘겨보았다.

그래도 엉뚱한 소리한다며 타박하지는 않았다. 이리저리 빈방을 찾아다니고 싶지 않았으니까.

"주인장에게 한번 물어봐. 혹시 알아? 바로 나갈 손님이 있을지."

이무환은 그 말을 하며 탁자 위에 살포시 한 냥짜리 은자를 올려놓았다.

순간 점소이의 눈에 갈등이 떠올랐다.

무려 은자 한 냥이다. 저 돈이면 병든 어머니와 어린 동생들, 다섯 식구가 열흘은 배불리 먹고 살 수 있을 것이다.

꿀꺽, 침을 삼킨 점소이는 은자를 향해 손을 뻗으며 고개를 끄덕였다.

"그렇게 합죠. 분명히 일찍 나갈 손님들이 있을 것입니다요."

그리고 이각이 지났다.

음식이 나올 즈음, 점소이가 밝게 웃으며 다가왔다.

한쪽 눈 가장자리가 벌겋게 물들었지만 아주 밝은 표정이었다.

"공자님, 많은 분들이 양보해 줘서 빈 방이 스무 개쯤 될 것 같습니다요."

그 정도면 충분했다. 이무환은 인심 좋게 한 냥을 더 던져 주었다.

"수고했어. 이건 치료비로 써."

"감사합니다, 공자님!"

점소이가 허리가 부러져라 인사하며 잽싸게 은자를 낚아챘다.

'굼벵이도 구르는 재주가 있다더니.'

사람들은 그런 눈으로 이무환을 보며 보다 즐겁게 식사를 했다. 칠십 명이나 되는 사람들이 한 곳에서 식사를 하고 잠까지 자게 될 줄은 생각도 못했는데, 모든 것이 마찰 한 번 없이 단숨에 해결된 것이다.

남궁산산이 놀랍다는 듯 감탄을 터뜨렸다. 식사와 잠자리를 해결한 것 때문이 아니었다.

"우와! 우리 오빠가 돈을 그렇게 팍팍 쓰다니."

"임마, 나이 어린 애가 이 시간까지 일하는 게 대견하잖아."

대답하는 이무환의 입가에 가느다란 미소가 걸렸다.

나이 어린 점소이를 보니 용아가 떠오른 것이다.

'잘 지내고 있는지 모르겠군. 섬으로 갈 때 들러봐야지.'

환비의 뒤를 추적하던 수룡단의 무사가 찾아온 것은, 식사를 끝내고 방으로 들어간 후였다.

엽상이 그를 이무환의 방으로 데려왔다.

수룡대원은 고양이 앞에 선 쥐처럼 딱딱하게 굳은 표정으로 입을 열었다.

"놈들이 막부산 쪽으로 들어갔습니다."

막부산이라면 호남 평강에서 강서의 여산까지 이어지는 거대한 산맥을 통칭함이다.

그들이 그곳으로 들어갔다면 찾기가 쉽지 않을 것이었다.

하지만 사우천과 천마교라는 이름을 대비하면, 그들이 갈 곳을 유추하는 것도 그리 어렵지 않았다.

"어디까지 추적했지?"

"통산 동남쪽 사십 리 떨어진 산촌에서 흔적을 발견했는데,
놈들의 흔적이 구궁산 쪽으로 이어져 있었습니다. 저희는 일
부만 산속으로 들어가고 나머지는 연락망만 유지한 채 명을
기다리기로 했습니다, 단주."

구궁산(九宮山)이면 강서와 경계에 있는 커다란 산이다. 남
궁산산이 의아한 표정을 지었다.

"왜 바로 강서로 넘어가지 않고 구궁산으로 들어갔을까요?"

"또 모르지, 거기 숨어서 좀 쉬었다 가려고 그런 것인지. 아
니면 아예 거기다 터를 잡으려고 마음먹었든지."

"그들도 추격대가 있을 거라는 걸 알고 있을 거예요. 쫓기고
있는 입장에서 근거리에 터를 잡는 어리석은 일을 할 정도로
환비라는 자가 멍청하다고 보세요?"

틀린 생각은 아니었다. 사람이 쉽게 찾지 못할 정도로 구궁
산이 넓다면 몰라도 아니라면 어리석은 선택이었다.

"그럼 네 생각은 뭔데?"

남궁산산의 눈빛이 싸늘하게 번뜩였다.

"정확히는 모르지만, 그럴 이유가 있을 거예요. 그들이 구궁
산으로 들어가야만 하는 이유가."

"우리를 산 안으로 끌어들이려고 하는 것 아닐까?"

"미리 함정을 파놨다면 몰라도, 저들도 엄청난 피해를 감수
해야 해요. 환비라는 사람은 절대 그걸 바라지 않을 거예요."

"흠, 그건 그런데……. 대체 무슨 생각이지?"

"분명 이유가 있어요. 그 이유만 알면 생각보다 일이 쉬워질

거예요."

"끄릉, 골치 아프군. 그냥 지금 확 쫓아갈까?"

엽상이 움찔했다.

"단주, 비가 온 뒤라 힘만 들 뿐입니다. 아침에 가시지요."

"말이 그렇다는 것이지 뭐.. 그건 그렇고… 당분간 신기영에게 눈발 호위 맡겼으니까, 잘 대해줘."

순간 엽상의 얼굴이 살짝 일그러졌다.

"저… 저는 호위 필요없습니다."

"아냐, 아냐. 이번 일만 끝나면 눈발도 부단주가 될 텐데, 호위가 있어야지. 무공이 좀 약한 것이 흠이긴 한데, 너무 걱정할 것은 없어. 내가 신법하고 간단한 무공을 가르쳐 줄 거거든. 적어도 위험을 경고하는 일 정도는 할 수 있을 거야."

"그래도……."

"무슨 일이 있으면 바로! 나에게 알리라고 했으니까, 그냥 써. 자, 그 일은 그렇게 하기로 하고……."

힘이 없는 게 죄였다. 엽상은 울며 겨자 먹듯이 고개를 숙였다.

'지미, 그놈이 방을 안 나가서 난경이 반 시진 동안 그냥 앉아 있다가 갔는데, 어쩐지 악착같이 안 나가더라니.'

'흐흐흐. 약 오를 거다, 눈발.'

엽상이 나간 지 일각 후, 이무환은 신기영을 불러 폭령잠마영단을 두 알 주었다.

“이거 아주 귀한 영단이야. 특별히 주는 것이니까, 지금 한 알 복용하고 눈밭 방에 가서 운기해. 그리고 이삼 일 후에 한 알 더 복용하고.”

무려 ‘귀한 영단!’ 이란다. 그것도 두 알이나!

광룡이 아무리 헛소리를 잘한다지만, 그 역시 들은 말이 있기에 광룡의 말을 절대 무시하지 않았다.

처음에는 수룡단의 일반 단원이나 비슷했던 광룡사위가, 어느 날 갑자기 당주 급 고수들을 발아래로 두는 고수가 되었다고 했다.

한데 그렇게 된 것이 꼭 지옥 수련 때문만은 아니라고 했다.

손에 들린 둥근 단약을 보자, 신기영은 머리가 확 트이기라도 한 듯 그 이유를 알 것 같았다.

신기영은 부르르 몸을 떨고 허리를 직각으로 꺾었다.

“감사합니다! 단주!”

“눈밭, 잘 지키고.”

“염려 마십시오, 단주! 목숨을 걸고 지키겠습니다!”

第五章
광룡의 계책(計策)

오이삼은 화승객잔의 이층에서 건너편 천상객잔을 바라보았다.

'일단 저놈들 개개인의 정확한 정체를 알아내야겠는데…….'

멀리서 따라오기만 했다. 그 바람에 개개인의 정체를 정확히 알아내지 못한 상태다.

그가 알아볼 수 있었던 사람은 기껏해야 대여섯 명. 모두가 자신조차 승부를 장담할 수 없는 고수들이었다.

한데 놀랍게도 그들이 겨우 중간 정도의 위치로 보이는 것이 아닌가.

대체 어떤 자들이기에 만겁궁과 구룡성의 고수들이 중간 정도의 위치인 걸까?

어쩌면 그래서 더 궁금한 것일지도 몰랐다.

한데 마침 목표물들이 모두 천상객잔에 여장을 풀었다.

사실 놈들이 식사를 할 때 안으로 들어갈까 생각도 해보았다. 나누는 이야기를 듣다 보면 놈들의 정체도 정확히 알 수 있을 테고, 다음 계획까지 알 수 있을 테니까.

하지만 고수들이 너무 많았다. 개중에는 자신의 능력으로도 확실한 무위를 알 수 없는 자들도 있었다.

얼굴이 알려지면 나중에 곤란해질지도 모르는 일. 아쉬워도 포기하지 않을 수 없었다.

'으음, 일단 한 놈 잡아서 놈들에 대한 것을 자세히 알아봐야겠어.'

천상객잔을 바라보는 오이삼의 눈빛이 깊어졌다.

자시가 넘어가는 시각. 하나둘 객방의 불이 꺼져 간다.

이제 곧 천상객잔도 조용해지고 모두가 잠들 터. 자신은 그때 움직일 생각이었다.

한데 바로 그때였다.

'응?'

천상객잔 이층의 객방에서 두 사람이 나서더니, 아래층으로 내려가는 게 얼핏 보였다.

호위로 보이는 네 명의 무사에게 뭐라고 하더니 둘만 움직인다.

'저놈들은?'

젊은 놈과 어린 소녀. 구룡성을 나설 때 봤던 어린놈들이다.

정확한 정체는 모른다. 하지만 함께 움직이고 있다면, 호위까지 있다면 제법 신분이 높은 놈들의 자식들일 게 분명했다.

'잘됐군. 저런 놈들 다루는 것 정도야 식은 죽 먹기보다 쉽지. 후후후.'

탁자에 팔을 올려놓은 남궁산산이 턱을 받치고 밝게 웃었다.

"우리 둘만 이렇게 있으니 꼭 부부가 여행 온 것 같아요. 그죠, 오빠?"

이무환은 점소이가 가져온 엽차를 목을 축이며 눈을 치켜떴다.

'부부는 무슨. 꼬맹이를 농락하는 건달로 안 보면 다행이지.'

하지만 남궁산산은 둘만 있다는 게 마냥 즐거웠다.

"우리 술 마셔요. 약한 걸로요. 아까 물어봤는데, 여자들이 마시기 좋은 특산주가 있데요."

객방으로 올라가기 전에 점소이를 붙잡고 뭔가를 묻더니 술에 대해 물었는가 보다.

"특산주라면, 비싸지 않을까?"

"제가 살게요."

이무환의 눈이 동그래졌다.

어이가 없었다. 그러고 보니 지금까지 남궁산산이 돈을 쓰는 걸 한 번도 보지 못했다.

분명 남궁세가에서, '네 밥값은 네가 내야 돼'라고 했다. 그런데 생각해 보니 여태 자신이 다 냈지 않은가.

갑자기 억울한 마음이 들었다.

"좋아, 그럼 사는 김에 안주까지 사."

주문을 받으러 온 점소이가 이무환을 째려봤다.

'쪼잔한 놈. 저렇게 예쁜 소저에게 술값에 안주값까지 몽땅 바가지 씌우다니. 아까 송이에게 은자를 두 냥 준 것도 분명 지 돈을 준 것이 아닐 거야.'

무사들과 함께 온 놈만 아니라면 일장 훈계를 했겠지만, 시끄러워지면 쫓겨날지 모르니 참을 수밖에 없었다. 꼭 힘이 없다던가, 어린놈의 옆구리에 칼이 걸려 있어서가 아니었다.

'저런 놈 상대해 봐야 내 입만 더러워지지. 참자, 참아.'

그때 남궁산산이 밝게 웃으며 말했다.

"아까 말한 그 술 가져와요."

"저, 안주는 어떤 걸로?"

"안주는 필요없어요. 진짜 좋은 술은 안주가 필요없다고 우리 할아버지가 그랬어요."

점소이도 그 말을 들어본 적이 있기에, 서운했지만 어쩔 수 없이 그냥 돌아섰다.

"알겠습니다요."

그때 뒤에서 기둥서방처럼 생긴 놈과 예쁜 소저의 목소리가 들렸다.

“그래도 뭐 먹을 거라도 있어야 하지 않겠어?”

“아이, 오빠도. 아까 많이 먹었잖아요. 돈 들게 뭐 하러 음식을 시켜요? 정 필요하면 콩이나 몇 개 달라고 하면 되죠.”

걸어가는 점소이의 입술이 삐죽거렸다.

‘지미, 얼굴만 예쁘지, 씀씀이는 꼭……’

점소이가 술과 안주거리를 가져온 것은 반 각이 지나기도 전이었다. 콩도 한 접시 가져왔다.

남궁산산은 이무환의 잔에 먼저 술을 따르고 자신의 잔에도 한 잔 따랐다. 붉은빛이 도는 술에서 은은한 향이 피어올랐다.

이무환은 잔을 들어 슬쩍 맛을 보고 눈을 크게 떴다.

“어? 괜찮은데?”

남궁산산도 잔을 반쯤 비우더니 밝게 웃었다.

“우외! 정말 술 같지가 않아요.”

두 사람은 나머지를 마저 마시고 다시 잔을 채웠다.

옆에서 누군가가 웃음을 터뜨렸다.

“하하, 그 술은 그렇게 마시는 것이 아니라네.”

조금 깡마른 얼굴을 지닌, 마흔 전후로 보이는 중년인이었다. 깨끗한 청의를 입은 그는 두 사람이 앉은 탁자로 다가오며 조용히 웃었다.

이무환은 술잔과 그를 번갈아 보고 의아한 표정으로 물었다.

"술 마시는 데 특별한 방법이라도 있단 말이오?"

"물론이네. 술이라고 해서 다 같은 술이 아니듯이 때로는 마시는 방법이 다른 술도 있다네."

"흠, 그럼 이건 어떻게 마셔야 하는 것이오?"

청삼중년인은 자연스럽게 의자에 앉더니, 품속에서 작은 주머니를 하나 꺼내고는 그 안에서 하얀 옥병을 집어 들었다.

"본래 아무에게도 안 주는 건데, 자네 두 사람의 모습이 워낙 보기 좋아서 주는 것이네."

남궁산산이 활짝 웃으며 호기심 가득한 눈으로 옥병을 바라보았다.

"그 안에 든 게 뭔가요?"

"안에는 세 가지 꽃의 정기를 갈아 만든 삼화정(三花精) 가루가 들어 있네. 포도로 담근 술은 이걸 타서 마셔야 제 맛을 느낄 수 있지. 많이는 못 주고 조금만 타주겠네."

청삼중년인이 옥병의 뚜껑을 열었다. 향긋한 냄새가 옥병에서 흘러나왔다.

그는 술병을 잡고 옥병을 기울였다. 옥병에서 붉은 가루가 떨어져 술병 안으로 들어갔다.

그가 술병을 잡고 가볍게 흔들었다. 그러더니 두 사람에게 고갯짓을 했다.

"일단 그것부터 마시게. 그런 후에 이걸 마셔보면, 그 차이를 바로 알 수 있을 거네."

이무환과 남궁산산은 앞에 놓인 잔을 재빨리 비웠다.

그러자 청삼중년인이 두 사람의 빈 잔에 술을 따랐다.

술잔에서 전보다 더 진한 향이 흘러나왔다.

"어떤가? 향이 좋지 않나?"

이무환은 잔을 들어 코에 대었다.

"흠, 좋긴 좋군요."

남궁산산도 눈을 반쯤 감고 향기를 맡았다.

"아, 정말 좋아요."

중년인이 나직이 웃으며 옥병을 주머니에 집어넣었다.

"하하하, 한번 마셔보게. 그럼 더 놀랄 거네."

그때 이무환의 눈에 이층으로 통하는 계단에서 내려오는 네 사람이 보였다.

나후령과 한무귀, 금철광, 혁무기까지. 광룡십조 중 넷이었다. 그들을 한방에 몰아넣었는데, 밤늦게 술 생각이라도 동한 듯했다.

"어? 이보쇼, 당신들도 이리 오라구. 좋은 술이 있는데, 같이 마시게 말이오."

그들은 서로를 바라보더니, 슬쩍 의미가 묘한 눈빛을 교환하고는 계단을 내려왔다.

그들이 다가오자 청삼중년인이 자리에서 일어났다.

"허허, 맛있게 마시게나. 그럼 나는 이만……."

"그냥 앉아 계십시오."

"아니네, 시간이 너무 늦었으니 그만 가봐야……."

청삼중년인은 일어서다 말고 주위를 돌아다보았다.

계단에서 내려온 네 사람이 은연중 자신의 뒤를 감싸고 있
는 형국. 상황이 묘했다.

"앉으시라니까요?"

이무환이 웃으며 청삼중년인을 재촉했다.

청삼중년인은 마지못한 표정을 지으며 자리에 앉았다.

"험, 이거 미안해서……."

이무환의 입가에 떠오른 미소가 짙어졌다.

"괜찮습니다. 대신 몇 가지만 말해주면 되니까."

"뭘… 말인가?"

이무환은 바로 대답하지 않고 둘러선 네 사람을 쳐다보았
다.

"뭐 하쇼? 왔으면 앉지 않고."

남궁산산이 일어나더니 재빨리 이무환의 옆으로 자리를 옮
겼다.

그제야 네 사람이 엉거주춤 자리에 앉았다.

이무환은 네 사람이 앉은 후에야 청삼중년인을 바라보며 빙
그레 웃었다.

청삼중년인은 그 웃음에 가슴이 오싹 떨렸다.

입은 웃고 있는데, 깊이를 알 수 없는 눈은 잔잔하게 가라앉
아 있다.

"왜 그렇게 보는가?"

"누구쇼?"

이무환의 갑작스런 질문에 청삼중년인은 어리둥절한 표정

을 지었다.

"나 말인가? 아, 그러고 보니 내 이름을 밝히지 않았군. 나는 이삼이라 하네."

"정말 그게 본명이오?"

"허, 내가 왜 자네에게 이름을 속인단 말인가?"

"이유야 많죠. 알려주기 싫어서 그럴 수도 있고, 아니면… 정체가 탄로날까 봐 숨길 수도 있고 말이죠."

청삼중년인이 눈살을 찌푸렸다.

"정체라니? 대체 무슨 말을 하는지 모르겠군."

"아니면 왜 우리 술에다 약을 탄 거요?"

"약이라니? 그건 약이 아니라……."

그의 말을 자르고 남궁산산이 입을 열었다.

"초혼화(剿魂花)의 가루를 타면 술이 맛있어진다는 말을 오늘 처음 들었어요. 정말 술이 맛있어져요?"

"그, 그게 무슨 말이오, 소저?"

"어디 당신이 먼저 마셔 봐요."

"나는 이 시간에 술을 마시지 않는다네, 어린 소저."

"왜요? 초혼화의 가루는 결코 독약이 아니에요. 다만 심지를 흔들 뿐이지. 그러니 걱정 말고 마셔봐요."

"글쎄, 나는……."

순간이었다.

쾅!

청삼중년인, 오이삼은 앞에 있는 탁자를 밀치며 뒤로 몸을 날렸다.

하지만 마음뿐이었다.

탁자를 밀치고 뒤로 빠지려는데, 갑자기 커다란 손이 눈앞에 나타나는가 싶더니, 그의 머리를 잡고 탁자에 얼굴을 처박았다.

퍽!

“커억!”

그의 입에서 억눌린 신음이 흘러나왔다.

이무환이 청삼중년인의 머리를 누른 채 나직이 말했다.

“아직 가면 안 되지.”

탁자를 밀치려던 청삼중년인의 손 위에는 술잔이 누르고 있었다. 손등의 뼈를 부수며 파고든 채.

처절한 극통!

오이삼의 뇌리에 번개가 치고, 전신이 축 처졌다.

이무환은 오이삼의 머리를 놓고 빙그레 웃었다.

“몇 가지만 대답하면 된다니까요?”

옆에서 바라보던 나후령 등은 딱딱하게 굳은 표정으로 이무환과 남궁산산과 오이삼을 번갈아 보았다.

강제로 갇힌 사람도 있고, 스스로 눈과 귀를 막은 사람도 있다. 본의든 본의가 아니든, 세상사와 담을 싸놓고 지낸 네 사람이다.

한데 눈과 귀를 열었을 때 수많은 소문들이 들려왔다.

그야말로 허황된 이야기들이었다. 그리고 그 중심에 광룡이 있었다.

그들은 이무환에 대한 이야기를 듣고 절반도 믿을 수가 없었다. 하지만 만난 지 하루가 되기도 전에 절반 정도는 믿지 않을 수 없었다.

소문이 사실이 아니라면, 우내십존과 천중십마가 미쳤다고 광룡의 뜻을 따를까.

물론 그렇다고 해서 완전히 믿지는 않았다. 언제고 기회가 되면 정말 광룡이 소문대로 강한지 확인해 볼 생각이었다.

그런데 적어도 한 가지만큼은 사실이 분명한 듯했다.

광룡의 정신이 정상이 아니라는 것.

아니고서야 어찌 사람의 손뼈를 부수고 저렇게 해맑게 웃을 수 있단 말인가.

오이삼을 바라보는 네 사람의 눈에서 왠지 측은하다는 눈빛이 흘러나왔다.

'건들 사람이 없어서 하필 미친놈을 건드리다니.'

그때까지도 오이삼은 돌아가는 상황을 이해할 수가 없었다.

조금 늦게 와서 술병에 미리 약을 타지는 못했다. 그래도 보든 것이 완벽했다. 적어도 자신이 생각하기에는.

그런데 도대체 뭐가 잘못되어서 이런 일이 벌어진 걸까? 분명 자신은 아무런 실수도 하지 않았거늘.

그는 이를 악물고 고통을 참으며 이무환을 노려보았다.

"너, 너는 누군데… 나를 이렇게 핍박하는 것이냐?"

"응? 그럼 내가 누군지도 모르고 초혼화의 가룬가 뭔가를 먹이려고 한 거요?”

오이삼은 마지막 구명줄을 잡는 심정으로 악착같이 부정했
다.

“나는… 너를… 모른다. 그러니…….”

이무환이 고개를 갸웃거렸다.

“흠… 그거참, 조금 서운하군요. 나처럼 잘생긴 사람을 모르
고 있었다니.”

그러더니 씨익 웃으며 말했다.

“들어봤는지 모르겠는데, 나는 이무환이라고 한다오.”

이무환?

오이삼이 의아한 표정을 짓자 이무환이 친절하게 보충 설명
을 해주었다.

“사람들이 광룡이라고도 부르지요.”

순간 오이삼의 머릿속이 엉망진창으로 뒤집어졌다.

‘서, 설마… 이놈이… 미친… 룡, 광… 룡?

그때 이무환의 목소리가 그의 귓전을 파고들었다.

“몇 가지만 물을 테니까 대답해 줬으면 좋겠는데. 어때요?
괜찮겠죠?”

이무환은 오이삼을 객잔 뒤쪽의 허름한 창고로 데려갔다.

이런저런 잡동사니와 공구들이 걸려 있는 걸 보니, 객잔을
수리할 때 쓸 물건을 보관해 놓은 곳인 듯했다.

“저기다 내려놓으쇼.”

금철광이 질질 끌고 온 오이삼을 바닥에 내던졌다.

이무환은 오이삼의 앞에 쪼그리고 앉아서 나직이 물었다..

"첫째, 당신 어디서 온 사람이지?"

"나는… 그냥 이곳에 사는… 끄아아아아!"

"이런, 뼈가 튀어나왔네. 잘라내야겠군. 어이, 나 형, 저기 있는 칼 좀 줘봐. 잘 안 들어도 괜찮아."

나후령이 녹이 잔뜩 슨 칼을 집어 들었다.

오이삼이 더듬는 목소리로 재빨리 말을 바꿨다.

"그, 그게 아니라, 나, 나는… 호, 혹시 훔칠 것이 없나 해서……."

"그럼 도둑놈이군. 도둑놈은 발을 잘라 버려야 하는데. 그래야 도망을 못 가서 다시는 도둑질을 하지 않거든. 어이, 한 형, 톱 좀……."

한무귀가 벽에 걸린 톱을 고리에서 빼내 들고 다가왔다.

무심한 표정, 어둠 속에서 번들거리는 눈빛.

오이삼은 몸이 떨려 말이 제대로 나오지 않았다.

"그, 그게……."

"나는 말이야, 거짓말하는 놈을 무지 싫어하거든? 사실대로만 말하면 곱게 보내준다니까?"

오이삼의 눈빛이 처음으로 흔들렸다.

상대는 구룡성을 뒤집어놓은 광룡이다. 이런 놈이 왜 이곳에 있는지는 굳이 알 필요도 없었다. 그저 눈앞에 있는 놈이 진짜 광룡이라는 것이 중요할 뿐이었다.

그때 남궁산산이 환하게 웃으며 들고 온 술병을 오이삼 앞으로 밀었다.

"일단 이거부터 한 모금 마시세요. 향이 아주 좋아요."

오이삼의 눈에는 이무환이나, 남궁산산이나 똑같이 제정신이 아닌 사람으로 보였다.

'걸려도 하필 이런 연놈에게 걸리다니.'

오이삼은 덜덜 떨리는 손을 뻗어 남궁산산이 내민 술병을 잡았다.

어차피 이판사판, 차라리 맨 정신에 입을 여는 것보다 초혼화의 가루가 타진 술을 먹고 입을 여는 게 더 나을 것 같았다.

고통도 덜어질 테니까.

오이삼의 입이 열린 것은 술병을 반쯤 비운 후였다.

눈이 몽롱하게 흐려진 오이삼이 이무환의 질문에 대답했다.

"내 이름은… 오이삼이야……. 낄낄낄."

"신분은?"

"사우천 혈사단 이조장이 바로 나다, 어린놈아. 키키키키……."

"왜 우리에게 초혼화의 가루를 먹이려고 한 것이지?"

"킬킬킬, 멍청하긴. 그거야 너희 두 미친 연놈을 몰래 잡아가려고 한 거지."

퍽!

끝내 이무환이 주먹으로 오이삼의 머리를 갈겼다.

"욕은 하지 마, 이 미친놈아."

"크크크. 알았다, 미친놈아. 대신 너도 때리지 마라."

이무환에게 미친놈은 욕이 아니었다. 하기에 그 말은 그냥 넘어갔다. 옆에서 바라보는 사람들이야 '똑같이 미쳤군' 그런 눈으로 바라봤지만.

"좋아, 안 때릴 테니까 확실히 대답해. 근처에 네 동료들이 있어?"

"물론 있지. 곧 네놈들을 죽이러 올 것이다. 킬킬킬……."

"어디에 있지?"

"구궁산에."

2

동틀 무렵, 사람들이 이무환의 방으로 모였다.

작은 방이 아닌데도 십여 명이 들어서자 꽉 찬 느낌이 들었다.

"재미있는 일이 생겼습니다."

이무환이 정말 재미있는 일이라도 생긴 양 웃으며 말문을 열었다.

그 모습이 못마땅한지, 호연청이 눈살을 찌푸리며 쏘듯이 물었다.

"무슨 일인데 이른 새벽에 부른 건가?"

"어제저녁에 수룡단의 대원이 놈들에 대한 소식을 가져왔다는 것은 들으셨을 겁니다."

왔다는 말만 들었을 뿐, 무슨 말이 오갔는지는 듣지 못했다.

정보의 차단. 그렇게밖에 생각이 들지 않았다.

호연청은 불만이 가득한 표정을 지은 채 이무환을 쳐다보았다.

"함께 놈들을 상대하기로 했으면 뭔가 정보를 줘야 할 것 아닌가?"

"주무시는 분들을 깨우기 미안해서 말하지 않았는데, 그냥 깨울 걸 그랬나요? 그럼 앞으로는 그렇게 하죠 뭐."

그럼 그것대로 또 짜증이 날 터다. 보나마나 광룡의 성격상 시도 때도 없이 불러댈 게 분명하니까.

"험, 말이 그렇다는 것이네. 그래, 하고 싶은 말 있으면 해보게."

이무환이 씩 웃고는 사람들을 둘러보며 본론을 꺼냈다.

"잠풍련의 잔당들이 어젯밤 구궁산으로 들어갔다고 합니다. 여기서 이백 리가 조금 넘는 거리죠. 해서 일찍 출발할까 합니다."

황보광이 눈을 들고 물었다.

"우리가 갈 때까지 그곳에 있겠는가?"

소천득이 혼잣말처럼 중얼거렸다.

"쓸데없이 산속만 헤매다 시간을 보내는 것 아닌지 모르겠군."

몇 사람이 고개를 끄덕였다. 개중에는 노골적으로 비웃듯이 바라보는 사람도 있었다, 철위평처럼.

"이 단주는 구궁산이 손바닥처럼 작은 줄 아는가? 우리 인원으로도 그곳을 제대로 살피려면 적어도 하루 이상이 걸릴 것이네."

"너무 걱정할 필요는 없습니다. 십중팔구 그들은 그곳에 있을 테니까요."

호연청이 코웃음 치며 이무환을 합공했다.

"훗, 앉아서 천 리군. 과연 광룡다운 자신감이야. 하지만 그런 자신감만으로는 적을 칠 수 없는 법이라네."

"아직 강호의 경험이 없어서 그런 걸 거요. 이해하시구려."

소천득이 또다시 혀를 찰 것 같은 표정으로 입을 열었다.

그때 말없이 앉아 있던 헌원숭이 오랜만에 입을 열었다.

"뭔가 다른 정보가 있는 것 같은데, 말해보게."

이무환이 빙그레 웃었다.

"제가 그리 자신하는 것은, 그들이 그곳에 들어간 이유를 알았기 때문이지요."

사람들의 눈이 일제히 굳어지자, 이무환이 호연청의 뒤통수를 망치로 때리듯 말했다.

"사우천의 무력 단체 중 첫째, 둘째를 따진다는 혈사단(血邪團)이 구궁산에 있다고 합니다. 모두 삼백 정도라고 하는데, 철룡부를 돕던 자들도 그곳에서 나왔다고 하더군요. 철룡부는 그것도 모르고 있었는가 봅니다만."

철위평도 만 근 바위가 머리 위에 떨어진 듯 목을 쑥 집어넣고 아무 말도 못했다.

이무환이 무심한 표정으로 그들을 보며 말을 이었다.

"환비는 그들에 대해 알고 있었던 것 같습니다. 해서 사우천으로 가기 전, 그들과 손을 잡고 추격대를 역습하려는 생각인 듯합니다. 우리들의 머리를 선물로 가져가기 위해서 말이죠."

앉고 선 모두의 표정이 싸늘하게 굳었다.

잠풍련의 잔당과 사우천의 정예라면, 자신들이 아무리 최강의 전력이라 해도 만만치 않을 것이었다. 더구나 놈들의 안방이나 다름없는 곳이라면 더욱더 그랬다.

물론 그렇다고 해서 겁날 것은 없었다. 오히려 가슴속에 웅크리고 있던 투기가 끓어올라서 가슴에 열기가 번질 지경이다.

호연청도 이 기회에 광룡에게 당한 화풀이를 하고 싶었다.

"그래, 자네는 어떻게 할 생각인가?"

무심하던 이무환의 얼굴에 하얀 웃음이 번졌다.

"우리 꼬맹이가 그러더군요. 그 선물, 우리가 천마교로 가져가면 어떻겠냐고 말입니다. 어떻습니까, 멋진 생각 아닙니까?"

3

"괜찮은 생각이군."

"문제는 저들의 강함이오. 우리가 파악한 대로라면, 저들 중

십마십존에 속한 고수가 끼어 있소. 게다가 대부분이 절정 이상의 고수들이오. 숫자가 적다 해서 절대 과소평가해선 안 될 것이오."

"대호도 사냥꾼의 함정에 제대로 걸리면 빠져나가기 힘든 법이지. 후후후후, 피가 끓는군. 십마십존이라……."

중년인은 자리에서 일어나 창문 밖을 바라보았다.

그가 자리한 곳은 구궁산 중턱의 바위산 사이에 지어진 통나무집이었다.

저 멀리, 비가 멈춘 후 밀려든 안개로 바다가 되어버린 계곡이 보였다.

'벌써 삼 년이 되었군.'

구룡성을 잠식하기 위해 본진과 따로 떨어진 지 삼 년. 한때는 소외감마저 느꼈다.

사우천 최강을 다투는 흑우령(黑雨靈)과 사유전(邪儒殿)에 의해 밀려난 것이 아닌가 하는 생각마저 했다.

그 생각을 할 때마다 분노가 치솟았다.

사우천의 기반을 마련하는 데 최고의 공을 세운 자신들을 본진에서 내치다니!

하지만 천주의 약속을 믿고, 구궁산에 웅크린 채 힘을 키우며 분노를 삭였다.

덕분에 사우천 최강을 다툴 정도의 무력을 보유했다. 무사들의 사기도 극한까지 오른 상태였다. 이제 순수한 힘을 따져도 흑우령이나 사유전에게 밀리지 않을 것이었다.

하거늘, 구룡성의 일이 엉뚱하게 흘러 버렸다. 빌어먹을 철
군평이 갑자기 자신들과의 관계를 끊어버린 바람에 모든 일이
엉망진창이 되어버린 것이다.

작전의 실패.

이를 갈며 분노를 짓씹었다.

'천'으로 돌아가야 하나? 그런 생각도 해봤다. 열흘 안에 천
주의 명이 떨어지지 않으면 그렇게 할 작정이었다.

한데… 오이삼에게서 연락이 왔다. 그리고 어제 오후에 느
닷없이 찾아온 잠풍련 애송이의 말대로라면, 오늘이 지나기
전에 구룡성의 추적대가 산을 오를 터였다.

'아주 잘되었어. 놈들만 제거하면 단번에 모든 것을 만회할
수 있을 게야.'

오랜만에 혈사단주 초문광의 피가 투기로 달아올랐다.

한편, 환비는 초문광의 뒷모습을 보며 조용히 미소를 지었
다.

예상했던 대로 초문광이 자신의 의견을 받아주었다.

하긴 다른 선택을 할 수 없었을 것이다. 구룡성의 일이 실패
한 이상 뭔가 성과를 올려야 할 테니까.

'너희들이야 다 죽어도 상관없어. 놈들을 최대한 많이 죽여
주기만 하면 돼. 그래야 내가 가져갈 선물 보따리가 무거워질
테니 말이야.'

담사황은 바로 떠나지 못했다. 아니, 떠날 수가 없었다.

차마 그냥 갈 수 없어서 간다는 인사를 하려는데 이무환이
말했다.

"얼마 멀지 않으니까 함께 가죠. 괜찮죠?"

안 된다고 말해야 되는데, 그러지를 못했다.

"진짜 남자는 마무리까지 확실히 하고 대가를 받는 법이죠.
양심에 찔리는 일이 없게 말이죠. 안 그렇습니까, 궁주님?"

입을 열기도 전에 그리 말하는데 뭐라 할 건가.

"그건 그렇지."

그렇게 말할 수밖에. 제기랄!

담사황이 속으로 '제기랄'을 외치든, '빌어먹을 광룡 길 가
다 넘어져라' 고사를 지내든, 이무환은 다른 생각할 겨를이 없
었다.

통산을 지난 지 이각. 저 멀리 안개에 휘감긴 구궁산이 보이
자 마음이 무겁게 가라앉았다.

"환비란 놈이 단단히 준비해 놓고 기다리겠지?"

"그럴 거예요, 오빠."

"혈사단 삼백에 놈들까지 합하면 사백 정도 되겠군."

"더 될 수도 있어요."

일단은 그럴 가능성을 산정하고 계획을 짜야 했다.

“큭, 그럴지도 모르지. 좌우간 놈들이 어떤 방식으로 우리를 공격할 거라고 생각해?”

“지금 안개가 많이 끼어 있어요. 아마 우리가 구궁산의 지리를 잘 모를 거라 생각하고, 최대한 지형지물을 이용해 함정을 파놨을 거예요.”

“비겁한 놈들. 숫자도 많으면서, 나와서 싸우지.”

“다행인 점은 우리가 저들에 대해 알고 있다는 것이에요. 저들은 그걸 모르고 있구요.”

그건 아주 큰 차이였다. 오이삼이 자신들을 잡으러 온 것이 고마울 정도로.

“흠, 그러고 보면 오이삼을 너무 심하게 다룬 것 같아. 덕분에 희생을 줄일 수 있게 되었는데 말이야.”

“그래도 다리밖에 부러뜨리지 않았잖아요.”

“머리도 헤까닥 돌았잖아.”

“그거야 저와 오빠에게 먹이려 했던 걸 자기가 먹었을 뿐인데요, 뭐.”

‘네가 억지로 다 먹여서 더 돌았어.’

이무환은 그 말은 하지 않고 남궁산산의 옆모습을 힐끔 쳐다보았다.

세상 그 어떤 소녀보다 아름답게 빛나는 맑고 깨끗한 눈망울이 보였다.

‘그냥 보면 정말 순진하게 보이는데 말이야. 어떻게 해야 저 속에 있는 빙심나찰귀를 없앨 수 있지?

　꼭 남궁산산을 위해서만이 아니었다. 그래야 자신이 편해지기 때문이었다. 아무래도 신경을 덜 쓰게 될 테니까.

　바라보는 사이 남궁산산이 싸늘한 한광을 흘리며 말을 이었다.

　"그리고 우리가 이렇게 빨리 움직일 줄은 미처 모르고 있을 거예요."

　"거기다 곧바로 놈들이 있다는 곳으로 달려가고 있고 말이지."

　"바로 그거예요. 그 바람에 저들은 완벽한 준비를 다 하지도 못한 채 우리와 만나게 될 거예요."

　"틈이 많겠군."

　"두어 군데의 틈만 있어도 오빠가 날뛰면 막지 못할 거예요."

　"흐흐흐, 내가 좀 세지?"

　"그래도 혼자 설치지는 마세요."

　"내가 미쳤냐? 나 혼자 독불장군처럼 설치게."

　"오빠에게 무슨 일이 생기면, 제가 미칠지 몰라요."

　"그럼 안 되지, 네가 미치면 막을 사람도 없는데. 여차하면 구룡성까지 때려부순다고 할 거 아냐."

　"그러니까 조심하라구요. 저번 천세도인하고 싸울 때처럼 죽기 살기로 싸우지 말란 말이에요. 알았죠?"

　"어."

　외마디 대답을 끝으로 두 사람의 입이 닫혔다.

귓전에는 스쳐 가는 바람 소리만이 들려올 뿐이었다.

다른 사람들도 모두 입을 닫은 채 걸음을 옮기며, 의혹이 가득한 눈빛으로 두 사람의 뒤통수만 노려보았다.

남궁산산이 미칠지 모른다고 한 거야 이해할 수 있었다. 사랑하는 사람이 죽으면 그럴 수도 있는 일이 아닌가 말이다.

한데 광룡의 말은 또 무슨 뜻일까?

남궁산산이 미치면 막을 사람이 없다니. 구룡성을 때려부순다니.

정말 저 남궁산산에게 그런 능력이 있단 말일까? 아니면 광룡이 제정신이 아니어서 헛소리를 한 것일까?

후자일 가능성이 높았다. 아니, 아무리 생각해도 그것이 정답이었다.

광룡의 헛소리를 어디 한두 번 들었나?

남궁산산이 아무리 천하제일의 기재라 해도 그건 말도 안 되는 소리였다.

대부분의 사람들이 실소를 흘리며 그렇게 결론을 내렸을 때였다. 저만치 송림 사이로 사당이 하나 보였다.

이무환도 사당을 보았는지 손을 들어 송림을 가리켰다.

"저기서 잠깐 쉬며 작전을 짜보죠. 방금 기가 막힌 작전이 하나 생각났는데, 한번 들어보십쇼."

사당은 관운장을 모시는 관제묘였다. 낡긴 했지만 크기가 제법 커서 칠십 명이 다 들어가도 될 정도였다.

　주요 고수들이 대충 둘러앉자, 이무환은 구궁산의 형태를 바닥에 그리고 자신의 계획을 설명했다.

　"어떻습니까?"

　이무환이 자랑스럽게 되물은 것은, 관제묘에 들어온 지 일각가량이 지났을 무렵이었다.

　"그럴듯한데요? 충분히 가능하겠어요, 오빠."

　남궁산산이 고개를 끄덕이며 이무환의 계획에 찬성했다.

　하지만 다른 사람들은 못미더운 표정, 어이없다는 표정을 지은 채 이무환을 쳐다보았다.

　"그게 자네가 생각한 기막힌 작전인가?"

　"일렬로 움직이다니, 우리가 산에 놀러 가는 줄 아나?"

　"시간이 아깝군. 차라리 운기나 할 걸 그랬어."

　이때라는 듯 호연칭, 철위평, 소천득이 앞 다투어 한마디씩 했다.

　이무환이 그들을 흘겨보며 물었다.

　"그럼 더 좋은 생각 가진 분 있수?"

　헌원숭이 신중하게 바닥을 바라보며 의견을 내놓았다.

　"차라리 칠팔 명씩 조를 이룬 후, 일정한 간격을 유지한 채 압박해 들어가는 건 어떻겠는가?"

　"그건 안 돼요."

　남궁산산이 단칼에 무 자르듯 헌원숭의 계획을 반대했다.

　호연칭이 눈살을 찌푸리며 물었다.

　"왜 안 된다는 것이지? 그래도 이 단주가 말한 것보다야 훨씬, 백배는 더 현실성있는 계획 같은데?"

"저들이 우리가 그렇게 움직일 거라는 걸 알기 때문이에요."

"어떻게 저들이 우리의 계획을 알 수 있단 말이냐?"

"그게 가장 단순하면서도 효과적인 방법이니까요."

호연청은 물론이고, 서 있던 사람들의 이마에도 골이 파였다.

남궁산산이 눈을 빛내며 말을 이었다.

"환비가 합류했다면, 저들은 우리 일행에 대해 많은 걸 알고 있다고 봐야 돼요. 그럼 당연히 호연 대협처럼 뛰어난 계책을 세울 수 있는 사람들이 있다는 것도 알겠죠. 그러니 우리가 무작정 산으로 진입하지 않고 나름대로 계획을 세워서 진입할 거라 생각할 거예요. 단순하면서도 행동하기 편한 작전을 세워서 말이죠."

그제야 호연청의 가늘어진 눈매가 번뜩였다. 남궁산산이 하고자 하는 말뜻을 알아들은 것이다.

"놈들이 그에 맞춰 함정을 팔 거다, 이 말이냐?"

"시간이 없으니 저들에게도 그게 가장 좋은 대응책이 될 거예요."

"하지만 이 단주의 계획은 너무 터무니없다. 세상에, 삼 장의 간격으로 줄을 서서 들어가다니."

"그래서 지금은 좋은 작전이 되는 거죠. 저들로서는 우리가 그렇게 무식한 형태로 움직일 줄은 생각도 못하고 있을 테니까요. 물론 보강을 좀 해야 되겠지만요."

무식하고 어처구니없는 작전이라서 좋다고?

이무환이 고개를 갸웃거렸다.

'지금 칭찬을 하는 거야, 무식하다고 놀리는 거야?'

하지만 호연청은 크게 떠진 눈으로 남궁산산을 바라보며 자신도 모르게 되물었다.

"함정이 무용지물이 된다는 말인가?"

"그렇죠. 저들도 한두 사람을 잡기 위해 수십 명을 움직이지는 못할 거예요. 숫자에 한계가 있으니까요. 결국 실력으로 상대할 수밖에 없는 상황이 될 텐데……."

잠깐 말을 늘인 남궁산산이 주위를 둘러보며 빙긋이 웃었다.

"우리 쪽은 개개인이 최고의 고수들이죠."

순간 둘러서 있던 사람들에게서 아지랑이 같은 기운이 흘러나왔다.

자신감에 찬 얼굴. 깊은 곳에서 이글거리는 눈빛.

마치 '그까짓 놈들이야!' 라고 소리치고 싶은 표정들이다.

이무환은 슬쩍 사람들을 바라보고 입맛을 다셨다.

'쩝, 모두 여우에게 홀렸군.'

*   *   *

이각을 쉰 후 관제묘를 향해 출발했다.

이십 리를 더 가자 산촌이 나타났다. 사는 사람이 없는지 마을은 텅 비어 있었다.

추격대는 사람이 보이지 않는데도 마을로 들어갔다.

중간쯤 지나가는데 금방 무너지게 생긴 목조 가옥 안에서 두 사람이 나왔다. 수룡대의 대원들이었다.

"수룡십이대의 육호와 칠호가 단주를 뵙습니다."

두 사람은 호연청이 아닌 이무환 앞에 털썩 무릎을 꿇었다. 그들도 호연청이 수룡단주의 지위에서 팽당했음을 알고 있다는 말이었다.

"현재까지 들어온 정보를 말해봐. 놈들의 움직임이 발견되었어?"

"위험해서 깊숙이 들어가진 못하고, 대원들이 십 리의 거리를 둔 채 구궁산을 감싸고 감시 중입니다. 하지만 아직까지 놈들이 안에서 나왔다는 소식은 없습니다."

이무환이 '어때? 내 말이 맞지?' 하는 표정으로 뒤를 쓱 돌아다보고는 다시 물었다.

"구궁산의 지리에 대한 것은 파악해 놨어?"

"사냥꾼 하나를 닦달해서 여기……."

수룡십이대의 육호가 품속에서 말아놓은 양피지를 꺼냈다.

종이는 쉽게 찢어지고, 물이라도 묻으면 먹이 번진다. 하지만 양피지에, 기름이 들어간 먹물로 글을 써놓으면 번지지도, 쉽게 찢어지지도 않는다. 하기에 수룡단에선 중요 정보는 되도록 양피지에 묵유(墨油)를 이용해 적도록 지시했다.

이무환은 육호가 급박한 추적 중에도 철저히 원칙에 따라 행동했음을 알고 기분이 좋아졌다.

‘흠, 원칙은 지키라고 있는 것이지. 무위도 괜찮은 것 같고, 대주로 써도 되겠어.’

그사이 양피지가 눈앞에 쫙 펼쳐졌다.

이무환은 양피지에 가득 그려진 그림을 행여나 점 하나 놓칠세라 철저히 살펴보았다.

‘음, 당장 대주는 힘들겠군.’

그림은 제법 잘 그렸는데, 지명을 적어놓은 글씨가 항주의 칠도회주 국자상만큼이나 제멋대로다.

대주가 되기 위해선 글씨부터 연습해야 할 것 같았다. 그래야 보고서를 제대로 작성할 수 있을 테니까.

아니면 상관을 짜증나게 해서 제명에 죽지 못하는 일이 벌어질지도 몰랐다.

그래도 어쨌든 그림은 마음에 들었다.

“흠, 이게 구궁산이란 말이지? 아주 자세히 그렸군. 좋았어.”

그림에서 고개를 든 이무환은 안개에 둘러싸인 구궁산을 바라보며 씩 웃었다.

온기 하나 없는 싸늘한 웃음, 언뜻 그 깊은 곳에서 묘한 삼색광이 번들거렸다.

광룡의 눈빛!

‘아주 화끈하게 엎어버리겠어!’

第六章
죽이고 싶도록 얄미운 놈 있으면 말해

“저게 뭐 하는 짓이지?”

백 장 절벽 위에 서 있던 초문광의 얼굴이 와락 일그러졌다. 그 옆에 나란히 서 있던 환비도 눈을 좁힌 채 싸늘한 한광을 뿜어냈다.

'어떤 놈이 저런 멍청한 계획을 세웠단 말인가!'

계곡을 따라 놈들이 올라온다.

한데 백 장 길이의 구렁이가 기어오는 것 같다. 커다란 천년 오공의 발이 스멀거리며 움직이는 것처럼 보인다.

'빌어먹을!'

놈들이 아침 일찍 움직였다는 소식이 전해지자마자 부랴부랴 작전을 개시했다.

총 사백여 명의 인원을 열 개 조로 나누어, 적이 방어하기 힘든 곳에 배치한 것이다. 물론 놈들이 지나갈 만한 곳을 골라서.

어차피 적들은 개개인이 따로따로 움직이지는 않을 터. 몇 명씩 함께 움직이면, 집중 공격을 해서 한 조씩 제거할 생각이었다. 적이 아무리 강하다 해도 방어가 어려운 지형이면 그만큼 제힘을 발휘하지 못할 테니까.

그런데… 빌어먹게도 제일 무식한 방법으로 산을 오른다.

"일단 수하들을 뒤로 물려야 할 것 같군."

초문광의 말에 환비도 고개를 끄덕였다.

"오 인 일 조로 나누어서 치고 빠지는 방법을 쓰는 게 좋을 것 같습니다."

초문광이 환비를 바라보았다. 기분이 언짢은 눈빛이었다.

"지휘자는 나네. 어차피 함께하기로 했으면 내 명에 따르게."

환비의 눈 깊은 곳에서 혈기가 일렁였다. 하지만 워낙 찰나간인데다, 곧 태연한 표정으로 고개를 숙여서 초문광은 볼 수가 없었다.

"그야 당연한 일이지요."

2

길게 늘어선 줄이 언젠가부터 옆으로 퍼졌다.

그러더니 순식간에 쐐기와 같은 형태로 바뀌면서 움직임이
빨라졌다.

그렇게 일행이 산을 오른 지 일각이 조금 넘었을 무렵, 첫
번째 격돌이 벌어졌다. 미처 물러서지 못한 혈사단 일 개 조
삼십 명을 쐐기의 선두에서 달리던 사람들이 그대로 덮쳐 버
린 것이다.

선두는 헌원숭과 그의 두 제자, 그리고 소천득이었다.

사람은 보이지도 않았다. 그저 십여 장 밖에서 누군가의 기
운이 느껴질 뿐이다. 한데도 헌원숭의 기화살은 나무를 가루
로 만들며 한 치도 어김없이 한 발에 한 사람의 목숨을 거두었
다.

그리고 곧이어 헌원숭의 두 제자가 빽빽한 나무 사이를 뚫
고 화살을 날렸다.

투두둥! 쉬쉬쉬쉭!

십여 발의 화살이 빗살처럼 안개를 가른다.

숲 안에서 터져 나오는 억눌린 신음!

"허억!"

"크억!"

"엄폐물을 찾아서 몸을 숨겨라!"

하지만 그들이 움직이기도 전에 소천득이 먼저 숲 속으로
뛰어들었다.

"흥!

한 마리 대호가 겁에 질린 들개 떼 사이로 뛰어든 것만 같

왔다.

소천득의 쌍수가 안개 낀 대기를 갈기갈기 찢어발긴 순간!

따당! 퍼벅!

도검이 부러지고, 가슴이 쩍 갈라진 채 두세 명의 무사가 피를 토하며 무너져 내렸다.

그래도 혈사단의 무사들은 악착같이 달려들었다.

"뭉쳐서 달려들어라!"

"씨발! 이러나저러나 죽는 것은 마찬가지다! 물러서지 마!"

다른 길이 없었다.

뒤는 십여 장 높이의 절벽으로 막혀 있다. 적을 급습하기 위해 유리한 지형을 점유하고 있었는데, 이제는 오히려 그것이 그들의 발목을 잡은 것이다.

그렇게 혈사단의 무사들이 죽음을 각오하고 달려들자 소천득조차 신중하게 상대하지 않을 수 없었다.

재수없으면 굶주린 들개 떼에 물릴 수도 있는 법. 그는 칠성의 공력을 팔성까지 끌어올렸다. 그러고는 한 수 한 수에 상대의 목숨을 확실하게 끊었다.

죽음을 불사한 채 달려드는 자들이다. 방심하면 죽어가던 자가 언제 자신의 등에 검을 꽂을지 모르는 일.

콰직! 퍽!

소천득은 가슴뼈가 함몰된 자도 냉정하게 목을 쳤다.

쩍 갈라진 목에서 피분수가 솟구친다.

칙칙한 바람을 타고 퍼지는 자욱한 피안개!

누군가가 소천득의 수법을 보고 대경해 소리쳤다.

"절수……! 절명마수 소천득이구나!"

"며, 명부신사도 왔다!"

천중십마 중 두 사람의 이름이 튀어나온다.

제아무리 수년간 피나는 노력을 했다고 해도 강호의 하늘인 천중십마의 상대가 될 수는 없는 일. 두 사람의 이름이 그나마 남았던 혈사단 무사들의 투지조차 흔들어놓았다.

도저히 안 되겠다 생각했는지 혈사단의 무사들 중 서너 명이 절벽 위로 몸을 날렸다.

그러나 헌원숭이 허공에 뜬 채 활을 튕기자, 솟구치던 무사들이 날개 꺾인 기러기처럼 떨어졌다.

그사이, 모용상명과 하후영과 장화풍 등 다섯 명의 밀천회 고수가 달려와 공격에 가담했다.

그들은 이무환에게 억눌린 감정을 풀어버리겠다는 듯 혈사단의 무사들을 인정사정없이 몰아붙였다.

일검에 사지가 잘리고 일수에 피를 토하며 나가떨어진다.

옅은 안개 속에서 튀어 오르는 피분수!

콧속을 파고드는 비릿한 피 냄새!

그 순간만큼은 정파의 기재도, 강호의 협사도 그곳에 없었다. 그저 피에 미친 살귀들만이 있을 뿐이었다.

한편, 이무환은 밀천회의 공격을 뇌둔 채 길을 따라 올라갔다. 남궁산산은 광룡사위와 엽상, 종리난경, 신기영, 그리고 수룡단의 무사들과 함께 산촌에 놔두고 온 터, 홀가분한 마음이었다.

'시간을 끌면 도망갈지 몰라.'

좌측에서는 황산검문의 사람들이, 우측에서는 광룡단이 기러기 날개처럼 대형을 넓게 펼치고 그를 따라 움직인다.

이대로 가면 이각 안에 적들의 본진과 부딪칠 듯했다.

이미 적들은 첫 번째 계획을 거두어들인 상태였다.

자신들을 어떻게 상대할지 모르는 상황.

하지만 큰 걱정은 하지 않았다. 그것마저도 꼬맹이와 함께 궁리해 놓았으니까.

"이대로 전진할 것인가?"

도검을 거꾸로 꽂아놓은 것처럼 보이는 암봉이 나타나기 시작할 무렵, 오 장의 거리를 두고 움직이던 무설강이 물었다.

적들의 암습이 마음에 걸리는 듯했다.

"놈들은 다시 계획을 세우기 위해서 본진 쪽과 합류했을 거라니까요. 그사이 최대한 압박을 해야 우리가 편해진다구요."

이번에는 제갈신결이 물었다.

"그러다 놈들이 파놓은 함정에 빠질 수도 있네."

"시간도 없는데, 설마 백 장 깊이의 땅을 파놨겠수, 아니면 머리가 우리 꼬맹이만큼 좋아서 기문진을 설치했겠수? 기껏해봐야 지형을 이용해서 합공하려고나 하겠죠."

그것도 그럴듯했다.

더구나 상당한 거리를 두고 움직이는 만큼 함정을 파놨다고 해도 걸리는 사람은 극히 일부일 터. 놈들도 별무효과일 것이 뻔한 일을 할 정도로 멍청하지는 않을 것이었다.

"무 형님은 뇌고자와 몇 사람을 데리고 뒤로 처져서 밀천회 사람들이 합류할 때까지 황산 사람들을 도와주쇼. 앞은 나와 광룡십조가 맡을 테니까."

무설강이 의아한 표정으로 물었다.

"광룡십조라니, 누굴 말하는 건가?"

"어? 내가 광룡의 발톱에 대해서 말하지 않았던 가요?"

"광룡의… 발톱?"

"새로 뽑은 사람들 있잖아요. 그들을 광룡십조라고 부를 생각입니다. 어때요? 괜찮은 이름이죠?"

순간 십여 장 뒤에서 따라오던 열 명의 몸이 흔들렸다.

광룡의 발톱이라니!

하지만 이무환의 이어진 말을 듣고 이만 악물었다.

"그게 싫으면 광룡의 이빨, 광룡십아라고 부를 생각이죠. 하하하!"

무설강은 내심 자신이 그 안에 속하지 않았다는 것을 다행으로 생각하고는, 그래도 걱정된다는 듯 물었다.

"그래도 지형을 모르면 곤란해지지 않겠나?"

하지만 이무환은 아무런 걱정도 하지 않았다.

"골치 아프게 깊이 생각할 것 없어요. 그냥 달려가면서 막는 놈들 있을 때마다 다 때려부수면 된다니까요.

과연 광룡다운 무식한 작전이다.

그러나 누구도 이무환을 비웃지 않았다. 무식한 작전을 시행하기 이전에, 그만큼 철저히 잔머리를 굴리는 사람이 바로 광룡 이무환이라는 것을 모르는 사람이 없는 것이다.

하지만 초문광은 그것을 알지 못했다. 하기에 광룡단과 황산검문의 제자들이 몰려오는 걸 보고는 싸늘히 비웃었다.
"겁도 없는 놈들. 죽을 자리로 잘도 찾아오는군."
"그만큼 자신있다는 말이 아니겠습니까?"
"흥! 본 단의 무사들도 결코 약하지 않네. 두고 보면 알게 될 거야."
초문광이 코웃음 치며 아집에 가까운 고집을 버리지 않는다.
환비는 그런 초문광의 뒷모습을 보며 눈을 가늘게 좁혔다.
'광룡이 어떤 괴물인지 모르는 사람들은 곧잘 그런 생각을 하지. 하긴 당신이 그를 어찌 알 것인가?'
광룡에 대한 것을 자세히 설명하지 않았다. 말해봐야 믿지도 않을 게 뻔했으니까.
환비는 잠시 초문광을 바라보다 고개를 돌렸다.
옆에는 십여 명이 두 사람의 명을 기다리며 서 있었다. 그중 잠풍련의 사람들은 모두 넷. 환비는 그들과 눈이 마주치자, 보일 듯 말 듯 입술을 달싹였다.
"내가 말한 대로 시행하시오."

칼날처럼 솟은 암봉 숲을 지나 백오륙십 장을 전진하자, 깎아지른 듯한 절벽이 위용을 자랑하는 깊은 협곡이 나왔다.

백 장 높이의 절벽과 절벽 사이가 이십여 장 정도밖에 되어 보이지 않는다.

협곡의 길이는 칠팔십 장. 수룡단의 대원이 그려놓은 지도에 나와 있는 곳이었다.

대열을 바꾸지 않을 수 없는 상황

이무환은 냉소를 머금고 선두에 서서 협곡 안으로 들어갔다.

그 바로 뒤를 광룡단이 따르고, 황산검문의 제자들이 뒤로 처졌다.

각자의 간격이 삼 장 정도 되다 보니 협곡을 다 지날 즈음이 되어서야 마지막 사람이 협곡으로 진입했다.

바로 그때, 협곡의 출구 쪽에서 백여 명의 적이 나타났다.

"스스로 죽을 자리를 찾아왔으니, 우리의 무정함을 탓하지 마라!"

"놈들을 쳐라!"

수장으로 보이는 두 명의 갈의중년인에게서 살기 가득한 목소리의 공격 명령이 떨어졌다.

한데 나타난 자들은 그들만이 아니었다. 거의 동시에 뒤쪽에서도 백여 명의 적이 모습을 보였다.

협곡 안에 가둬놓고 집중 공격을 하겠다는 뜻.

'훗, 꼬맹이 말대로군. 이곳에서 적과 마주칠지 모른다고 하더니. 좌우간 귀신이 따로 없단 말이야.'

이무환은 걸음을 옮기며 묵린도의 도병을 잡았다.

공격 명령이 떨어짐과 동시 적들이 달려든다.

조금도 망설임이 없는 행동. 일치된 몸놀림. 철저한 수련을 거친 자들이다.

그들은 협곡의 출구를 꽉 메운 채 일직선으로 달려들었다.

선두에 선 이무환을 별 볼일 없는 애송이라 생각했는지, 그들은 조금도 거리낌없이 치달렸다.

눈 깜짝할 새 거리가 십 장 이내로 줄어들었다.

순간 이무환의 입가에 하얀 웃음이 번졌다.

찰나! 이무환의 신형이 죽 늘어나는가 싶더니, 허공을 가르며 기다란 묵선이 그어졌다.

쩌저적! 따다당!

묵선에 걸친 서너 자루의 도검이 바싹 마른 갈대처럼 꺾어지고, 다섯 명의 무사가 달리던 그대로 꼬꾸라졌다.

비명도 없고, 신음도 없었다.

털썩, 털썩.

그들이 쓰러진 후에야 시뻘건 피분수가 솟구쳤다.

동시에 여기저기서 경악한 외침이 터져 나왔다.

"조심해! 보통 놈이 아니다!"

대경한 자들이 이무환과 거리를 벌리는 짧은 시간, 세 명의 무사가 더 쓰러졌다.

그러나 그것은 시작에 불과했다.

묵빛 도강이 스치는 곳에서는 여지없이 피가 튀고, 두세 명의 무사가 허수아비처럼 무너져 내렸다.

"크어억!"

"물러……. 켁!"

구궁산에 들어오는 순간부터 광룡이 되기로 작정한 이무환이었다. 구궁산에 지옥이 펼쳐지더라도 그는 손을 멈출 생각이 없었다.

최대한 빨리! 막는 자는 모조리 벤다!

이무환에겐 오직 그것만이 목적일 뿐이었다.

그렇게 몇 번의 칼질에 이십여 명이 속절없이 쓰러지자, 진득한 공포가 혈사단 무사들의 가슴속으로 안개비처럼 스며들었다.

죽음만이 존재하는 공포의 도법.

묵빛 도강에 스친 것은 그 무엇도 성한 것이 없었다. 검도, 도도, 그 어떤 무기도 견디지 못하고 잘려 나갔다.

그뿐이 아니었다. 좌수에 걸린 것도 모든 게 부서졌다.

팔다리든, 가슴이든, 심지어 무기조차 부서졌다. 마치 상대의 좌수가 인간의 손이 아닌 듯 느껴질 정도였다.

당랑거철(螳螂拒轍)!

수레를 막는 사마귀가 된 기분.

도저히 안 되겠는지 수장으로 보이는 중년인이 악을 쓰듯

외쳤다.

"그놈에게서 물러서!"

혈사단의 무사들은 전진도 멈춘 채 좌우로 간격을 벌리기에 급급해졌다.

하지만 그들이 상대해야 할 사람은 이무환만이 아니었다.

바로 뒤따라오던 광룡십조가 좌우로 물러선 자들을 향해 달려들었다.

이무환은 묵린도를 옆으로 늘어뜨리고 냉랭히 소리쳤다.

"좋아! 광룡십조! 놈들에게 광룡의 매운 발톱 맛을 보여주라고!"

이무환의 목소리가 커질수록 광룡십조의 손에서 펼쳐지는 공세도 더욱 거세졌다.

마치 상대가 이무환이라도 되는 것처럼, 그들은 한 수 한 수 철저히 살수만을 펼쳤다.

그러잖아도 개개인의 무위에서 현저한 차이가 나던 터였다. 거기에 공포심으로 정신마저 흔들린 혈사단의 무사들은 연수합공도 제대로 펼치지 못한 채 빠르게 무너졌다.

아무리 극한의 수련을 했다 해도 그들 역시 사람임은 분명한 일. 채 반 각이 지나기도 전, 죽음을 불사하고 달려들던 혈사단의 무사들이 하나둘 전장을 이탈해 도망치기 시작했다.

그러더니 스물을 셀 즈음에는 협곡의 출구에 시신만이 남았다.

한편 그 시각.

뒤쪽도 앞쪽이나 비슷한 상황이 벌어지고 있었다.

처음에는 밀고 당기는 싸움이 치열하게 벌어졌었다.

그러나 호연청과 황보광 등 밀천회의 고수들이 합류해 등 뒤를 치자, 앞뒤로 적을 맞이한 혈사단의 무사들은 순식간에 무너졌다.

세 배의 인원 차이도, 끈질긴 정신력도 무위가 크게 차이나지 않을 때의 이야기였다.

절대고수 한 명의 무력은 절정고수 열 명이라 해도 감당할 수 있을 정도. 하거늘, 네 명의 절대고수가, 그들과 큰 차이가 나지 않는 고수들 칠팔 명과 함께 뒤를 친 상태다.

혈사단의 무사들은 그들의 상대가 되지 못하고 빠르게 무너져 내렸다.

그러더니 일각이 지날 무렵에는 협곡에 울려 퍼지던 비명과 악다구니가 서서히 잦아들었다.

싸움이 끝났을 때, 남은 시신은 모두 혈사단 무사들뿐이었다. 도망친 자는 오십 정도에 불과했다.

이무환의 일행 중에서는 밀천회의 고수 세 명과 황산검문의 제자 대여섯 명만이 부상을 입었을 뿐, 사망자는 단 한 명도 나오지 않았다. 그나마 부상을 당한 사람들 중 중상을 입은 사람은 단둘이었다.

완벽한 승리!

그러나 승리의 환호성을 올리기에는 아직 일렀다.

적이 아직도 반 가까이가 남은 상태인데다 환비의 얼굴은 보지도 못했기 때문이다.

"일단 부상당한 분들은 산 아래로 내려가쇼."

이무환의 명령에 부상당한 사람들이 고개를 끄덕였다. 반수의 적을 물리친 상황. 그들이 없다 해도 별 상관이 없을 것이었다.

그때 제갈신걸이 눈살을 찌푸리며 말했다.

"옆으로 돌아간 만겁궁이 어떻게 되었는지 모르겠소."

그들만으로 적의 본진과 마주친다면 위험에 처할지 몰랐다.

하지만 이무환은 크게 걱정하지 않았다. 억지로 참여한 담사황이 부지런떨 이유가 어디 있겠는가 말이다.

그래도 겉으로는 무지 걱정된다는 투로 말했다.

"놈들의 함정에 빠지면 위험할지 모르니 빨리 가보죠."

4

산중턱, 절벽 위의 목옥으로 보고가 전해진 것은 싸움이 끝난 직후였다.

보고를 받은 초문광은 어이가 없었다.

"어떻게 이런……!"

초문광의 창백하게 굳은 얼굴이 파르르 떨렸다.

도무지 믿을 수가 없었다.

이백 명의 혈사단 무사가 일각을 버티지 못하고 무너질 줄이야!

뭔가가 어긋난 느낌. 왠지 모르게 모든 일이 비틀어진 것만 같았다.

그는 고개를 홱 돌려 환비를 바라보았다.

"나에게 알려준 정보가 확실한가?"

"대부분이 절정에 달한 고수들이라 하지 않았습니까? 그러게 왜 제 말을 듣지 않으신 겁니까?"

초문광의 눈빛이 싸늘하게 가라앉았다. 그는 어리석은 사람이 아니었다. 뭔가 감춰진 것이 없다면, 이렇게 쉽게 당할 리가 없었다.

"아무리 절정의 고수들이라고 해도 그렇지, 본 단의 무사들도 결코 약하지 않네. 말해보게. 뭘 숨긴 것이지?"

"십마십존이 있다고 하지 않았습니까? 그럼 그만큼 조심하셨어야죠."

"아무리 절대고수가 끼어 있다 해도 그렇지, 한두 명으로는 절대 이런 결과가 나오지 않는다."

"누가 한두 명이라고 했습니까?"

대경한 초문광이 벌떡 일어섰다.

"뭐야? 그럼 그런 절대고수가 두 명이 넘는단 말이냐?"

환비가 한숨 쉬듯 숨을 내쉬며 말했다.

"모두 네 명이나 됩니다. 어쩌면 더 될지도 모르지요. 해서 제가 나름대로의 작전을 말한 것입니다. 물론 단주께서 틀으셨습니다만."

초문광은 이를 악물었다.

혈사단이 아무리 강하다 해도 네 명의 절대고수를 감당한다는 것은 쉬운 일이 아니었다. 거기다 적은 모두 칠십 명이나 되지 않는가.

"그럼 왜 처음부터 그리 말하지 않았는가?"

"저도 짐작만 했을 뿐, 보고를 받기 전까지는 몰랐습니다. 설마 그들이 전부 왔을 줄이야……."

초문광은 이를 악물고 환비를 노려보았다.

미동도 없는 눈빛, 거짓말은 아닌 것처럼 보인다.

설령 거짓이라 해도 이제 와 내분을 일으킬 수는 없는 일. 그는 환비를 노려보던 눈빛을 누그러뜨리고, 입술을 씹으며 물었다.

"그럼 이제라도 놈들을 칠 수 있는 방법이 있겠는가?"

환비는 초문광의 눈을 직시하고는 천천히 고개를 끄덕였다.

"방법이 아주 없는 것은 아닙니다. 하나 성공할지 실패할지는 저도 확신할 수가 없습니다. 너무 많은 피해가 나서……."

어차피 반 이상의 전력을 잃은 상황. 초문광으로서는 배수의 진이라도 쳐야 할 판이었다.

거기다 잠풍련 역시 놈들에게 쫓기고 있는 상황이 아니던가. 서로 힘을 합친다면 성공 가능성이 더 커질 수도 있었다.

"으음, 좋네. 어디 어떤 방법이 있는지 말해보게."

협곡을 빠져나간 지 일각.

송림과 갈참나무가 빽빽이 들어찬 숲을 통과하자, 암봉으로 둘러싸인 제법 넓은 공터가 나왔다. 땅이 단단하게 다져진 걸 보니 무사들의 수련 장소였던 듯했다.

수련 장소가 있다는 것은 본진이 가깝다는 말.

아니나 다를까, 공터로 진입하면서 이질적인 기운이 느껴졌다. 제법 기운이 강한데다 상당한 숫자였다.

하지만 이무환과 광룡단은 알고도 모른 척 공터로 진입했다. 바로 뒤이어 밀천회의 고수들과 황산검문의 제자들이 들어섰다. 그리고 꼬리를 물고 담사황이 만겁궁의 고수들과 함께 나타났다.

절벽과 암봉 아래쪽으로 길게 띠처럼 이어진 공터의 길이는 삼십여 장 정도. 그 끝 쪽에 산으로 오르는 급경사길이 보였다.

전면이 절벽과 암봉으로 막혀 있는 상황, 어차피 절벽을 탈 것이 아니라면 올라갈 길은 그곳밖에 없었다.

설령 공터를 지나다가 적의 암습을 받는다 해도 어쩔 수가 없는 일이었다. 아니, 오히려 적이 나타난다면 그거야말로 환영할 일이었다.

그만큼 시간이 단축될 테니까.

그렇게 육십여 명의 고수가 공터의 중간쯤에 이르렀을 때였다. 기다렸다는 듯 적들이 쏟아져 나왔다. 모두 일백여 명쯤 되어 보였다.

"좋아! 알아서 수고를 덜어주는군!"

이무환이 환한 표정으로 적을 반겼다.

동시에 그의 뒤를 따라오던 광룡십조가 앞으로 날듯이 튀어 나갔다. 이번만큼은 광룡에게 선수를 빼앗기지 않겠다는 마음 인 듯했다.

하지만 적들은 협곡에서 부딪친 자들과 확연히 달랐다.

쓸데없는 말을 하지도 않았고, 여유를 부리지도 않았다. 자 신들의 상대가 얼마나 강한 사람들인지를 확실하게 알고 있는 듯했다.

그들은 형형한 눈을 빛내며 침착하게 무기를 뽑아 들고 두 세 명씩 짝을 지어 광룡십조를 맞이했다.

쩌저저정!

귀청을 찢을 듯한 격돌음이 절벽을 울리는 순간, 밀천회의 고수들과 만겁궁의 고수들이 신형을 날렸다. 그리고 황산검문 의 제자들이 침중한 표정으로 검을 뽑아 들더니 앞으로 나아 갔다.

유철상과 네 명의 조장이 서너 걸음 앞으로 나서더니, 굶주 린 늑대처럼 으르렁거리며 기회만 엿본다.

이무환은 무설강과 제갈신걸, 공손척, 철룡삼의와 함께 약 간 뒤로 처져서 돌아가는 상황을 주시했다.

환비로 생각되는 자가 보이지 않는 것이다. 거기다 잠풍련

의 고수들도 보이지 않았다. 그들을 잡지 못하면 오늘의 작전
은 절반의 성공으로 끝날 수밖에 없었다.

"이놈들이 어디 갔지?"

이무환은 전면을 주시하며 이마를 줍혔다.

그사이 밀천회와 만겁궁의 고수들, 그리고 황산검문의 제자
들이 혈사단의 무사들 사이로 뛰어들었다.

한데 그때, 적들의 뒤쪽에서 삼사십 명의 무사가 더 나타나
는가 싶더니 전면으로 몸을 날렸다.

그들을 본 제갈신걸이 황급히 소리쳤다.

"잠풍련 놈들이오! 놈들을 조심하시오!"

잠풍련의 고수들은 환비가 추리고 추린 자들. 모두가 절정
의 경지를 오래전에 넘어선 고수들이었다.

잠풍련의 고수들이 전면으로 나서자 상황이 일변했다.

광룡십조도, 밀천회와 만겁궁의 고수들도 그들을 쉽게 눕히
지 못했다.

절대지경에 오른 호연청과 황보광, 헌원숭, 소천득, 그리고
담사황만이 그들을 몰아칠 수 있을 뿐이었다. 그나마도 잠풍
련의 고수들 두세 명이 합공을 취하자 절대고수들조차 조심하
지 않을 수 없는 상황이 되어버렸다.

혈사단의 무사로 보이는 여섯 명의 광인이 나타난 것은 바
로 그때였다.

"크카카카! 모두 죽여라!"

"한 놈도 남기지 말고 갈기갈기 찢어 죽여!"

그들이 나타남과 동시, 잠풍련의 고수들 중 일부가 썰물처럼 뒤로 물러났다.

철저히 계획된 행동.

눈이 시뻘겋게 물든 여섯 명의 광인은 좌충우돌하며 미친 듯이 공세를 퍼부었다.

그 기세가 어찌나 사나운지 혈사단의 무사들조차 근처에 접근을 하지 않았다.

살기 넘치는 검기와 검강이 회오리처럼 일대에 몰아쳤다.

부서진 바위의 조각이 튀어 오르며 주위로 비산했다.

광룡십조가 서너 번의 격돌만에 뒤로 밀리자, 절대지경에 오른 고수들이 그들을 상대했다.

하지만 십마십존에 속한 고수들조차 그들과 일대일로 싸우면서 조금도 유리함을 보이지 못했다.

그로 인해 훨씬 유리함에도 쉽게 적들을 물리치지 못하고 있는 상황이 이어졌다.

여섯 명의 광기에 찬 고수. 그들을 본 이무환의 입에서 욕설이 튀어나왔다.

"이 망할 새끼가 또!!!"

광기에 찬 모습, 시뻘건 혈안.

분명히 폭령잠마단에 의한 현상이다.

환비가 남았던 폭령잠마단을 적들 중 가장 강한 고수들에게 복용시킨 것 같았다.

"모두 나가서 놈들을 쳐요! 나는 환비를 찾을 테니까!"

앞에 서 있던 유철상은 물론이고, 무설강과 제갈신걸, 공손척도 전장으로 몸을 날렸다.

이곳의 싸움은 남은 사람들에게 맡겨도 될 터. 이무환은 즉시 허공으로 신형을 뽑아 올리고는, 절벽을 타고 산 위로 올라갔다.

환비도 이들이 추적대를 완벽히 막을 수 있을 거라 생각지는 않았을 것이다. 한데도 극단의 방법을 썼을 때는 그만한 이유가 있을 터였다.

떠날 시간을 벌겠다는 것이든지, 아니면 최대한의 피해를 줘서 추적을 포기하게 만들겠다는 것이든지.

'여우 같은 놈!'

절벽 위로 올라가 경사면을 타고 치달린 지 얼마, 갑자기 넓은 평지가 나왔다. 평지는 족히 수천 평은 되어 보였는데, 평지 끝에 있는 송림 앞에는 이십여 채의 목옥이 지어져 있었다.

혈사단이 머물던 본진임이 분명해 보였다.

한데 본진 전체가 텅 빈 듯하다.

환비는 물론이고, 잠풍련이나 혈사단의 무사들도 보이지 않는다.

어느 정도 짐작은 했지만, 막상 놈의 모습이 보이지 않자 와락 짜증이 났다.

"개자식! 비겁하게 또 도망을 쳤군!"

화가 난 이무환은 목옥으로 달려가며 손을 휘둘렀다.

콰르릉!

일장에 목옥 하나가 터져 나가며 나뭇조각들이 비산하고, 이장에 완전히 주저앉았다.

그동안에도 인기척은 여전히 느껴지지 않았다. 인기척은커녕 강아지 한 마리 나오지 않았다.

씩씩거리던 이무환은 화를 가라앉히고 가만히 서서 산 전체를 살펴보았다.

환비가 잠풍련의 무사들과 이동을 하고 있다면 뭔가 기척이 잡힐지도 몰랐다.

하지만 아래쪽에서의 격전 때문인지, 아니면 너무 멀리 떨어져서인지 아무런 기운의 움직임도 잡히지 않았다.

"썅! 환비! 이 여우 같은 새끼! 어디 두고 보자!"

이무환은 이를 빠드득 갈고 몸을 돌렸다.

아래쪽의 싸움은 혼전이 극에 달한 상태였다. 우세한 것은 확실하지만, 그렇다고 절대적인 우위는 아니었다. 모두가 여섯 명의 광인으로 인한 결과였다.

한데 이무환이 막 전장에 도착했을 때였다. 그의 눈에 언뜻 한무귀가 비틀거리며 물러서는 게 보였다. 잠풍련의 고수 둘을 감당하지 못한 것이다.

이무환은 십여 장의 거리를 둔 채 무영뢰를 뽑아 던졌다.

쒜에에엑!

두 개의 무영뢰가 귀곡성을 토해내며 대기를 갈랐다.

퍼버벅!

벼락이라도 맞은 듯 두 명의 무사가 풀쩍 뛰어오르며 튕겨진다.

"조심해! 놈들을 얕보지 마!"

이무환의 일갈에 한무귀의 얼굴이 일그러졌다.

자신은 두 사람의 공격을 막지 못해 정신없이 밀렸다. 한데 이무환은 단 일수에 그 둘을 지옥으로 보내 버리지 않았는가.

왠지 초라해지는 기분이 드는 것도 잠시. 한무귀의 가슴은 자신을 향한 분노의 불길로 뜨겁게 타올랐다.

"지미! 씨벌! 조또! 으아아아! 덤벼!"

얼굴이 벌겋게 달아오른 그는 고함을 내지르며 전장으로 몸을 날렸다.

도검이 날아드는데도 눈 하나 깜짝하지 않고 적을 향해 달려들었다. 어찌나 살벌하게 달려드는지 혈사단의 무사들이 주춤거리며 물러설 정도였다.

좌충우돌, 미친놈이 따로 없었다. 혈사단의 무사 하나를 붙잡더니, 상대를 향해 수십 번의 주먹질을 해대는 한부귀다.

눈이 돌아갈 정도로 두들겨 맞은 상대는 온몸의 뼈가 다 부러진 것처럼 흐느적거리며 쓰러졌다.

이전과는 완전히 다른 모습. 아니, 어쩌면 그것이 한무귀의 진면목일지도 몰랐다. 오죽하면 광수(狂手)라 불리겠는가 말이다.

'쩝, 저자도 어지간히 맞고 자란 모양이군.'

이무환은 그렇게 단정하고 광기에 젖은 자들 중 가장 강한 자를 향해 몸을 날렸다. 혈사단주 초문광을 향해.

초문광은 소천득과 밀고 밀리는 접전을 벌이고 있었는데, 이무환에게는 그가 혈사단을 이끄는 자인 것처럼 보인 것이다.

싸움은 이무환이 뛰어든 후에도 이각이 지나서야 끝이 났다.

적들이 어찌나 악착같이 달려들었는지 적지 않은 피해를 본 상황이었다.

사망자가 일곱, 부상자는 그 배도 넘었다. 대부분이 광기에 찬 여섯 명의 광인과 잠풍련의 고수들에 의한 피해였다.

밀천회에선 절명마수 소천득조차 초문광을 상대하다 한쪽 팔이 피로 물들었고, 그러잖아도 어깨가 안 좋았던 정화풍과 화산의 속가제자인 칠절검 안상건이 죽임을 당했다.

황산검문은 당대 황산십검 중 칠위와 구위에 올라 있는 남조위와 해청산이 죽고, 크고 작은 부상을 입은 사람이 아홉 명이나 되었다.

만겁궁 역시 상황이 비슷했다. 그들 역시 혈추와 마웅조, 장로인 요공득이 죽임을 당하고 반수 이상이 부상을 입은 상태였다.

그나마도 이무환이 광기에 찬 여섯 명 중 세 명을 죽여 피해가 덜한 상태였다.

반면에 혈사단의 무사들 중 살아남은 사람은 십여 명뿐이었다. 그나마도 대부분이 몸을 움직일 수 없을 정도의 중상을 입은 상태였다.

하지만 잠풍련 고수들의 시신은 얼마 보이지 않았다. 그들은 싸움이 극에 달하자 슬금슬금 전장을 빠져나가 반 이상이 도주해 버린 것이다.

그렇게 싸움이 끝난 공터는 핏물로 지옥도를 그려놓은 듯했다.

여기저기 사방에 사지가 잘리고 내장을 쏟아낸 시신이 널려 있었다. 그들의 잘려 나간 팔다리와 시신에서 흘러나온 시뻘건 핏물에 구궁산이 붉게 물들었다.

휘이이이잉!

산바람이 세차게 불어와 전장을 쓸고 지나간다.

비릿한 피 냄새가 코를 찌른다.

구역질이 절로 올라올 것만 같다.

처참지경. 살아남은 사람들은 입을 꾹 닫고 사상자들만 챙겼다.

한편, 이무환은 묵린도를 집어넣고, 숨을 헐떡이는 초문광에게 다가갔다. 그는 묵린도에 오른팔이 잘리고, 몸은 만천묵린우의 일도에 구멍이 숭숭 뚫린 상태였다.

"크르르르……."

초문광이 핏물에 잠긴 목을 떨어대며 이무환을 쏘아보았다.

"당신도 참 한심하군. 그놈이 얼마나 비겁한 놈인지도 모르고 순순히 받아들이다니."

"크, 큭, 크……."

초문광이 큭큭대며 몸을 떨었다. 자괴감이 그의 정신마저 흔들었는지 금방이라도 숨이 끊어질 것처럼 보인다.

이무환은 밑져야 본전이라는 마음에 질문을 던졌다.

"환비는 어디로 갔지?"

"크, 크, 무이… 죽여……."

이무환의 눈이 반짝였다. 말하지 못할 거라 생각했는데, 의외였다.

"무이산? 놈을 죽여달라고?"

초문광이 미미하게 고개를 끄덕인다.

이무환이 씨익 웃으며 다정하게 말을 걸었다.

"좋아, 들어주지. 하지만 내가 복수를 해주는 대신 당신도 뭔가 대가를 내놓아야 하지 않겠어?"

그 말이 떨어진 순간, 조금 떨어진 곳에서 부상당한 부위를 손보고 있던 광룡십조가 일제히 이무환을 흘겨보았다.

철룡삼의는 멍한 눈으로 입을 반쯤 벌렸다.

세상에! 이런 상황에서 대가를 바라다니!

하지만 무설강과 제갈신결과 유철상은 무덤덤한 표정으로 검에 묻은 피만 닦았다. 공손척도 쓴웃음만 짓고 할 일을 계속했다.

그때 초문광이 억지로 입을 열었다.

"이… 미, 미… 친……."

"어? 나를 알고 있었군?"

이무환은 눈을 동그랗게 뜨고 초문광 앞에 쪼그리고 앉았다.

초문광은 죽고 싶어도 도저히 궁금해서 죽을 수가 없었다.

광기 때문이든 어쨌든, 평소보다 배는 강해졌다. 한데 그런 자신의 팔을 자르고, 온몸을 벌집으로 만든 저놈은 누굴까? 자신이 뭘 알고 있다는 말일까?

다행히 이무환의 그의 마지막 소원을 들어주었다.

"내가 광룡으로 불린다는 것을 환비가 알려주었나?"

광룡? 설마… 구룡성의 천외광룡?!

초문광이 눈을 부릅떴다.

"크르르, 네가… 과아앙……."

"맞다니까? 자, 시간이 없으니까, 이제 내가 묻지. 혹시 말이야, 천마교에 있는 사우천 사람들 중에서 죽이고 싶을 정도로 얄미운 놈 없어? 있지? 있으면 말해, 기왕이면 정체가 숨겨진 놈으로. 그럼 내가 그놈을 당신이 갈 지옥으로 보내주지. 어때?"

옆에서 듣는 사람들은 어이가 없었다.

무슨 애들 장난도 아니고, 어차피 죽을 사람인데 그런다고 말해줄까?

그러나 초문광에게는 아니었다.

귓전을 파고드는 목소리. 그것은 악마의 유혹이었다. 그에게는 진짜 죽이고 싶은 놈이 하나 있었으니까.

“크르륵, 크르……. 고… 고…….”

힘이 없는지 점점 목소리가 줄어들었다.

한데도 초문광은 파르르 떨리는 눈꺼풀을 힘겹게 들어 올리며 악착같이 입을 벌렸다.

第七章
광룡단을 사 조(四組)로 나누다

구궁산을 떠나온 지 이틀.

황금빛 노을이 붉게 물들어갈 무렵, 이무환 일행은 무녕(武寧)에 도착했다. 마침내 강서성에 본격적으로 발을 디딘 것이다.

무녕에 도착할 때까지, 수룡단의 대원들이 앞서 가며 수소문했는데도 환비에 대해서는 아무런 정보도 얻지 못했다.

칠팔십 명에 달하는 인원이 움직였다면 누군가가 본 사람이 있을 텐데, 어디에서도 그들에 대한 말을 들을 수가 없었던 것이다.

이무환은 하는 수 없이 환비에 대한 추적을 포기했다. 어차피 그가 갈 곳은 정해져 있지를 않던가.

　결국 무녕에 도착할 때까지 별다른 소득이 없자, 담사황이 먼저 장사로 돌아가겠다고 했다. 더 이상 만겁궁을 비워둘 수 없다는 것이 그 이유였다.

　하지만 모두 데려가겠다는 것은 아니었다. 그는 귀월사 도지양, 수라존자 염환, 망혼검 묵청, 만마도 악사광 등 네 명의 고수를 광룡단에 합류시켜 줄 것을 요청했다. 죽은 만겁궁 사람들에 대한 복수를 하기 위해서였다.

　황산검문도 모두가 동행하는 것을 포기하고, 비교적 젊은 사람 중 담환, 백리성혼, 공은효, 하진악, 범요까지 다섯 명만 남겨두기로 했다.

　사실 정파로서 천마교를 돕는다는 것이 조금은 께름칙했지만, 이무환에게 은혜를 갚는다는 생각에 남겨둔 것이었다.

　거기에 밀천회마저 부상이 심한 두 사람을 통산으로 돌려보내자, 아홉 명만이 남았다.

　모두 합해서 마흔여섯 명.

　이무환은 그들을 모두 광룡단으로 부르기로 했다.

　일사불란하게 움직이려면 이름이 하나여야 한다는 이유로. 천마교를 흔든 사우천을 상대하는 데 편이 갈라져서는 안 된다면서!

　호연청은 불만이 많았으나, 틀린 말이 아니니 반대하지도 못했다.

　비록 한시적이지만, 그렇게 결국은 밀천회의 고수들도 정식으로 광룡단의 대원이 되어버렸다. 십마십존에 속한 고수들까지.

당연히 이무환의 입이 귀밑까지 찢어졌다.

'우흐흐, 단주는 한 명이면 족한 거 아니겠어?'

그날 밤, 유난히 밝은 보름달이 떴다.

이무환은 뒷짐 진 채 창문 밖의 보름달에 시선을 고정시켰다.

'잘 지내고 계시겠지?'

정신없이 오 개월이 흘렀다. 짧다면 짧고 길다면 긴 시간이었다.

그동안 많은 일이 일어났다. 외가인 검운장의 여동생이 남궁세가와 인연을 맺고, 천하제일성이라는 구룡성이 엎어졌다 뒤집어졌다 제지리로 돌아왔다.

문득 사마하연을 떠올리자 일이 어떻게 되었는지 궁금해졌다.

'맞아, 하연이는 어떻게 되었는지 모르겠네. 설마 뭐가 잘못된 것은 아니겠지?'

남궁세가에 데려다 준 지 넉 달이 넘었다. 지금쯤은 어떤 소식이 전해질 때였다.

'절강으로 보낸 사람이 돌아올 때가 되었을 텐데…….'

하지만 강서로 들어온 이상 당분간은 연락을 받을 수 없을 것이었다.

'에이, 일찍 일을 끝내고 가보지 뭐.'

그때 남궁산산이 슬며시 뒤로 다가오며 물었다.

"무슨 고민이라도 있어요, 오빠?"

"어? 어, 하연이가 어떻게 되었는지 몰라서."

"하연이요?"

남궁산산이 고개를 갸웃거리며 이무환의 옆얼굴을 바라보았다. 이무환과 연관 지을 수 있는 '하연' 이라는 이름은 오직 한 사람뿐이었다.

한데 왜 그녀의 이름을 저리 정답게 부른단 말인가?

남궁산산의 두 눈에서 싸늘한 눈빛이 반짝였다.

"혹시… 검운장의 하연 언니 말이에요?"

"응."

"무슨 관계예요?"

왠지 등골이 싸한 느낌이 드는 목소리다.

이무환은 그제야 고개를 돌리고 남궁산산을 쳐다보았다.

밝은 달빛 때문인지 눈빛이 더 싸늘하게 느껴진다.

이무환은 남궁산산이 무슨 생각을 하는지 알고 어벙한 표정으로 되물었다.

"내가… 말 안 했던가?"

"옥이 언니만 말했잖아요. 솔직히 말해봐요. 오빠하고 어떤 사이죠? 정말 노장주님이 그냥 보살펴 달라고 한 것뿐이에요? 아니죠?"

"어, 그러니까……."

이무환은 말을 끌며 슬쩍 남궁산산의 눈치를 살폈다.

　백여우 쩜 쩌 먹을 빙심소혜도 경쟁 상대가 또 있다는 생각 때문인지 혜지가 흔들린다.

　속으로 웃음이 나왔지만, 이무환은 최대한 웃는 표정을 감추고, 오히려 누군가를 그리워하는 것처럼 달을 바라보았다.

　애가 달았는지 남궁산산이 재촉했다. 싸늘한 목소리가 가늘게 떨렸다.

　"빨리 말해봐요. 절대 뭐라고 안 할게요. 어차피 하연 언니는 오빠하고 맺어질 거잖아요."

　이무환은 천천히 고개를 돌리고 남궁산산의 두 눈을 뚫어지게 바라보았다.

　남궁산산의 눈 깊은 곳에 서려 있던 사이한 한광이 물결처럼 흔들린다. 더 놀리면 무슨 일이 벌어질지 감을 잡을 수 없는 모습.

　이무환은 더 놀리지 못하고 넌지시 말했다.

　"그게 말이지. 하연이는… 내 동생이야."

　잠시 시간이 멎은 듯했다.

　남궁산산의 몸이 숨을 쉬지 않는 인형처럼 굳어버렸다.

　생각했던 것보다 더 심한 반응.

　이무환은 다급히 한마디 덧붙였다.

　"검운장이 어머니 집이거든."

　순간이었다.

　"꺄아아아! 오빠아아아!"

　남궁산산이 비명처럼 소리를 내지르더니 폴짝 뛰어올라 이무환을 덮쳤다.

엉겹결에 남궁산산을 끌어안은 이무환이 볼멘소리를 내질렀다.

"어어, 놔, 놔……."

남궁산산은 다리로 이무환의 허리를 감싸고, 두 손으로는 양볼을 움켜쥔 채 흔들었다.

"저를 놀리는 게 그렇게 재밌어요? 이 광룡오빠야!"

"그, 그게 아니고……."

"산산이는 속이 시커멓게 타는데, 뭐가 재미있다고 놀려요?!"

금방이라도 코를 물어뜯을 것만 같은 기세!

이무환은 얼굴을 뒤로 빼면서 계속 변명했다.

사실 그녀의 손을 떼어내는 방법이 없는 것은 아니었다.

얼굴에 내공을 주입해 꼬맹이의 손가락을 튕겨내거나, 아니면 엉덩이를 받치고 있는 손으로 꼬맹이의 손목을 잡아 떼어내면 되었다.

하지만 얼굴에 내공을 주입하면 꼬맹이의 손가락이 상할지도 몰랐다. 아니면 볼을 놓는 대신 귀를 잡고 흔들던지.

그리고 엉덩이에서 손을 떼기는… 더 싫었다.

이무환은 볼이 잡힌 채, 입안에 주먹만 한 구슬이라도 들어 있는 것처럼 어눌한 목소리로 변명만 했다.

"놀링 게 앙니랑니까."

"놀린 게 아니면 뭐예요?"

남궁산산이 얼굴을 바짝 들이대고 톡톡 쏘아댄다.

이무환은 눈만 깜박이며 꼬맹이의 입술을 바라보았다.

코앞에 다가와 있는 꼬맹이의 입술이 유난히 붉다. 씨근덕 거리는 숨소리가 묘하게 들린다.

남궁산산의 엉덩이를 잡은 이무환의 손에 알게 모르게 힘이 들어갔다.

'음, 음……. 확실히 여자 엉덩이가…….'

바로 그때였다.

덜컹!

문이 열리더니, 영호승 등 광룡사위가 소리치며 뛰어들어 왔다.

"소저! 무슨 일입니까!"

"단주께 무슨 일이라도……!"

갑자기 방 안이 조용해졌다. 뛰어들어 온 네 사람은 찰나간 에 석상처럼 굳어버렸다.

두 사람이 달빛이 비치는 창가에서 다정하게 끌어안고 있 다.

다리를 허리에 걸치고, 엉덩이를 두 손으로 받친 채.

우당탕탕!

네 사람은 들어올 때보다 두 배는 빠르게 밖으로 뛰어나갔 다.

"난 아무것도 안 봤습니다!"

"저는 본 것이 없습니다!"

“거봐, 별일 아닐 거라고 했잖아?”

“빨리 문 닫아!”

쾅!

네 사람이 느닷없이 나타났다 번개처럼 사라지는 동안에도 이무환은 엉덩이를 받친 손을 풀지 않았다.

남궁산산도 허리를 감은 다리를 풀지 않은 채, 화가 좀 풀렸는지 조금 수그러든 목소리로 말했다.

“다시는… 그런 일로 절 놀리지 말아요, 오빠.”

“어.”

남궁산산이 볼을 놓고는 은어처럼 늘씬한 팔로 이무환의 목을 감쌌다.

‘옥이 언니 외에는 누구에게도 허락할 수 없어요. 제발 제가 나쁜 여자가 되지 않게 해주세요, 오빠.’

2

다음날 아침.

아침을 먹는데 남궁산산이 말했다.

“사우천의 눈이 어디에 있는지 모르는 이상, 많은 수가 함께 움직여서 좋을 게 없어요. 인원을 나누어요, 오빠.”

말인즉 옳았다. 하지만 이무환은 별로 마음에 들지 않았다.

남궁산산의 말이 틀려서가 아니었다. 그렇게 하면, 천하 최강의 고수들을 졸병처럼 줄줄 끌고 다닐 수가 없잖은가 말이다!

"굳이 그럴 필요가 있을까?"

잘하면 이무환의 얼굴을 당분간이나마 안 볼 수도 있는 일.

호연청은 적극적으로 남궁산산의 의견에 찬성했다.

"나도 남궁 소저의 말대로 하는 게 나을 거라는 생각이 드는 군."

그러자 다른 몇 사람도 고개를 끄덕이고, 철위평도 중얼거리듯 한마디 했다.

"사십 명이 넘는 인원이 한꺼번에 움직이면 눈먼 봉사가 아니고서야 어찌 모를까."

"그게 병법의 기본이 아니겠소?"

사람들이 너도나도 찬동하자 남궁산산이 이무환을 향해 말했다.

"일단 천마교의 사람과 만나기로 한 남창까지 가려 해도 이틀은 걸려요. 도중에 사우천이 우리의 정체와 목적을 알아채면, 천마교에 도착하는 동안 상당히 귀찮아질 거예요."

옳은 말이니 이무환으로서도 하는 수 없었다. 대신 조건을 달았다.

"좋아, 그럼 네 말대로 사람을 나누자. 단, 너무 거리를 벌리지는 말자. 너무 멀리 떨어지면 길을 잃을지 모르잖아."

사람들이 힐끔 이무환을 흘겨봤다.

'우리가 애들이냐? 길을 잃게?' 한결같이 그런 눈빛들이었다.

물론 그들은 이무환이 왜 그런 말을 했는지, 진정한 뜻을 알
지는 못했다.

"자, 그럼 몇 조로 나눌까?"

"열 명 전후로 해서 넷으로 나누는 게 좋겠어요."

"흠, 넷이라. 그럼 네 명의 조장이 새로 생기는 셈이군. 하,
하, 하! 한 명의 단주 아래에 네 명의 조장이라……. 그것도 괜
찮군."

순간, 호연청과 몇몇 사람들의 얼굴이 와락 일그러졌다.

'제길! 그냥 함께 다니는 게 차라리 나을 걸 그랬나?

하지만 이미 깨진 술병에서 술이 다 쏟아진 후였다.

이무환은 남궁산산과 광룡사위, 무설강과 제갈신걸, 공손
척, 유철상과 두 조장, 엽상, 종리난경, 신기영과 함께 움직이
기로 했다. 일조장은 무설강에게 맡겼다.

무설강이 의아한 눈으로 바라보자 짧게 그 이유를 설명했
다.

"난 단주잖수."

그리고 호연청을 조장으로 밀천회가 이조.

철위평을 조장으로 광룡십조와 철룡삼의가 삼조.

담사황의 오른팔인 염환을 조장으로 만겁궁과 황산검문의
제자들이 사조가 되었다.

그들은 조를 짠 후, 아침 식사를 마치자마자 무녕을 출발했
다.

목적지는 천마교의 사람과 만나기로 약속한 남창이었다.

"조장들은 조원들을 확실히 이끄쇼! 길 잃지 말고!"

이무환은 출발하면서 한 번 더 속을 긁었다.

출발부터 사람들의 가슴에 먹구름이 꼈다.

그래도 이무환은 즐겁기만 했다.

"가자, 꼬맹아! 동정호와 쌍벽을 이룬다는 파양호를 보러! 출발!"

3

이틀 후, 이무환 일행이 선두로 남창의 서문을 통과했다. 아직 점심때가 되려면 한 시진 정도 남은 시각이었다.

두리번거리며 주위를 구경하던 이무환은 저 멀리 남쪽에 높다란 누각이 보이자 탄성을 내질렀다.

"이야! 저기 저게 등왕각인가 보다!"

"맞아요, 오빠. 저도 그림으로 본 적이 있는데, 저게 등왕각인가 봐요."

이무환과 남궁산산이 촌닭처럼 신이 난 표정으로 좌우를 두리번거리는데, 저만치서 한 사람이 일행을 향해 다가왔다.

약간 큰 키를 빼면 평범하게 생긴 서른 중반의 장한이었다. 그는 겉보기에 상인 같았지만, 안으로는 상당한 공력을 품고 있는 무인이었다.

그가 일 장 앞으로 다가오자, 영호승이 자연스럽게 앞으로 나섰다.

　장한은 걸음을 멈추고 조금 미심쩍은 표정으로 이무환과 남궁산산을 슬쩍 쳐다보고는, 영호승을 향해 나직이 물었다.

　"마를 아시오?"

　묻는 와중에 한줄기 은근한 기운이 밀려든다.

　영호승은 담담한 표정을 지은 채 약속된 문어(問語)로 대답했다.

　"잘은 모르겠는데, 남들이 무이에 있다 하더이다."

　장한은 젊은 영호승이 자신의 기운을 가볍게 밀어내는 걸 보고, 뜻밖이었는지 가볍게 놀란 표정을 지었다. 하지만 곧 표정을 추스르고 입을 열었다.

　"무이에서 왔소. 무창에서 오신 분이라면 나를 따라오시오."

　이무환 일행에 이어 호연청이 조원들을 이끌고 서문을 통과했다. 저만치서 이무환이 고개를 돌리더니 씩 웃으며 걸어간다.

　호연청은 일그러진 표정으로 그 뒤를 따라갔다.

　'제길, 이게 무슨 꼴인지 원……'

　그의 표정이 일그러진 것에는 이유가 있었다.

　지난 이틀간, 이무환은 심심하면 조장들을 불렀다. 말로는 작전을 세우기 위해서라는데, 자신이 느끼기에는 그냥 '조장'이라고 부르는 것을 즐기기 위한 것만 같았다.

아니라면 작전이랍시고 그런 말을 할 수가 없었다.

"들어가서 일단 난장판을 만들고 봅시다! 어떻수, 호연 조장?!"
"놈들의 대가리부터 작살내고 보자니까요! 괜찮죠, 철 조장?"
"이도 저도 안 되면, 사우천이고 천마교고 몽땅 뒤집어엎자고
요! 그게 낫지 않겠수, 염 조장?"

부글부글 속이 끓었지만, 핀잔을 줄 수가 없었다.
지금까지 광룡이 그렇게 움직여서 크게 실패한 적이 거의
없었으니까.
'빌어먹을! 약속한 것만 아니면……!'
마음 같아서는 발길을 돌리고 싶었다. 하지만 그럴 수 없다
는 것을 누구보다도 자신이 잘 알았다.
'잘되었다고 박수 치면서 강호에 대고 밀천회와 정천무림
맹을 싸잡아시 욕해데겠지? 안 봐도 뻔하다, 이놈아.'

장한은 이무환 일행을 끌고 골목골목을 몇 바퀴 돌았다.
골목을 돌 때마다 여기저기서 상당한 기운이 느껴진다. 나
름대로 사우천의 눈을 떨치기 위해 준비를 철저히 한 것 같았
다.
그렇게 이각여, 장한은 제법 큰 장원의 뒷문 쪽으로 이무환
일행을 안내했다.
광룡사위를 선두로 이무환 일행이 먼저 들어가고, 곧 호연

청을 비롯한 나머지 인원이 꼬리를 물고 안으로 들어갔다.

"와아, 장원 큰데?"

이무환은 장원으로 들어가더니 주위를 둘러보며 감탄사를 터뜨렸다. 그러고는 남궁산산을 향해 물었다.

"꼬맹아, 이만한 장원을 지으려면 얼마나 들까?"

"아마 땅을 제외하고도 금자 삼천 냥은 들여야 할걸요?"

"그래? 음, 비싸네."

"그래도 우리집보다는 싸게 들었을 거예요."

"너희 집은 임마, 두 배도 더 되잖아."

"헤헤, 그렇긴 하지만……."

장한은 흘깃 뒤를 돌아다보았다.

실실 웃으며 이야기를 나누는 두 사람이 보였다.

'저 젊은 놈은 뭐지?'

처음 볼 때부터 걸음걸이가 마음에 안 들었다. 도무지 유랑을 온 것인지, 아니면 도움을 주러 온 일행인지 분간을 할 수가 없었다.

척 보기에도 고수로 보이는 사람들이 그의 옆에 없었다면, 떼놓고 들어왔을지도 몰랐다.

'간부의 자식인가 본데, 경험 삼아서 보낸 모양이군. 거참, 그거야말로 구룡성이 본 교를 너무 우습게 보는 거 아닌가? 더구나 계집까지 데려오다니.'

한데 그가 잠시 멈칫한 사이 이무환과의 거리가 가까워졌다.

그때 이무환이 물었다.

"이보쇼, 이 장원 이름이 뭐요? 굉장히 큰 거 보니까 남창에서도 유명할 거 같은데."

인상을 찌푸린 장한은 후배를 다그치듯 입을 열었다.

"곧 알게 될 거네. 어른들께 피해 끼치지 말고 조용히 따라오기나 하게."

그러고는 몸을 돌리고 걸음을 옮겼다.

일부는 감탄과 걱정이 뒤섞인 눈빛으로 장한의 뒤를 바라보고, 일부는 속이 다 시원하다는 표정을 지었다.

개중에는, 좀 더 화끈하게 한마디 해주지! 하는 바람을 가진 사람도 상당수 되었다.

하지만 이무환은 아무렇지도 않다는 듯 사람들의 걸음을 재촉했다.

"뭐 해? 가자고. 따라오라잖아."

장한은 사람들을 커다란 건물 안으로 데리고 들어갔다.

건물 내부는 백 명이 들어가도 될 정도로 넓었다.

이무환은 그곳에 들어간 후에야 이곳이 어디인지 알게 되었다. 남궁산산이 재빨리 주위를 살펴보더니, 곧 무엇을 봤는지 이무환에게 속삭이듯 말해준 것이다.

"오빠, 저길 봐요. 이제 보니 여기가 천웅표국인가 봐요."

이무환은 남궁산산의 눈길이 향한 곳을 쳐다보았다.

대전의 한쪽 벽에 커다란 글씨로 두 글자가 쓰여 있었다.

천응(千鷹).

  몇 사람이 남궁산산의 말에 고개를 끄덕였다.

  천응표국은 강서에서 가장 큰 표국이며, 강호십대표국 중 하나였다. 또한 영호승 등이 익힌 관천일연의 주인이었던 관천검문이 망한 후 남창제일세력으로 부상한 곳이기도 했다.

  그러니 남창에서 '천응'이라는 글을 저렇게 크게 새겨놓을 곳은 천응표국 말고는 없다고 봐도 과언이 아니었다.

  한데 이상했다. 천응표국은 강호 어느 세력에도 속하지 않은 채 그저 천마교와 사이가 나쁘지 않다는 정도로 알려져 있을 뿐이었다.

  하거늘, 이토록 비밀스런 일을 함께 진행할 정도면 그저 아는 정도가 아닌 듯했다.

  '그래, 천응표국이 천마교의 비밀 지부일지 모른다는 말도 있었어. 하긴 천마교가 이 정두의 세력을 가만 너두었을 리기 없지.'

  이무환은 수룡단의 서고에서 읽은 정보를 기억에서 끌어내며 눈을 반짝였다.

  '이곳은 사우천의 손이 아직 닿지 않았나 보군.'

  그때 내실 쪽에서 한 명의 노인과 두 명의 중년인이 다섯 장한의 호위를 받으며 대전으로 나왔다.

  어깨가 구부정한 노인은 나이가 육십쯤 되어 보였다.

아마 이곳이 천마교와 관련된 곳만 아니라면, 유문의 노학자로 판단했을지 모를 정도로 단아한 인상이었다.

노인의 좌우에서 걸어오는 두 중년인은 사십 중후반의 나이였다.

좌측 중년인 가슴에는 매 한 마리가 금실로 새겨져 있었고, 오른쪽의 중년인은 좌측 중년인보다 키가 한 뼘은 더 컸는데, 부리부리한 고리눈을 부릅뜬 것이 덩치만 믿고 거들먹거리는 저잣거리의 건달처럼 보였다.

남궁산산이 그들을 살펴보더니, 이무환에게 전음으로 말했다.

"왼쪽에 매가 새겨진 사람 보이죠? 그가 천웅표국의 주인인 천웅신조 목조항이고, 오른쪽 덩치 큰 사람이 천마교의 십팔마종 가운데 성질이 불같다는 열혈마종 역부산이에요."

이무환도 수룡단의 강호인물편을 더듬자 그럭저럭 두 사람을 알아볼 것 같았다. 하지만 중앙에 서 있는 자는 아무리 생각해도 알 수가 없었다.

"가운데 있는 노인은 누구지?"

"저도 모르겠어요. 아무리 생각해도 어디서 듣거나, 책에서도 본 적이 없는 사람이에요."

남궁산산이 모르는 사람이라면 자신이 아무리 생각해도 알지 못할 것이었다. 자신이 강호의 인물에 대해 하는 것은 수룡단의 인물편에 나와 있는 사람 정도. 하지만 그마저도 남궁산산이 더 빠삭하게 알고 있으니까.

이무환이 흥미를 가지고 바라보는 사이 세 사람이 코앞까지 다가왔다.

그때 좌측에 서 있던 천웅신조 목조항이 한 걸음 앞으로 나섰다.

그는 남궁산산과 시시덕거리고 있는 이무환은 거들떠보지도 않고, 서너 걸음 옆에 서 있는 호연청을 향해 포권을 취했다. 호연청이 광룡단을 이끄는 수장이라 생각한 듯했다.

하긴 위엄이 몸에 배인 호연청이 아닌가. 그렇게 생각하는 것도 무리는 아니었다.

"먼 길을 와주셔서 고맙습니다. 목조항이라 합니다."

호연청이 포권을 취하며 성만 밝혔다.

"호연이라 하오."

목조항은 호연청이 성만 밝혔음에도 개의치 않았다.

구룡성이 천마교를 돕는다는 것 자체부터가 이상하다면 이상한 일이었다.

아마 사우천이 구룡성에 위협이 되지 않는다 생각했다면 오지도 않았을 터. 정체를 드러내고 싶지 않아 하는 것도 무리가 아니라 생각한 것이다.

그에게는 그저 이곳에 온 사람들이 강하기만 하면 되었다. 사우천에게 커다란 위협이 될 정도로. 그렇기만 하다면야 이름을 무명인이라 밝혀도 반길 터였다.

한데 한눈에 봐도 강하게 보이는 자들이 부지기수다.

목조항은 만족한 표정으로 입을 열었다.

"여러분은 본 표국의 표사들과 함께 표물을 운반하며 총교까지 가게 될 것입니다. 조금 번거로운 감이 없잖아 있지만, 상대의 눈을 속이기 위한 것이니 이해해 주시기 바랍니다."

그러고는 뒤쪽으로 고개를 돌렸다.

"혹시 있을지 모를 본 교 무사들과의 마찰을 피하기 위해 이분들이 여러분과 함께 가게 될 겁니다."

호연청은 노인과 역부산을 일견하고 목조항에게 물었다.

"알겠소. 그럼 언제 출발할 거요?"

그는 최대한 빨리 출발하고 싶었다. 그래야 일이 빨리 끝날 테고, 광룡의 손아귀에서 빨리 벗어날 테니까.

"한 시진 후에 총교로 출발하는 표물이 있습니다. 그동안 쉴 자리를 마련해 드릴 테니 편히 쉬시기 바랍니다."

바로 그때였다. 묵묵히 서 있던 노인이 입을 열었다.

"구룡성에서 이토록 신경을 써줄 줄은 미처 몰랐소이다. 아주 대단한 분들이 오신 것 같은데……."

세 군데에서 반응이 나왔다.

첫 번째는 목조항과 역부산이었다.

두 사람은 노인의 말에 놀라움을 금치 못했다.

앞에 있는 사람 중 강자가 많다는 것은 그들도 짐작하고 있었다. 하지만 노인이 '대단한 분들'이라고 할 정도일 줄은 생각지 못한 것이다.

두 번째 반응을 보인 것은 호연청과 밀천회 사람들이었다. 그들은 떫은 땡감을 베어 문 표정을 지었다.

그들이 누군가. 정천무림맹의 비밀 단체인 밀천회의 사람들이 아닌가. 아마 그들이 천마교를 돕는다는 것을 강호인들이 안다면 아무도 믿지 않을 것이었다.

세 번째 반응은 이무환이었다. 그는 다른 사람들처럼 입을 다물고 있지만은 않았다.

"근데 노인장은 뉘쇼?"

갑자기 냉기가 흘렀다. 역부산이 부릅뜬 고리눈에 힘을 주고, 뒤에 서 있던 다섯 명의 장한이 싸늘한 살기를 뿜어냈다.

물론 이무환은 꿈쩍도 하지 않았다. 오히려 턱짓을 하며 다시 물었다.

"저 양반이 성질이 불같다는 열혈마종 역부산이라는 것은 알겠는데, 노인장은 아무리 생각해도 알 수가 없거든요. 척 보니 함께 갈 것 같은데, 이름 좀 알려주면 안 됩니까?"

역부산이 참지 못하고 나섰다.

"어린 친구, 어른들이 있는 자리네. 궁금한 것이 있어도 참아야 하지 않겠나?"

"아따, 이름 좀 알려달라는데 뭘 그렇게 성질을 내십니까?"

"성질을 내는 게 아니라……."

역부산의 이마에 핏줄이 돋았다. 성질 같아서는 한 대 쥐어박고 싶었다. 하지만 자리가 자리인만큼 참지 않을 수 없었다.

그때 노인이 조용히 입을 열었다.

"나는 단리라는 성을 쓰는 늙은이지."

"그래요? 하, 하. 나는 성이 이 씨지요. 정말 반갑습니다, 단리 노인장. 가는 동안 재미있는 이야기 있으면 많이 들려주십시오.”

“저……!”

역부산이 당장 달려들 것처럼 씩씩거렸다. 자신이 존경하는 노인이 이무환에게 놀림을 당하는 것만 같았다.

하지만 노인이 손을 살짝 들어 제지하자 차마 더 이상 나서지 못했다.

“부산, 도와주러 오신 손님들이다. 함부로 나서지 마라.”

“끄응, 알겠습니다, 어르신.”

‘빌어먹을 놈. 어디 가면서 보자.’

한편, 노인은 괴이한 눈으로 이무환을 바라보았다.

사실 이무환과 남궁산산이 왜 이들 일행에 섞여 있는지 그도 궁금했다. 천마교의 어려움을 도와주러 온 사람으로 보기에는 너무 어리고 천방지축이 아닌가 말이다.

한데 묘한 것은, 아무도 이무환의 행동과 말을 말리지 않는다는 것이다. 아니, 어떻게 보면 무슨 일이 벌어지기를 바라는 눈빛들이다. 그것이 더 이상했다.

‘도무지 알 수 없는 놈이로고……. 생긴 것은 기생오라비 같은데, 뭔가 숨긴 재주가 있나?’

그때 이무환이 물었다.

“그건 그렇고, 한 시진 후에 간다면 좀 쉬고 싶은데, 어디로 가야 하는 거요?”

처음의 장한이 목조항을 쳐다보았다.

목조항이 장한을 향해 명을 내렸다.

"네가 안내해 드려라."

"예, 국주."

첫 번째 만남은 그렇게 지나갔다.

아마 목조항이든, 역부산이든, 처음부터 세심히 살폈더라면 광룡단원 중 서너 사람 정도는 알아봤을지 몰랐다.

헌원숭이나 소천득도 그렇고, 황산의 제자나 만겁궁의 사람들 중 몇은 그래도 강호 활동을 한 사람들이니까.

그러나 이무환이 덤벙거리는 바람에 그들은 살펴볼 정신이 없었다. 더구나 구룡성에서 나온 줄로만 알았던 사람들 사이에, 십마십존에 속한 사람과 만겁궁과 황산검문의 사람들이 섞여 있을 거라고는 미처 생각지 못한 면도 있었다.

하긴 어쩌면 알지 못한 게 다행일 수도 있었다. 알았다면 심각한 고민을 했어야 했을 테니까.

잘못하면 늑대를 쫓아내려다 호랑이를 끌어들인 게 아닌지, 염려했을 것이 아닌가 말이다.

돕고 도움을 받는 관계라 해도 껄끄러운 사이인 것만큼은 분명했다. 어설프게 인사를 나눈 광룡단은 처음에 안내를 했던 장한을 따라 대전을 나왔다.

장한은 광룡단을 장원의 뒤쪽에 외따로 떨어진 별원으로 안내했다.

별원으로 들어간 후에야 남궁산산이 손뼉을 치며 말했다.

"오빠, 그 노인이 누군지 생각났어요."

뒤에서 따라오던 사람들도 궁금했는지 귀를 쫑긋 세웠다.

"그래? 누구야?"

"그 노인이 바로 천마교의 장로인 구마신(九魔神) 중에서 서열 칠위에 올라 있는 일양신마예요. 천마교의 장로들은 대부분이 안개에 싸인 것처럼 알려진 것이 없는데, 일양신마가 대리 단리세가의 후예라는 것을 언뜻 본 적이 있거든요."

"흠, 그래? 그러니까, 그 노인이 천마교의 장로인 일양신마란 말이지?"

"아마 십중팔구는 맞을 거예요."

일양신마(日陽神馬)라는 말에 몇 사람의 얼굴이 굳어졌다.

실력은 천중십마나 우내십존에 뒤질지 몰라도, 이름이 가진 무게는 결코 그들 못지않은 사람들. 그게 천마교의 구마신이었다.

그들은 길게는 이삼십 년, 최근이라 해도 십여 년 전부터 강호 활동을 거의 하지 않았다. 그들 중에 십마십존과 비등한 고수가 없다고 누가 말할 수 있단 말인가.

그러한 자가 직접 마중 나왔다는 것은 한 가지를 의미했다.

천마교의 상황이 그만큼 심각하다는 뜻.

그러니 어찌 신경이 쓰이지 않겠는가 말이다.

하지만 이무환은 태평스럽기만 했다.

"그런데 밥은 언제 주지?"

반 시진쯤 지나자 식사가 나왔다.

그리고 식사를 마친 후, 남궁산산의 허벅지를 배고 누워 있는데 연락이 왔다. 출발 준비가 끝났다는 것이었다.

이무환은 일어나기 싫은 몸을 억지로 일으켰다.

"내일 출발해도 되는데……."

"빨리 끝내고 섬에 가야죠."

"그건 그런데……."

"사람들이 기다릴 거예요. 가요, 오빠."

쪽.

남궁산산이 볼에 입을 맞추자 이무환은 자리를 털고 일어났다.

'그래, 가서 빨리, 왕창 뒤집어놓고 비룡도로 가야지.'

4

다섯 대의 마차. 이십여 명의 쟁자수. 거기에 표사가 백 명에 이른다. 평소 보기 드문 대단위의 표행에 지나다니던 사람들이 감탄하며 구경했다.

표행은 남창 성내를 천천히 빠져나왔다. 그러다 남창성이 까마득해질 즈음, 쟁자수들을 마차에 태우더니 속도를 올리기 시작했다.

다섯 대의 마차에 꽂힌 천웅표국의 표기가 바람에 휘날린다.

그 옆을 따라 백 명의 표사가 빠르게 달린다.

그 광경이 파랗게 펼쳐진 파양호와 어우러진다.

누가 봐도 가슴이 불끈 달아오르는 기분이 느껴질 정도였다.

하지만 멀리서 그 광경을 바라보는 갈의중년인과 청삼의장한, 두 사람은 오히려 가슴이 차갑게 식었다.

"단순한 표행이라고 보느냐?"

"그러기에는 표사가 너무 많습니다."

"마차 다섯 대다. 중요한 물건이라면 당연한 숫자다."

"총교로 가는 표행입니다. 얼마나 중요한 물건인지 몰라도, 반이면 충분합니다."

강서 땅에서 천웅표국의 표행을 건들 만큼 간 큰 도적은 없다. 아니, 그게 아니라도 천마교로 가는 표행이라면 그 어떤 도적이든 눈길조차 주지 않는다.

사실 오십 명의 표사가 움직인다 해도 천웅표국의 위용을 내보이기 위함일 뿐, 도적이 걱정되어서가 아닐 터이다.

갈의중년인도 그걸 알기에 질문을 돌렸다.

"그럼 이유가 무어라 생각하느냐?"

"최근 며칠간 천웅표국의 움직임이 심상치 않았습니다. 남창 내의 순찰을 강화하고, 내부의 경비무사들도 알게 모르게 증원했습니다. 그리고 오늘, 처음 보는 무사들이 남창으로 들어와 어디론가 사라졌습니다. 제가 볼 때는 그들과 관계된 일이 아닌가 싶습니다, 대주."

“모두 몇 명이었지?”

“사십 명 정도였는데, 열 명 내외로 떨어져서 들어오는 바람에 신경을 덜 쓴데다가, 알아보려 했을 때는 이미 모습을 감춰서 정확한 정체를 파악하지는 못했습니다.”

“그들이 저 표행과 함께 움직이고 있다고 보는 거냐?”

“모르는 표사들이 상당수 섞여 있는 걸로 봐서 확실한 것 같습니다.”

“사십여 명이라… 그 정도의 숫자는 본 천에 아무런 위협도 되지 않는다. 그걸 모르는 것은 아니겠지?”

“물론 대주님의 말씀도 맞습니다. 하나 분명한 것은 뭔가 수상한 움직임이 진행되고 있다는 것입니다.”

갈의중년인이 잠시 말을 멈추더니, 숨을 서너 번 쉰 다음에야 나직이 물었다.

“천웅표국이 총교 쪽으로 완전히 기울었다고 보는 것이냐?”

“천웅표국은 일개 표국이 아닙니다. 강호의 어떤 세력과도 자웅을 겨룰 정도로 막강한 힘을 보유하고 있습니다. 그들이 기울었다면 ‘천’에 충분히 위협이 될 것입니다.”

“건방진 말! 지금 네 말이 뭘 뜻하는지 아느냐?”

갈의중년인은 싸늘한 눈빛으로 장한을 바라보았다.

하지만 장한은 눈을 빛내며 자신의 의견을 끝까지 말했다.

“‘천’의 능력을 모욕하자는 것이 아닙니다. 천웅표국이 과거의 관천검문만 한 힘을 이루었다는 것을 직시해야 함에도 천에서는 지금까지 저들을 너무 소홀히 다루었습니다. 속하는 그 말을 하고 싶은 것입니다, 대주."

뚫어지게 장한을 바라보던 갈의중년인의 눈빛이 서서히 수그러졌다.

"천의 결정이 완벽하지 않다는 것은 나도 잘 안다, 위종. 하나 너무 날카로우면 스스로의 몸을 찌르는 법이다. 나는 네가 욕망에 물든 자들에게 당하는 것을 보고 싶지 않다. 무슨 말인지 알겠지?"

"어찌 제가 대주의 마음을 모르겠습니까."

장한이 고개를 숙였다. 갈의중년인은 묵묵히 장한을 바라보다 다시 눈을 표행으로 향했다.

"저들을 시험해 볼 것이다. 너는 네 조원들과 함께 뒤로 처져 있다가, 상황이 여의치 않을 경우 즉시 천으로 돌아가라."

장한이 고개를 번쩍 들었다.

"대주, 위험합니다. 제가 선두에 서겠습니다."

길의중년인의 입가에 잔잔한 미소가 번졌다.

"너는 위현이와 함께 우리 가문의 희망이다. 네가 할 일은 따로 있다. 뭘 해야 하는지는 네가 더 잘 알 것이다. 그러니 이 정도의 일은 우형에게 맡겨라."

"대… 형님, 하지만 본대만으로 시험하기에는 적들을 너무 모르고 있는 상황입니다."

"모르니 알고자 하는 것 아니더냐. 너무 염려하지 마라. 혹 우령 최약체라던 본대를 지난 일 년 동안 열심히 키운 덕에 전력도 이제는 다른 대에 비해 뒤떨어지지 않는다. 정 급하면 몸은 뺄 수 있을 것이다.”

물러서는 것 정도는 충분할 것이다. 한데도 장한은 왠지 모를 불안감에 가슴이 무겁기만 했다.

“형님…….”

그의 마음을 아는지, 갈의중년인은 손을 들어 그의 입을 막고 한마디 더했다.

“나도 결코 약하지 않다. 너도 알잖느냐? 령주가 왜 나를 곡으로 들어오지 못하게 하는지 말이다. 후후후…….”

형이 웃는다. 조소에 가까운 웃음이다.

장한, 명위종은 그 웃음의 의미를 알고 있기에 이가 절로 악다물렸다.

그의 형인 명위진은 강하다. 흑우령의 일개 대주로 있다는 것이 말도 안 될 만큼.

‘천’에서도 그걸 모르는 사람이 없다. 한데도 ‘천’에서는 형을 멀리한다.

겉으로 내세우는 이유는 하나. 천마교이 건데 호교신장가였던 명가의 후예라는 것 때문이다. 득세하면 배신하고 천마교와 손을 잡을지도 모른다는 우려 때문에.

하지만 웃기는 소리였다.

어차피 천마교를 등진 명가다. 더구나 등을 진 이유가 무엇이던가. 명가가 순우가보다 더한 신망을 받는 것에 불안해진 교주의 견제로 집안이 몰락했기 때문이 아니던가.

그 사실을 ‘천’도 안다. 천마교주와 다시 손잡을 생각이 눈곱만치도 없다는 것 역시 알고 있을 것이었다.

결국 천에서 명가를 멀리하는 진짜 이유는 단순하다.

명가 후예들의 자질이 너무 뛰어나다는 것!

사우천의 집권자들 역시 천마교의 교주 가문인 순우가와 같은 생각을 하고 있는 것이다.

'형님……!'

명위종은 더 이상 말릴 수 없음을 알고 고개를 숙였다.

"저들 중 어떤 고수가 숨어 있을지 모릅니다. 최대한 조심하셔야 합니다, 형님."

명위진의 입가에 가느다란 미소가 걸렸다. 자신감에 찬 미소였다.

"걱정 마라. 나 명위진, 비록 너만은 못하지만, 십마십존만 아니라면 누구와 붙는다 해도 쉽게 밀리지 않는 실력이니라."

명위종도 모르지 않았다.

한데도 이상할 성도로 가슴이 무거웠다.

'후우…. 민자, 형님의 실력이야 내가 잘 알지 않는가?'

第八章
광룡의 말에 토를 달지 마라

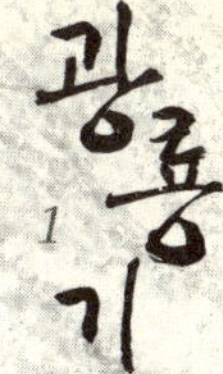

표행은 남쪽으로 길을 잡고 쉬지 않고 달렸다.

백 리 정도 남쪽으로 내려가야 호수가 끝을 보일 터였다.

표행은 그곳에서 서쪽으로 꺾어질 계획이었다. 그래야 자잘한 수로를 거치지 않고 시간을 아낄 수가 있는 것이다.

이무환은 남궁산산의 손을 잡고 유람하듯 걸었다.

바다처럼 드넓은 파양호를 끼고 달리는 것이 너무나 좋았다.

소호와는 또 다른 느낌이었다.

"으아, 소호보다 더 크다던데, 정말이야?"

"몇 배는 될 거예요. 남북으로 길게 뻗은 길이가 오백 리나 된다고 하잖아요."

"오. 백. 리?! 으아아!"

연속되는 이무환의 괴상한 탄성에 광룡단은 멀찌감치 떨어져서 걸음을 옮겼다.

심지어 얼마 전부터는 천웅표국의 표사들도 두 사람에게서 거리를 두었다.

그래도 이무환은 쉴 새 없이 좌우를 둘러보며 탄성을 내질렀다.

"꼬맹아, 저기 봐라! 오리 떼가 백 마리도 더 될 것 같다!"

말발굽 소리에 놀랐는지 물가의 오리가 떼 지어 날아오른다.

백 마리가 아니라 수천 마리는 될 성싶었다.

하지만 누구도 반박하지 않았다.

좀 전에 핀잔을 주듯 역부산이 코웃음 치며 말했다.

"삼천 마리도 넘겠는데 백 마리라니, 자네는 숫자도 못 세는가?"

그랬더니 이무환이 별 웃기는 사람 다 봤다는 듯 대꾸했다.

"그러니까 백 마리 넘는다고 했잖수? 별걸 가지고 다 시비야. 생긴 것은 꼭 산도적같이 생긴 양반이."

아마 단리 노인이 말리지 않았다면, 더 참지 못하고 이무환과 다투었을지 몰랐다. 그리고 광룡의 성격을 보다 더 확실하게 알게 되었을 터였다.

그 이후로는 광룡단의 누구도 이무환의 말에 반박하지 않았다. 산도적이 되고 싶지는 않았으니까.

그렇게 백 리를 가자 호수가 끝을 보이기 시작했다. 그리고 표행도 서서히 방향을 서쪽으로 틀었다.

2

얕은 수로는 굳이 배가 따로 필요없어 그대로 건넜다.

하지만 파양호로 흘러드는 주 하천 중에 하나인 무하(撫河)는 그냥 건널 수 있는 곳이 아니었다. 마차가 물 위에 떠서 갈 수 있다면 또 몰라도.

다행히 그곳에는 상시적으로 사람과 말 등을 건네주는 도선이 운항하고 있었다.

표행은 도선을 이용해 무하를 건넌 후 반 시진가량을 더 달렸다. 무하를 건너며 반 시진가량을 쉬었기에 달리는 데는 무리가 없었다.

그렇게 진현(進賢)의 남쪽을 통과한 표행은 얕은 구릉이 보이자 그곳에서 발길을 멈추었다.

사람들이야 지친 사람이 있긴 해도 더 달릴 수 있었다. 그러나 마차를 끄는 말 중 몇 마리가 거친 숨을 몰아쉬며 투레질을 해댄다. 몇 군데 젖은 땅을 지나와서 더 지친 듯했다.

일차 목적지인 동향(東鄕)까지 남은 거리는 팔십 리. 해가 지려면 아직 한 시진 반은 더 있어야 한다. 쉬어 간다 해도 괜찮을 것 같았다.

표행을 이끄는 천응표국의 부국주, 목조룡이 표사들을 향해 소리쳤다.

"이곳에서 반 시진의 휴식을 취하고 출발한다! 쟁자수들은 간식을 준비하도록 해라!"

표행은 구릉 사이에 있는 평평한 초원 지대에 짐을 풀었다.

말은 양탄자처럼 펼쳐진 풀을 뜯으며 연신 꼬리를 흔들고, 사람들은 봄바람이 불어오는 초원에서 오랜만의 휴식을 만끽했다.

표사들에 섞인 천마교 무사들은 일양신마와 역부산, 그리고 일양신마를 호위하는 호위무사 다섯과 일반 무사 열다섯 명이었다.

그들은 철저히 일양신마와 역부산을 중심으로 움직였다.

광룡단원들은 그들과 십여 장의 거리를 두고 쉴 자리를 골랐다. 특히 밀천회의 고수들과 황산검문의 제자들은 더 뒤쪽으로 앉았다. 아직까지도 마음의 껄끄러움을 털어내지 못한 것이다.

유일한 예외라면 이무환과 남궁산산이었다.

이무환은 남들이 가자미눈으로 쳐다보든지 말든지, 역부산 옆으로 다가가 풀 위에 앉았다.

'이 자식이 왜 온 거지?'

역부산이 내심 불안해할 때다. 이무환이 정말 궁금하다는 듯 신중한 표정으로 물었다.

"이보쇼, 십팔마종이 천마교에서 제법 유명하다는데, 그중에 누가 제일 셉니까?"

거기까지는 그래도 들어줄 만했다. 하지만 이무환의 말이 이어지자 역부산의 이마에 서너 줄기의 핏줄이 돋아났다.

"역 형은 몇 번째나 됩니까? 설마 맨 끝은 아니겠죠?"

'역 형? 새파란 놈이 언제 봤다고 '형'이야?! 거기다 뭐? 맨 끝?! 이 건방진 놈을 확 때려죽이고 뇌옥으로 들어가?'

속이 부글부글 끓었다. 그래도 한 번은 더 참았다. 일양신마가 쳐다보고 있었으니까.

"내가 왜 자네 형인가? 나는 자네처럼 뺀질거리는 동생을 둔 적 없네!"

물론 이무환은 역부산의 이마에 핏줄이 돋았다고 해서 조금도 겁을 먹지 않았다.

"아저씨라고 부르기는 좀 뭐하고, 대협이라고 하자니 천마교의 사람이라 그것도 좀 그렇고. 별수있나요? 나보다 나이가 많으니까 형이라고 부른 거죠. 뭐, 싫다면 그냥 이름을 불러줄 수도 있는데… 그건 아무래도 역 형이 기분 나쁘겠죠?"

개새끼! 이미 기분은 머리 꼭대기까지 나빠졌어, 임마!

역부산은 입안에서 맴도는 말을 꾹 참고, 으르렁거리는 말투로 물었다.

"대체 너… 자넨 뭐 하는 친군가? 왜 저들을 따라온 것이지?"

이무환은 좌우를 돌아다보고는 나직이 말했다.

"그건 비밀이오, 비밀."

"비… 밀?"

“혹시 모르잖수. 이 중에 첩자가 있을지.”

“별 미친……. 끄응, 후욱…….”

역부산은 연신 거친 숨을 몰아쉬었다. 그러잖아도 약간 붉은 얼굴이 더욱 벌게졌다.

이무환은 이상하다는 눈으로 그를 쳐다보며 슬그머니 자리에서 일어났다.

“꼬맹아, 저쪽으로 가자. 아무래도 이 양반 어디 아픈갑다.”

“아이, 오빠, 왜 자꾸 저 아저씨를 놀리는 거예요?”

“내가 언제 놀려? 그냥 누가 세냐고 물은 것뿐인데. 걱정 마. 곧 괜찮아질 거야.”

역부산은 눈을 질끈 감았다.

분노로 인해 눈앞이 노랗게 보였다.

와중에도 한마디만 더 하면, 일양신마가 보고 있든지 말든지, 주먹부터 날리겠다는 각오를 다졌다.

하지만 그에겐 천만다행히도 이무환은 일양신마 옆으로 자리를 옮길 때까지 입을 열지 않았다.

‘능구렁이 같은 새끼, 재수 좋게 귀신처럼 피해가는군.’

이무환은 일양신마와 일 장 정도 떨어진 곳에 퍼질러 앉았다.

일양신마의 눈이 묘한 빛을 띠었다.

‘역부산의 기를 아무렇지도 않게 견뎌내다니. 허어, 내가 사람을 잘못 봤단 말인가?’

그때 이무환이 물었다.

“대리 단리가의 사람이라던데, 정말입니까?”

일양신마의 눈이 깊어졌다. 그는 순순히 대답해줬다.

“반만 사실이네.”

“호오, 그런데 왜 마인들의 소굴인 천마교에 계신 겁니까?”

천마교의 사람들이 일제히 이무환을 노려보았다.

그러나 일양신마는 아무렇지도 않다는 듯 담담히 대답했다.

“천마교라고 해서 다 마인들만 있는 것은 아니네. 정파에 다 선인들만 있는 것이 아니듯이 말이야.”

이무환이 환한 표정으로 고개를 끄덕였다.

“맞습니다, 맞아요. 하, 하, 하. 정파라고 해서 다 선한 사람들만 있는 것은 아니죠. 남의 집에 들어가서 십수 년 동안 꿍꿍이를 피운 사람들도 있는데요, 뭐.”

초원에 앉은 사람들 중 이무환의 목소리를 듣지 못하는 사람은 없었다.

한쪽에 앉아 있던 밀천회의 고수들 표정이 괴이하게 일그러졌다.

물론 이무환은 그쪽에 신경도 쓰지 않았다.

“사우천도 천마교에 스며든 지 십 년이 넘었죠?”

“정확치는 않지만 그렇다고 알고 있네.”

“근데 왜 여태 그냥 놔둔 거죠? 설마 아무도 몰랐던 건가요? 아니면 내부 인사 중에 사우천과 관련이 있는 사람이 있었던 건가요?”

일양신마의 얼굴에 쓴웃음이 걸렸다.

"총교에 가면 다 알게 될 거네. 내 입으로 말하기는 좀 그렇군."

"흐음, 미리 알면 좋을 텐데. 뭐, 할 수 없죠."

이무환이 어깨를 으쓱 추켜올리자 일양신마가 기회라는 듯 물었다.

"그건 그렇고, 자네에 대해 알고 싶군. 자넨 누군가?"

이무환이 피식 웃으며 고개를 앞으로 내밀었다.

"천마교에 가면 알게 될 겁니다. 제 입으로 말하기는 좀 그렇군요."

일양신마의 눈에 기이한 한기가 서렸다.

"미리 알면 안 되겠나? 그 정도는 알아도 될 것 같은데 말이야."

"에이, 알 만한 분이 왜 그러세요. 주는 게 있어야 받을 수 있다는 말, 못 들어봤어요?"

일양신마는 역부산의 마음을 조금이나마 알 것 같았다.

'그거참, 혀에 기름을 발랐나, 정말 얄밉게 말하는 놈이군.'

하지만 그는 역부산이 아니었다. 화를 내는 대신 차분한 말투로 역공을 했다.

"그건 그렇지. 하나 자네가 먼저 줄 수도 있는 거 아니겠나?"

"노인네가 고집은. 그냥 조금만 참아요. 나도 말하고 싶은데, 말하지 않는 것이 더 낫다고 우리 꼬맹이가 그래서 참고 있는 거니까요."

노인네가 뭐 어째?

일양신마의 눈이 더욱 가늘어졌다.

바로 그때, 이무환이 갑자기 굳어진 표정으로 몸을 반듯이 세웠다.

동시에 하얀 미소가 이무환의 입가로 번졌다.

일양신마는 갑작스럽게 변한 이무환의 태도를 보고, 막 열려던 입을 닫았다.

'이놈이 왜 이러지?'

그가 의아한 눈으로 바라보는 사이 이무환이 자리에서 일어났다.

"흠, 꼬맹아, 어디 가지 말고 오빠 옆에 있어라."

남궁산산은 여러 말 하지 않았다.

"에, 오빠."

짧게 대답한 남궁산산은, 옆에 내려놓은 보따리 속에서 여덟 개의 깃발을 꺼내 양손에 나누어 쥐었다.

순간 그것이 신호라도 되는 듯, 십여 장 떨어진 곳에 앉아 있던 광룡단원들이 일제히 자리에서 일어났다.

그러자 천마교의 무사들과 표사들도 엉겁결에 엉덩이를 털고 몸을 일으켰다.

그와 동시였다. 일양신마가 벌떡 몸을 일으켰다.

그제야 그도 바람과 함께 밀려드는 기운을 감지한 것이다. 문제는 그 기운에 살기가 실려 있다는 것이었다.

역부산도 뭘 느꼈는지 빠르게 명을 내렸다.

"구릉으로 올라가서 주위를 살펴봐라!"

목조룡이 표사들을 향해 소리쳤다.

"경계를 철저히 하고 적을 상대할 만반의 준비를 해라!"

천마교의 무사들 중 열 명이 사방으로 흩어져 구릉으로 올라갔다. 그동안 표사들은 마차를 둘러싼 채 무기를 빼 들었다.

역부산은 고개를 쳐들고 구릉 위를 주시하고, 대전에서 보았던 다섯 명의 장한은 일양신마의 주위를 에워쌌다.

길어봐야 다섯 호흡 사이에 벌어진 일이었다.

천마교의 무사들이 막 구릉의 정상에 올랐을 때다. 양편의 구릉 반대편에서 공격을 알리는 외침이 터져 나왔다.

"놈들이 눈치챘다! 쳐라!"

"한 놈도 남김없이 쓸어버려!"

일순간 수십 명의 흑의무사가 구릉 위에 모습을 보였다. 진녹의 초원 위에 검은 띠가 둘러진 듯했다.

그들은 모습을 보임과 동시, 조금도 망설이지 않고 천마교의 무사들을 향해 달려들었다.

상대가 누군지 알 필요도 없다는 듯, 그들은 철저히 살수를 쓰며 천마교의 무사들을 몰아쳤다.

순식간에 서너 명의 천마교 무사들이 피를 뿌리며 구릉에서 굴러떨어졌다.

몇 번의 손속을 나눠보지도 못한 채 천마교의 무사들은 다급히 구릉 아래로 신형을 날렸다.

흑의무사들이 구릉을 넘어 아래쪽으로 달려 내려온다.

역부산이 앞으로 나서며 구릉이 들썩거리는 목소리로 일갈을 내질렀다.

"얼마든지 와라, 이놈들!"

쏴아아아!

파도가 모래사장을 쓸고 지나가는 소리!

의도적인지 한 자 길이로 자란 잡초들을 스치며 내려온다.

녹색의 대지에 먹물을 쏟아부은 듯하다.

숫자는 일백 명 정도. 이십여 장의 거리가 삽시간에 줄어들었다.

그때 선두에서 달려오던 중년인이 신형을 날렸다.

"놈!"

역부산이 등 뒤의 도를 빼 들고 그를 향해 마주 쳐갔다.

찰나간에 두 사람의 간격이 좁혀지고, 중년인의 검과 역부산의 도가 정면으로 부딪쳤다.

쾅!

중년인의 몸이 허공으로 솟구쳤다.

역부산은 뒤쪽으로 튕겨져 터덕거리며 다섯 걸음을 물러섰다.

이를 악다문 역부산이 경악한 표정으로 중년인을 향해 소리쳤다.

"명가의 마륜검이구나!"

부릅뜬 눈이 잘게 떨렸다. 외치는 목소리가 가늘게 떨렸다.

하지만 땅으로 내려선 중년인, 명위진은 아무런 말도 않고 다시 쇄도했다.

냉정한 표정, 차가운 눈빛.

검이 모든 것을 말해줄 뿐, 굳이 말이 필요없음이다.

쩌저저저정!

눈 한 번 깜짝이는 동안 두 사람의 도검이 십여 번이나 부딪쳤다.

고수들의 대결에서는 무기끼리 부딪치는 경우가 그리 많지 않다. 한데도 서로가 물러서지 않고 도검에 부딪쳐 간다.

밀리지 않겠다는 오기, 상대의 장점을 눌러 단숨에 승기를 잡겠다는 자신감의 발로다.

"이익! 으아아아!"

뒤로 밀리자 역부산이 고함을 내지르며 도를 십자 형태로 그어댔다.

도강이 폭풍처럼 일어나며 밀려드는 검강을 몰아쳤다.

마랑십자도. 역부산이 이십 년간 익힌 절정의 도법이다.

그러나 명위진의 마륜검은 멈칫거림이 없이 역부산의 도강을 파훼했다.

쩌저적! 콰광!

"크윽!"

역부산이 나직한 신음을 흘리며 뒤로 주르륵 밀려났다.

"부산! 뒤로 물러서라!"

일양신마가 소리치며 한 걸음 앞으로 나섰다.

단걸음에 오 장여를 죽 미끄러져 간 그는 오른손을 들어 앞으로 뿌리듯 휘둘렀다.

그 사이에도 흑의무사들은 멈추지 않고 중앙을 향해 달려들었다.

일양신마를 호위하던 장한들은 일양신마가 움직이자 흑의무사들을 향해 마주 쇄도했다.

광룡단이 움직인 것은 바로 그때였다.

이무환의 명이 떨어짐과 동시였다.

"삼조는 저들을 도와주고, 나머지는 표사들을 도와주자고!"

천마교의 무사들과 부딪친 자들은 삼십여 명 정도, 나머지 칠십여 표사와 광룡단을 노리고 달려들었다.

하지만 흑의무사들이 제아무리 흑우령 최강의 대원들이라 해도 광룡단과는 무위 차이가 너무 컸다.

천마교의 무사들을 돕기 위해 나선 광룡십조와 철룡삼의만 해도 그들에게는 버거운 상대였다.

만겁궁의 고수들이나 황산검문의 제자들 역시 그들의 상대가 아니었다.

하물며 밀천회의 절대고수들이나 무설강, 제갈신걸, 공손척, 유철상 등은 말할 것도 없었다.

그나마 그들이 몇 초라도 대적할 수 있는 사람들은 광룡사위나 엽상, 종리난경밖에 없었다.

그렇다고 해서 팽팽한 접전이냐 하면 그것도 아니었다.

광룡사위는 이미 과거의 풍운대 십삼조원이 아니었다.

일 년을 계획했던 지옥 수련이 폭령잠마영단으로 인해 반 이상 단축된 상태다.

게다가 그들의 초연십이식은 이미 절정의 경지에 올라 있었다. 생사결에서만큼은 초절정의 고수라 해도 안심할 수 없는 사람들이 바로 광룡사위인 것이다.

좌우간! 광룡 휘하 천하 최강의 졸병들, 그런 광룡단이 움직였다.

새로운 전설의 시작을 알리며!

쩌저저정! 콰과광!

"크어억!"

"허억!"

"어디서 이런 자들이……. 끄억!"

광룡단의 움직임은 말 그대로 광풍이었다.

광룡의 광풍!

한차례 광룡의 광풍이 휩쓸고 지나간 곳에 삼십여 구의 시신만이 남았다.

광룡단과 흑의무사들이 얽혀들고, 미처 세 호흡의 시간이 지나기도 전에 벌어진 일이었다.

한순간도 망설이지 않던 흑의무사들이 주춤거렸다.

두려움이라는 말 자체를 모를 것 같던 그들의 눈빛이 격하게 흔들렸다.

그들을 향해 광룡단이 나아갔다.

흑의무사들 중 한 사람이 입술을 짓씹으며 소리쳤다.

"우리는 죽어도 여기서 죽는다! 쳐라!"

흑의무사들이 무기를 고쳐 쥐고 다시 달려들었다.

남은 자들은 흑의무사들 중에서도 나름 강한 자들. 그러나 그들이라 해도 광룡단의 상대는 되지 않았다.

전력을 다한 공격이 삼사초 지나는 사이 십여 명이 피를 뿌리며 거꾸러졌다.

나름 절정의 경지에 도달했다는 조장들도 예외가 없었다.

무기가 부러지고, 뼈가 으스러지고, 피가 튀고, 힘없이 꼬꾸라진다.

초인적인 의지조차 짓누르는 절대의 무위!

흑의무사들은 절망에 찬 표정으로 죽어갔다.

흑우령 제일대 이조장인 황은수는 두어 바퀴 구른 후에 몸을 일으켰다.

오른팔이 꺾어져 뼈가 드러났지만 고통을 느낄 틈도 없었다.

그는 비명 대신 악을 써서 외쳤다.

"대주! 이곳을 피하십시오!"

명위진은 핏발 선 눈을 부릅떴다.

그는 일양신마와의 격전을 벌이면서도 자신이 지금 뭘 하고 있는지 의식하지 못했다.

퍽!

일양신마의 일지가 어깨를 뚫고 지나가는데도 고통이 느껴지지 않았다.

수하들이 죽어간다. 너무도 어이없이 당하고 있다.

'이건 꿈이야!'

그렇게 믿고 싶을 정도다. 자신의 어깨에 뚫린 구멍도 꿈에서 깨어나며 멀쩡할 것 같았다.

"형님! 물러나십시오!"

그때 명위종의 전음이 귀청을 울렸다.

명위진은 몸을 뒤집어 일양신마의 지풍을 피하고는, 풍차처럼 휘돌며 이 장을 물러났다.

일양신마는 물러선 명위진을 바로 공격하지 않고, 공격 대신 분노를 담아 소리쳤다.

"네놈이 바로 명 형의 아들인 명위진이더냐?!"

일양신마의 목소리에 멍한 정신이 깨어났다.

갑자기 웃음이 나왔다.

"으하하하! 그렇소! 내가 바로 명위진이오, 일양신마 노선배!"

"네놈은 명 형이 왜 그리되었는지 정녕 몰라서 사우천에 몸을 담은 것이더냐?!"

"명가를 두려워하는 소인배를 모시는 사람이 무슨 말이 그리 많소! 그나마 당신을 노선배라 칭하는 것도 과거의 지푸라기 같은 인연 때문임을 알아야 할 것이오!"

"어리석은 놈! 네놈 때문에 명 형이 지하에서 울겠구나!"

"흥! 헛소리할 시간에 내 검이나 받아보시오!"

명위진은 검을 그러쥐고 다시 몸을 날렸다.

잠깐의 방심으로 어깨가 뚫렸다지만, 밀리고 싶은 마음은 없었다.

그리고 실제로 일양신마는 그보다 상수가 아니었다. 하수도 아니었지만.

만일 말도 안 되는 광경에 정신이 흐트러지지만 않았다면, 이토록 허무하게 어깨가 뚫리는 수모를 당하지는 않았을 터였다.

"형님!"

명위종의 전음이 다시 울렸다.

하지만 명위진은 다시 웃음을 터뜨리며 전력을 다한 일검을 내뻗었다.

"우하하하! 나의 검으로 명가의 마륜검을 평가하지는 말아야 할 거요, 단리 노선배!"

죽을 것이다.

이곳에서 수하들과 함께 죽을 때까지 싸울 것이다.

자신이 할 수 있는 일은 그것밖에 없었다.

'위종! 부디 명가의 한을 잊지 말아라!'

한편, 이무환은 남궁산산이 펼쳐 놓은 진세 안에서 상황 전체를 살피며 느긋이 싸움을 구경했다.

'흠, 자고로 구경은 싸움 구경과 불구경이 최고라 했지.'

일방적인 싸움이었다. 자신이 나설 것도 없었다.

한데 그렇게 싸움 구경을 할 때였다. 뭔가 이상한 점이 느껴졌다.

'숨어 있는 놈들은 왜 공격을 하지 않는 것이지?'

열 명 정도가 구릉 저편에 남아 있다.

특히 구릉 위에 서 있는 버드나무 뒤에서 느껴지는 기운은 적들 중 누구보다도 강한 기운이다.

상황이 불리해지면 나서겠지, 그렇게 생각했다.

그런데 절망적인 상황이 되도록 나올 생각을 않는다. 왜 나서지 않는 걸까? 나오면 죽을 것 같아 겁에 질린 것일까?

조금 이상한 점은 일양신마와 싸우는 자가 이들의 수장처럼 보인다는 것이다. 그렇다면 수장보다 강한 수하라는 말.

'잡아서 물어볼까?'

이무환은 진세 밖으로 나가기 위해 남궁산산을 바라보았다.

"꼬맹아, 여기에 저 장다리랑 함께 있어. 금방 갔다 올 테니까."

"예, 오빠. 걱정 말고 다녀오세요."

진세 안에는 두 사람만 있는 것이 아니었다.

상대적으로 무공이 떨어지는 신기영도 있었다.

입에서 침이 흐르는지도 모르고 구경하는 모습이 조금 덜 떨어진 것처럼 보였지만, 이무환은 그래서 더 안심이 되었다. 적어도 헛생각은 하지 않을 것 같아 보인 것이다.

"장다리, 상황이 끝날 때까지 여기에 있어."

"예? 예, 단주!"

"꼬맹이 말 잘 듣고."

“옙! 단주! 걱정 마십시오! 저는 아가씨의 말씀이 곧 하늘의 명이라 생각하고 있습니다!”

신기영은 이무환 덕분에 지난 십여 년간 수련한 것보다 더 많은 내공을 얻었다. 게다가 겨우 기초뿐이지만, 수류보라는 신비한 보법까지 익히는 중이었다.

신기영에게 이무환은 하늘이나 다름없는 것이다. 그러니… 이무환을 꼼짝 못하게 하는 남궁산산은 천상천일 수밖에.

‘장다리가 나보다 꼬맹이를 더 따르는 것 같단 말이야.’

이무환은 고개를 갸웃거리며 진세를 빠져나왔다.

바로 그때였다. 명위진이 신검합일한 채 일양신마를 향해 몸을 날리며 소리쳤다.

“위종! 가라! 어서!”

순간, 버드나무 뒤쪽에 있던 기운이 흔들리는가 싶더니, 갑자기 구릉 위에서 멀어진다.

“이런!”

이무환은 땅을 박차고 구릉 위를 향해 신형을 날렸다.

명위종은 눈에서 흘러나오는 눈물을 닦지도 않고 온 힘을 다해 몸을 날렸다.

형을 놔두고 온 죄책감에 미칠 것 같았다.

당장 돌아가서 죽을 때까지 싸우고 싶었다.

하지만 그것은 형의 바람과 어긋날 뿐만 아니라, 가문의 염원을 저버린 결과만 나올 뿐이다.

'크크크. 명위종아, 명위종아! 하늘을 비웃던 네 실력이 얼마나 보잘것없었는지 이제야 알겠느냐?!'

열혈마종 역부산이나 일양신마 단리 노인이야 문제될 것이 없었다. 그들 정도는 자신이 충분히 상대할 수 있는 자들이니까.

문제는, 정체를 알 수 없는 무리 속에서 움직이는 자들이었다. 그들에게 흑우령 제오대의 무사들이 대항 한 번 제대로 못 해보고 죽어갔다.

굳이 전력을 다한 모습을 볼 필요도 없었다. 가벼운 움직임만 봐도 알 것 같았다.

강가의 마른 갈대를 꺾듯이 일류 수준의 수하들을 처리하는 자들. 그들의 무위는 결코 자신의 아래가 아니었다.

그들 중 몇 명은 자신조차 그 정확한 실체를 알아볼 수 없을 정도였다.

그것은 절대의 능력이었다. 강호를 통틀어도 이삼십 명에 불과하다는 절대의 고수들만이 지녔다는 능력 말이다.

한데 그런 자들이 한둘이 아니었다. 네다섯 명이 그런 능력을 지니고 있었다. 게다가 그들에 비해 큰 차이를 보이지 않는 자들도 몇 명이나 되었다.

솔직히… 두려웠다. 두려워서 나갈 수가 없었다.

나가서 형이라도 구해와야 하는데, 나가면 자신마저 당할 것 같았다.

그것이 그를 더욱더 비참함에 빠지게 만들었다.

"형님!"

명위종을 하늘을 향해 외치며 이를 악물었다.

바로 그때였다. 낭랑한 목소리가 귀청을 울렸다.

"당신은 누구지? 왜 그냥 가는 거야?"

날듯이 달려가던 명위종의 몸이 휘청거렸다.

그는 휘청거리는 몸을 세우고 휙 고개를 돌렸다.

저 멀리, 자신이 몸을 숨기고 있었던 버드나무 옆에 한 사람이 서 있다.

족히 백여 장의 거리. 눈을 부릅뜬 명위종의 입이 자신도 모르게 반쯤 벌어졌다.

"조장님, 왜 그러십니까?"

흑우령 제오대의 일조원들이 걸음을 멈추고 걱정스런 표정으로 바라본다.

하지만 명위종은 말을 할 수가 없었다.

좀 전의 전음이 다시 그의 고막을 울린 것이다.

"대주라는 자의 동생인가? 원한다면 형의 목숨을 살려줄 수 있는데. 어때?"

명위종은 이를 악다물었다.

자신이 원해도 형이 원하지 않을 것이다.

그러나 차마 그 말을 할 수는 없었다. 그때 이무환의 전음이 이어졌다.

"조건은 간단해. 나중에 나하고 차나 한잔하자고. 알았지?"

동시에 이무환의 모습이 사라졌다.

명위종의 부릅뜬 눈이 파르르 떨렸다.

지금까지 보고 들은 모든 것이 꿈만 같았다.

"조장님, 빨리 이곳을 벗어나시는 게……."

조원들이 재촉한다.

명위종은 허탈한 마음에 하늘만 올려다보았다.

'누군가? 그는 누군가? 누구기에 백 장이 넘는 거리에서 전음을 자유자재로 보낸단 말인가?'

절대경지의 초입에 들어선 자신이라 해도 삼십 장의 거리가 한계다. 그런데 좀 전의 전음은 무려 백 장이 넘는 거리였다.

머리가 복잡해졌다.

정말 형을 살려줄까? 차나 한잔 마시자는 진짜 의도가 뭐지?

그의 입가에 묘한 웃음이 번졌다.

'크크크, 웃기는군. 정말 웃겨. 적의 한마디에 이토록 초라해질 수 있다니. 그런 놈이 무슨 사우천을 욕심내고 천하를…….'

그때 문득, 뇌리 한구석에서 엉뚱한 생각이 떠올랐다

'저자와 천주가 붙으면 어떻게 될까?'

서서히 명위종의 눈빛이 가라앉았다.

'천마교가 풍전등화라지만, 저들이 천마교를 돕는다면 사우천도 천마교를 쉽게 얻지 못할 것이다. 그래, 아직 절망할 때는 아니다. 혼란한 틈을 노린다면…….'

명위종은 표정을 추스르고 자신을 따라온 흑우령 일조의 대원들을 바라보았다.

일조의 대원들은 흑우령 오대의 기존 대원들이 아니다. 명가의 주축을 이루던 사람들의 후예들이다. 자신과 힘을 합쳐 명가에 희망의 불꽃을 일으킬 사람들인 것이다.

'저자들을 잘만 이용하면 불가능하지만은 않을지도……'

명위종의 눈빛이 다시 살아났다. 그는 구릉 쪽을 다시 한 번 바라보고 몸을 돌렸다.

"가자!"

그 시각.

흑의무사들 중 서 있는 사람은 한 사람도 없었다.

하긴 광룡단의 숫자는 사십여 명. 한 사람이 두 명을 상대할 필요도 없는 싸움이었다. 더구나 흑의무사들은 혈사단이나 잠풍련의 잔당들보다 약했다. 오래 끌고 싶어도 그럴 만한 상대가 아니었다.

싸움이 끝나자 천마교의 무사들은 부상자들을 손보고, 표사들은 주위를 정리했다.

그사이 광룡단은 표차 옆에 모여서 한곳을 바라보았다.

이무환이 역부산과 말다툼을 벌이며 목청을 높인다.

도대체 저 악귀가, 광룡이 왜 또 저러는 걸까?

모두들 그것이 궁금했다.

"죽일 필요까지는 없잖수?"

"우리 수하들이 열 명이나 죽었다! 놈도 죽어야 돼!"

“글쎄, 그건 역 형 사정이고, 약속한 것이 있어서 죽이면 안 된다니까요?”

“또 역 형?! 이 빌어먹을 놈이!”

역부산은 더 이상 참지 못했다. 일양신마가 아니라 교주가 말린다고 해도, 눈앞에 있는 얄미운 놈을 박살 내고 싶었다.

한참 싸울 때는 숨어 있다가 갑자기 나타나서 명위진을 채 가더니, 뭐라? 죽이지 말자고?

명위진이야 정신 잃고 다 죽어가는 놈이니 상관없었다.

하지만 얄미운 놈이 죽이지 말자고 하니 더 죽이고 싶었다. 거기다 대고 또 역 형이라고 부른다.

“에라이!”

역부산은 두 주먹을 불끈 쥐고 몸을 날렸다.

이무환의 얼굴이 코앞에 보인 순간, 그는 씩 웃으며 회심의 일격을 날렸다.

빡!

경쾌한 타격음이 고막을 울린다.

한데 이상하다. 너무 크게 울린다. 머리가 멍할 정도다.

거기다 갑자기 파란 하늘이 보이는가 싶더니, 점점 노랗게 변해간다.

‘어어어……’

털썩.

“쩝. 그러게 좀 참지, 왜 주먹을 휘둘러요?”

이무환은 큰대 자로 널브러진 역부산을 향해 혀를 차고는,

석상처럼 굳어 있는 일양신마를 향해 빙그레 웃었다.

"저 사람, 살려줘도 괜찮겠지요?"

일양신마가 딱딱하게 굳은 표정으로 이무환을 바라보았다.

열혈마종 역부산이 단 일수에, 그것도 손바닥에 얻어맞고 쓰러졌다. 도무지 눈으로 보고도 믿을 수 없는 일이었다.

하지만 그것도 조금 전에 본 광경에 비하면 아무것도 아니었다.

"자넨… 대체 누군가? 그리고 저들은 또 누군가?"

"그거 알려주면, 저 사람 살려줄 겁니까?"

일양신마는 이무환을 직시한 채 고개를 끄덕였다.

"그렇게 하지."

이무환이 씨익 웃으며 말했다.

"저는 이무환이라고 합니다. 제가 광룡단의 단주죠. 하, 하, 하."

"이무환? 광룡단?"

"뭐, 잘 모르시겠지만, 더 자세한 것은 나중에 알려주지요."

일양신마는 이무환을 뚫어지게 바라보더니, 천천히 고개를 돌려 활을 분해하고 있는 헌원숭을 바라보았다.

"그럼 딱 한 사람만 묻겠네. 저 사람, 혹시 헌원이라는 성을 쓰는 사람이 아닌가?"

"어? 어떻게 알았죠?"

순간, 일양신마의 눈이 파르르 떨렸다.

'여, 역시 생각대로 명부신사 헌원숭이었어!'

이곳에 오기까지는 활이 가죽 주머니에 넣어져 있어 알아보지 못했다. 하지만 탄궁을 하는 걸 보고 눈을 의심하지 않을 수 없었다.

화살이 없는데도 흑의무사들이 픽픽 쓰러지지 않던가.

자신이 아는 한, 그런 수법은 한 가지뿐이다.

기어시(氣御矢). 기화살 말이다.

천하에 기어시를 자연스럽게 시전할 수 있는 사람이 얼마나 될 것인가.

그래서 물어봤다. 한데 정말 명부신사란다.

문득 의문이 들었다.

헌원숭은 단주도 아니고, 조장도 아니다. 그저 조원일 뿐.

일양신마는 파르르 떨리는 눈으로 광룡단을 쓸어보았다.

그의 눈이 몇 사람에게서 잠시 멈췄다.

'맞아, 저자는 만겁궁의 삼존자 중 하나인 수라존자 염환이야. 그리고 저자는… 황산검호 담환…….'

그러다 소천득에게 멈춘 채 움직이지 않았다.

'저자, 들어본 적이 있는 것 같은… 흡, 설마, 절… 수?'

경악에 가슴이 울렁거렸다. 속이 답답해지고 목이 탁 메었다.

문제는… 천중십마 중 한 사람인 절명마수 소천득도 수장이 아니라는 것이었다.

'마, 맙소사! 어떻게 저들이 이곳에…….'

그는 눈을 질끈 감았다 떴다.

실실 웃고 있는 이무환이 보였다.

가만? 눈앞에 있는 얄미운 놈이 단주라 했던가?

'으으음, 비밀이라더니, 위장을 하기 위해 저놈을 단주로 내세운 건가?

그때 문득, 얄미운 놈이 말한 단체의 이름이 뒤늦게 뒤통수를 후려쳤다.

'가만, 광… 룡… 단?

동시에 심장이 툭 떨어지는 기분이 들었다.

第九章
잘못한 게 있으면 바로잡아야지

사상자를 수습하는 데 빈 시진가량이 걸렸다.

수습이 끝나자, 부상자와 명위진을 마차에 실은 표행은 곧장 동쪽으로 내달렸다.

본래 무향에서 하루 쉬고 갈 계획이었다. 하지만 기습을 받은 이상 예정대로 움직일 수만은 없었다.

태양이 파양호로 침몰할 즈음, 무향을 지나친 표행은 쉬지 않고 응담(鷹潭)까지 달렸다.

해시 초.

응담에서 비치는 불빛이 보이자, 표행의 선두를 달리던 사람들이 속도를 줄였다.

사람보다 말들이 더 지쳐 쓰러지기 직전이었다. 투레질을 하며 겨우 걸음을 옮기는 말들의 입에서 거품이 뚝뚝 떨어진다.

아마 조금만 더 달렸다면 쓰러졌을지도 몰랐다.

말들에게는 안되었지만 하는 수 없었다. 간단하게 손본 부상자들을 의원에게 보여야 했다.

한데 선두는 응담으로 들어가지 않고, 남쪽의 산 쪽으로 일행을 인도했다.

광룡단은 아무런 불평도 없이 그들을 따라갔다.

그들 대부분은 반나절의 시간을 번 것을 반겼다. 아마 밤을 새서 천마교까지 간다고 해도 전혀 불평을 하지 않았을 것이었다.

산 쪽으로 방향을 튼 지 이각.

선두가 얕은 산자락에 자리 잡은 한 채의 장원 앞에서 걸음을 멈추자, 목조룡이 앞으로 나가더니 장원의 문을 두드렸다.

탕! 탕! 탕!

잠시 후, 하인으로 보이는 자가 슬그머니 고개를 내밀었다.

"이 밤중에 뉘슈?"

그러다 밖에 서 있는 사람들과 마차를 보고 눈을 휘둥그렇게 떴다.

목조룡이 어쩔 줄 몰라 하고 있는 그를 향해 물었다.

"안에 장주께서 계시는가?"

"계시긴 합니다만……."

"남창의 목이(木二)가 뵙잖다고 전해주시게."

점잖은 인상의 목조룡이다. 게다가 뒤에는 날선 기운이 흘러나오는 수십 명의 무사가 늘어서 있다.

하인은 곧바로 고개를 숙이고 안으로 뛰어 들어갔다.

이무환은 뒷짐을 진 채 장원의 현판을 바라보았다.

'청풍산장(靑風山莊)이라…….'

평범하면서도 고아한 멋이 풍기는 이름이었다. 그래서 마음에 들었다.

'흠, 나도 장원을 산에다 지을까? 신풍산장? 아니면 비룡산장?'

이무환의 미래에 살 집의 이름을 생각하고 있을 때 몇 사람이 장원에서 나왔다.

앞장서 나온 자는 오십 초반의 중년인이었다. 날카롭게 뻗은 두 눈과 눈썹만 아니라면 그럭저럭 후덕해 보이는 인상이었는데, 그는 목조룡을 보더니 반색을 했다.

"어이구! 이게 누구신가? 남창의 목이제가 어인 일이신가?"

"안녕하셨습니까, 곡 형님?"

"나야 잘 지내고 있지. 한데……."

중년인은 뒤를 보더니 조금 굳은 표정으로 물었다.

"표행을 가는 길인가?"

"예, 천마교로 가던 중에 약간의 불상사가 있어서 성내로 못

들어가고 이곳으로 왔습니다. 저희 일행이 쉴 만한 곳이 있겠습니까?”

“허어! 대체 어떤 간 큰 놈이 천마교로 가는 천응의 물건을 건드렸단 말인가? 어서 들어오게. 아무리 비좁은 집이라지만, 자네 일행이 쉴 자리 정도는 있다네.”

“고맙습니다.”

장원의 정문이 활짝 열렸다. 마차와 표사, 광룡단이 안으로 들어가자 목조룡이 간단하게 상황을 설명했다.

“이곳은 저희 형님과 친분이 있으신 곡 형님의 장원입니다. 이곳에서 쉬고 내일 아침에 출발하도록 하겠습니다.”

그때 일양신마가 물었다.

“혹시 곡 형님이라는 사람이 청양비검 곡사원이 아닌가?”

“그렇습니다, 어르신.”

“우리가 천마교의 사람이라는 것을 밝힐 생각인가?”

“아닙니다. 지금은 누구도 믿을 수 없는 상황이니만큼, 형님이 알아보기 전에는 말하지 않을 작정입니다.”

일양신마가 고개를 끄덕였다.

청응비검(靑鷹秘劍) 곡사원.

그는 천마교 응담 분타주인 마응 진수동과 함께 응담쌍응(鷹潭雙鷹)이라 불리는 사람으로, 천마교와 어느 정도 연관이 있는 자였다.

평상시라면 정체를 밝히고 융숭한 대접을 받을 수 있을 터였다. 그러나 지금은 확실한 사람이 아니면 누구도 완전히 믿

을 수 없는 상황이었다. 물론 곡사원이 먼저 알아본다면 어쩔
수 없지만.

"의원은 어떻게 할 생각인가?"

"사람을 보내 응담에서 데려올 생각입니다."

"음, 조심하도록 하게. 놈들이 분명 응담에 염탐을 나와 있
을 것이야."

"알겠습니다, 어르신. 일단 들어가시지요."

일양신마는 안으로 들어가려다 말고 뒤를 바라보았다.

남궁산산과 재잘대고 있는 이무환이 보였다.

'후우… 복인지, 화인지…….'

그는 고개를 미약하게 저으며 걸음을 옮겼다.

오면서 이무환에 대해 확실히 알게 되었다.

'세상에… 저놈이 바로 진짜 광룡이라니!'

미친 호랑이를 끌고 가는 기분이었다.

그러나 어차피 여기까지 온 이상, 골머리를 싸매봐야 나오
지도 않을 결론이었다.

'좋은 쪽으로 생각하자, 좋은 쪽으로. 보기보다 덜 미친 것
같은데…….'

2

응담 남쪽 오십여 리 되는 곳에는 백여 개의 거대한 암봉이
달빛을 받아 괴괴하게 서 있었다.

그곳이 바로 장도롱이 도교 일맥인 정일교를 처음 일으켰다
는 도교 성지 용호산(龍虎山)이었다.

용호산에는 도교 성지답게 수많은 도궁과 사원들이 봉우리
사이사이마다 지어져 있었다.

태진궁도 그중 하나였는데, 용호산의 사원 중 다섯 손가락
안에 들어갈 정도로 규모가 컸다. 그곳에서 사는 사람만도 이
백 명이 넘는다 하니, 성내의 어지간히 큰 장원과 비교될 만한
규모였다.

한데 삼월의 어느 날 밤, 도를 닦기 위한 도인들의 거처 태
진궁에서 고함 소리가 터져 나왔다.

항상 마음을 가라앉혀야 할 도인이 내지른 소리라고는 믿을
수 없을 만큼 분노와 살기가 섞인 목소리였다.

하지만 태진궁에 사는 사람들 누구도 그 목소리에 짜증을
내지 않았다. 오히려 숨을 죽이고 혹시 있을지 모를 어떤 명령
을 기다렸다.

"명위진이 죽었단 말이냐?!"

흑의 도포를 걸친 도인이 벌떡 일어날 것 같은 자세로 대뜸
소리쳤다.

그 기세에 어둠을 밝히는 대황초의 불빛이 출렁였다.

무릎을 꿇고 있던 흑의중년인이 조심스럽게 입을 열었다.

"확실치는 않습니다만, 위종과 그의 조원들만이 돌아온 걸
로 봐서 그럴 가능성이 다분합니다, 령주."

"위종만 돌아왔다? 대주인 명위진은 놔두고 말이냐?"

"그렇습니다, 령주. 도저히 상대할 수 없을 것 같자 상황을 알리기 위해 도망쳤다 합니다."

"으음……."

흑의도인은 눈을 가늘게 뜨고 등을 의자에 기댔다.

눈엣가시 같던 명위진이 죽었다면 그야말로 대환영할 일이었다. 아마 소식이 알려지면, '천'의 수뇌들 중 몇은 몰래 축배라도 들 것이었다.

그런데 뭔가가 찜찜했다.

명위진은 결코 자신의 하수가 아니다. 하수는커녕 두려움을 느낄 정도로 강하다. 몇 년 만 지나면 자신이 상대가 되지 않을지도 몰랐다. 하기에 그를 한직에 처박아놓고 위로 오르지 못하게 막지 않을 수밖에 없었다.

그런 자가 죽었을지 모른다고 한다.

'상대가 일양신미와 열혈마종 여부산이라 했던가?'

두 사람의 협공이라면 명위진이라 해도 당하기 힘들었을 것이다.

하지만 몸조차 빼내지 못할 정도는 아니었을 터. 그는 그것이 찜찜했다.

"명위진의 임무가 뭐였지?"

"남창 일대의 순찰이었습니다."

"일양신마와 역부산이 남창에 왜 간 것인지 아느냐?"

"총교의 행사를 위한 중요 물품을 수송하는 책임자로 갔다고 합니다."

혹의도인의 이마에 주름이 졌다.

"구마신 중 한 사람과 십팔마종 중 한 사람이 기껏해야 수송 책임자로 갔다고?"

"총교에서는 역부산만 보내려 했는데, 마침 일양신마가 남창에 볼일이 있다고 해서 함께 보냈다는 말이 있었습니다."

"그게 다일까?"

"솔직히 말씀드리면, 뭔가 이상한 점이 있습니다."

"이상한 점? 뭔가?"

"일양신마는 지난 십여 년 동안 강호에 거의 나가지 않았습니다. 한데 갑자기 남창에 볼일이 있다는 게 좀……."

"흠, 다른 목적이 있을 수 있다, 그 말인가?"

"속하는 그리 생각하고 있습니다, 령주."

혹의도인의 눈에서 새파란 눈빛이 번뜩였다.

"적궁, 네가 직접 가서 철저히 조사해 봐라. 놈들이 정말 뭔가 다른 속셈이 있다면, 진현에 머물지 않고 응담으로 갔을지도 모른다. 그러니 응담에서 거꾸로 거슬러 가라. 혹시 모르니 일대와 이대를 모두 데려가도록."

적궁이라 불린 혹의중년인은 고개를 깊숙이 숙였다.

"알겠습니다, 령주."

3

흑우령의 일대와 이대는 곧장 웅담으로 향했다.

명위종은 일대주 적궁에게 함께 가겠다고 사정했다. 대주와 대원들의 복수를 하겠다는 이유를 대고.

"대주, 복수를 할 수 있도록 저희도 데려가 주십시오. 거치적거리지 않도록 떨어져서 움직이겠습니다."

적궁으로서도 거부할 이유가 없었다.

자신의 위치를 위협하던 명위진이 생사불명이고, 오대가 함께 전멸에 가까운 피해를 입었다. 일조 열 명은 곧 다른 대에 귀속될 터. 잘하면 자신의 대원이 열 명 늘어날지도 몰랐다.

"좋다. 하나 독자적인 행동을 하다 전체에 피해를 주게 되면, 네 목을 걸어야 할 것이다."

"예, 대주!"

명위종은 일단 그렇게 대답하고 적궁 일행에 합류했다.

그리고 적궁이 이끄는 일이 대와 이백여 장의 거리를 두고 움직였다.

한데 웅담에서 오 리 정도 떨어진 곳에 다다랐을 때였다.

명위종은 조원들의 걸음을 늦추게 하고 일이 대와 거리를 벌였다.

"왜 그러십니까, 조장?"

의아했는지 조원 중 하나가 나직이 물었다.

명위종은 그를 보지 않고 땅바닥만 바라본 채 입을 열었다.

"이게 뭘로 보이는가?"

"마차 바퀴 같습니다."

“적어도 서너 대 이상은 되겠지?”

“예, 조장.”

“이 길로 평소 마차가 많이 다닐 거라 보이는가?”

“관도는 저쪽인데, 이곳으로 다닐 이유가 있겠습니까?”

그 대답에 명위종이 싸늘한 웃음을 베어 물었다.

딱딱한 땅이 아니어서 마차 바퀴가 선명하다. 거기다 이지러지지도 않았다. 지나간 지 오래되지 않았다는 말.

적궁이 이끄는 흑우령의 일이 대는 이상하게 생각지 않았을 것이다. 자신이 적에 대해, 마차에 대해 말해주지 않았으니까.

'대량의 물건을 한밤에 수송했다는 것인데…… 이 근처에서 밤에 움직일 만한 자들이 있을까?

한 대도 아니고 서너 대 이상의 마차가 한꺼번에 지나갔다. 같은 일행이라는 말이다.

응담에 설령 그런 자들이 있다 해도, 그들이 이 길로 갈 이유가 없다. 이 길은 산으로 이어져 있으니까.

그렇다면 외부의 마차라는 말.

명위종의 뇌리에 천응표국의 마차 다섯 대가 떠올랐다.

“종원, 너는 마차의 바퀴를 따라 거꾸로 십 리 정도 간 다음 돌아와라. 나는 마차가 향한 곳으로 가겠다.”

“예, 조장.”

마차 바퀴 자국을 따라간 명위종은 한 채의 장원이 보이자 송림 속에 몸을 숨겼다.

　교교한 달빛이 고색창연한 장원의 지붕에 내려앉아 있다.
크지도 작지도 않은 장원이다.
　명위종은 현판을 보고 장원의 주인이 누군지 생각해 냈다.
　'청풍산장. 청양비검 곡사원이 장주로 있다는 곳이군.'
　마차 바퀴 자국이 장원으로 이어져 있다. 마차는 모두 장원
으로 들어간 듯했다.
　그는 그곳에서 오종원이 올 때까지 기다렸다.
　축시가 다 될 무렵, 거꾸로 거슬러 갔던 오종원이 돌아왔다.
　"바퀴 자국은 웅담으로 들어오는 곳에서 꺾어져 이곳으로
향했습니다, 조장. 속하가 자세히 세어본 바로는, 모두 다섯 대
인 것 같습니다."
　웅담에 들어가는 것을 피했다는 뜻. 게다가 다섯 대다.
　십중팔구는 천웅표국의 마차임이 분명했다.
　명위종은 싸늘한 눈빛으로 청풍산장을 바라보며, 이를 악물
고 몸을 일으켰다.
　서서히 가슴이 뛰었다.
　그는 형을 살려주겠다고 했다.
　정말 형이 살아 있을까?
　'안으로 들어가 확인해 보면 알겠지.'

4

　"으헛!"

이무환은 벌떡 일어나며 헛바람을 들이켰다.

"오빠, 왜 그래요?"

남궁산산이 눈을 비비며 물었다.

"어? 어, 아무것도 아니야."

이무환은 다급히 변명 아닌 변명을 하며 손을 저었다.

하지만 속은 싱숭생숭해서 쉽게 가라앉지 않았다.

'옥이가 머리를 풀어헤치고 울면서 나타났어. 왜 그런 모습으로 나타난 것이지?

꼬맹이와 함께 있는 걸 알고 슬퍼서 그런 걸까?

아니면 비룡도에 무슨 일이라도 생겼나?

혹시 아버지가 뭔 일 저지른 거 아냐?

도무지 마음이 가라앉지 않는다.

이무환은 침상에서 다리를 내리고, 팔꿈치를 허벅지에 올린 채 손으로 턱을 받쳤다.

'후우, 누구한테 해몽이라도 해달라고 해볼까?

그때 남궁산산이 슬그머니 뒤로 다가왔다.

그녀는 이무환이 아무런 움직임도 보이지 않고 생각에 잠겨 있자, 입꼬리를 말아 올리며 두 손을 들어 올렸다.

'우히히, 감히 나를 놔두고 딴생각을 하다니! 어디 혼나 봐라!

하지만 이무환은 그녀가 무슨 생각을 하는지도 모르고, 침상을 박차고 벌떡 일어났다.

남궁산산이 등을 덮침과 동시였다.

“와… 어……!”

이무환은 고개를 돌려 뒤를 바라보았다.

남궁산산의 둥근 엉덩이가 보였다.

“너 뭐 하냐?”

얼굴이 바닥에 부딪치는 것을 겨우 면한 남궁산산은 침상 아래에 꼬꾸라진 채 버둥거렸다.

“왜 그러고 있어? 자다가 떨어졌냐?”

“오, 오빠, 그, 그게……. 헤헤헤…….”

“근데… 그러고 있으니까, 우리 꼬맹이 엉덩이가 생각보다 크네?”

남궁산산이 겨우 상체를 일으키며 배시시 웃었다.

“아이도 낳을 수 있다니까요?”

“임마, 아이를 엉덩이로 낳냐? 배로 낳지?”

“…….”

남궁산산이 처음으로 대꾸를 못하고 멍하니 이무환을 바라보았다.

자신만만한 표정이다.

‘저, 정말 그렇게 알고……?

그때 이무환이 까불지 말라는 투로 몇 마디 더하고 고개를 돌렸다.

“자식이 말이야, 내가 그것도 모를 줄 알아? 얌전히 자고 있어, 잠깐 형님 좀 만나고 올 테니까.”

남궁산산의 입이 딱 벌어졌다.

'어쩐지……. 아이구, 이 멍청한 오빠야!!!'

그러다 이무환이 방을 나가자, 이불에 머리를 처박고 어깨를 들썩였다.

"끄으……. 깔깔깔깔깔깔."

방을 나선 이무환은 힐끔 뒤를 돌아다보았다.

'저게 왜 미친 망아지처럼 웃어대지?'

그렇다고 다시 들어가서 물어보기도 어정쩡했다.

이무환은 혀를 차며 걸음을 옮겼다.

"저렇게 홀쭉한 배로 어떻게 아이를 낳는다고……. 쯔쯔쯔."

안에서 들리던 웃음소리가 꺽꺽거리며 울음처럼 변했다.

이무환은 고개를 저으며 건너편 건물로 향했다.

'근데 아이가 어디로 나오는 거지? 어머니가 분명히 나를 배에서 낳았다고 하긴 했는데…….'

그렇게 이십여 장 떨어진 건물로 다가갈 때였다. 이무환은 서서히 걸음을 늦추고 힐끔 정문 쪽을 바라보았다.

'어쭈?'

입구 쪽에서 은밀한 움직임이 느껴진다. 제법 강한 기운이다. 절정의 경지를 훌쩍 건너뛴 기운.

이무환은 몸을 띄워 정원 한가운데 있는 나무에 몸을 숨겼다.

곧 한 줄기 흑영이 건물의 그림자에 몸을 숨긴 채 안으로 들어왔다.

놀라우리만치 은밀한 몸놀림이었다.

발자국 소리는커녕 스치는 바람 소리마저 나지 않는다.

절정의 경지를 훌쩍 뛰어넘는 신법이다.

이무환은 나무 위에서 흑영의 움직임을 자세히 관찰하고는, 곧 입가에 가느다란 미소를 베어 물었다.

'으흥! 난 또 누구라고.'

그때 건물의 그림자 속으로 움직이던 흑영이 갑자기 정원의 가운데를 향해 몸을 날렸다.

'어잉?

이무환의 얼굴에 환한 웃음이 떠올랐다.

나무 위로 내려앉은 명위종은 심장이 떨어지는 충격에 눈을 부릅떴다.

'허억!'

어둠 속에서 한 사람이 빙그레 웃는다.

해맑은 웃음. 조금도 악의가 없는 표정.

평상시라면 비밀을 지키기 위해서라도 단숨에 목숨을 취해야 했다. 그러나 너무 급작스런 상황에 명위종은 미처 손을 쓰지도 못하고 몸만 뒤로 뺐다.

바로 그때, 알 수 없는 기운이 그의 몸을 다시 잡아당겼다.

동시에 들려오는 목소리.

"일찍 왔네요?"

한 번 들어본 목소리다. 진현의 초원에서 들었던 그자의 목소리와 똑같다.

"다, 당신은?"

"그런데 어쩌죠? 차를 마시려면 조금 기다려야 하는데."

명위종의 눈빛이 찰나간 흔들렸다. 하지만 흔들림도 잠시, 눈빛을 차갑게 가라앉힌 그는 번개처럼 손을 뻗었다.

쉬익!

일 장의 거리. 천하의 누구도 자신의 손을 벗어날 수 없으리라는 자신감이 깃든 일수였다.

손가락을 쫙 편 그의 손이 이무환의 목을 움켜쥐었다 싶은 순간! 눈앞에 있던 얼굴이 환영처럼 스르르 사라졌다.

덥석!

허공을 움켜쥔 명위종의 안색이 급변했다.

분명 상대의 목을 잡았다 생각했는데, 손에 잡힌 것은 흘러가던 바람뿐이었다.

"성격이 급하군요. 나는 성격이 급한 사람은 별로 안 좋아하는데."

짜증이 묻어나는 목소리가 머리 위에서 들린다.

명위종은 번쩍 고개를 쳐들며 몸을 낮추었다.

이무환이 그의 바로 머리 위 나뭇가지에 앉아 있었다.

"한 번만 더 손 휘두르면 손목을 부러뜨리고 이야기를 나눌 테니, 그리 아쇼."

명위종은 더 이상의 공격은 생각도 못하고 입술만 깨물었다.

이무환은 무심한 눈으로 그를 내려다보고는 슬쩍 나뭇가지를 차고 몸을 날렸다.

"따라오쇼."

명위종은 거미줄에 걸린 날파리처럼 이무환을 따라 신형을 날렸다.

"이보쇼, 여기 주방이 어디요?"

이무환은 경비를 도는 무사를 만나자 주방의 위치를 물었다.

경비무사는 이무환의 위아래를 훑어보았다.

'처음 보는 놈이군.'

오늘 밤 처음 보는 사람은 오직 한 종류의 사람들밖에 없었다.

"천응표국의 표사요?"

일단은 그렇게 알려져 있는 상황. 이무환은 고개를 끄덕였다.

경비무사는 '천응표국도 참 사람 없군' 이란 생각을 하며 슬쩍 고갯짓을 했다.

"저곳으로 가보쇼. 밤이 늦긴 했지만, 상주하고 있는 하인이 있으니 식은 밥 정도는 얻어먹을 수 있을 거요."

이무환은 씩 웃어주고, 경비무사가 가리킨 주방 쪽으로 발길을 돌렸다. 명위종은 입을 꾹 다문 채 뒤만 따라갔다.

경비무사의 말마따나 주방에는 마침 하인이 있었다.

갑자기 많은 손님이 몰려오는 바람에 언제 어떤 음식을 만들지 모르는 일. 하인을 밤새 상주시킨 듯했다.

하인은 불씨를 보전하는 화로 앞에서 꾸벅꾸벅 졸다가, 인기척을 느끼고는 후다닥 일어났다.

"누, 누구신지요?"

"아이고, 이거 조는데 미안합니다. 찻잔 두 개만 좀 얻죠."

하인은 얼떨결에 두 개의 찻잔을 내주었다.

"물도 좀……."

"물은 저기에 있습니다요."

이무환은 하인이 가리킨 물독에서 바가지로 물을 떠 찻잔 두 개를 채웠다. 그러고는 손으로 움켜쥐고 잠시 기다렸다.

"됐군."

찻잔에서 김이 모락모락 피어오른다.

하인은 잠이 싹 달아난 눈으로 멍하니 그 모습을 바라보았다.

이무환은 품에서 작은 주머니를 꺼내더니, 그 안에서 찻잎을 조금씩 꺼내 찻잔에 집어넣었다.

곧 맑은 향이 주방에 퍼졌다.

이무환은 찻잔 하나를 명위종의 손에 쥐어주고는, 자신도 찻잔을 들고 주방을 나왔다.

주방 옆의 정원에는 작은 정자가 하나 지어져 있었다. 이무환은 반색하며 명위종을 향해 턱짓을 했다.

"어? 저기 좋은 데 있군. 저리 가서 이야기하죠."

이무환과 명위종이 나가자마자 하인은 즉시 찻잔을 하나 꺼내 물을 가득 담았다. 그리고 손으로 감싼 후 나직이 중얼거렸다.

"데워져라, 데워져라, 데워져라……."

정자에는 칠이 벗겨진 나무 의자가 네 개 놓여 있었다. 이무환은 나무 의자에 앉자마자 정자 일대를 진기로 감싸 소리를 차단했다.

아마 경비무사들이 바로 옆을 지나가다 보더라도 두 사람이 앉아서 말없이 차나 마시고 있는 줄 알 것이다.

그렇게 소리를 차단한 이무환은 차로 입술을 적시며 힐끔 주방을 바라보았다. 하인이 찻잔을 감싸고 중얼거리는 게 보였다.

이무환은 혀를 차며 명위종에게 물었다.

"쯔쯔쯔. 이보쇼, 저 사람이 뜨거운 차를 마실 수 있다고 보쇼?"

명위종은 이무환에게 시선을 고정시킨 채 고개만 저었다.

"왜 그렇게 생각하는 거요?"

"저 사람은 당신만 한 능력이 없소."

자신도 찻잔을 덥혀 물을 데울 수는 있다. 하지만 그토록 빠른 시간에, 그것도 장난하듯이 물을 끓게 할 수는 없다. 그야말로 극성에 이른 삼매진화가 아니면 불가능한 일인 것이다.

하거늘 일개 하인이 어찌 찻잔의 물을 데울 수 있단 말인가.

한데도 이무환은 빙그레 웃었다.

"물론 나하고 똑같은 방법을 쓸 수는 없겠죠. 하지만 저 사람은 자신만의 방법으로 차를 마실 거요. 차를 마시는데, 꼭 같은 방법으로만 마시라는 법은 없잖수?"

명위종의 눈빛이 또 한 번 흔들렸다.

그냥 단순히 차를 마시는 것에 대해 하는 말이 아니다.

'방법의 차이만 있을 뿐, 결과는 같다는 말인가?

이자는 무슨 뜻으로 그런 말을 하는 걸까?

그때 이무환이 차를 후루룩 반쯤 마시고는 물었다.

"낮에 싸울 때 일양신마라는 노인장이 하는 말 들었죠?"

명위종의 눈매가 잘게 떨렸다.

물론 그도 들었다. 너무나 생생하게.

"네놈은 명 형이 왜 그리되었는지 정녕 몰라서 사우천에 몸을 담은 것이더냐?!"

"어리석은 놈! 네놈 때문에 명 형이 지하에서 울겠구나!"

일양신마가 그 말을 했을 때, 비록 짧은 순간이나마 가슴이 울렁거렸다. 그래도 웃기는 소리라 생각했다.

그 일에 대해 형과 자신만큼 아는 사람이 누가 있을 것인가!

'위현이도 그 일에 대해서는 잘 알지 못한다. 집안이 붕괴된 십팔 년 전, 그 아이는 두 살에 불과했으니까.'

이를 지그시 악문 명위종이 입을 열었다.

"나는… 그의 말에 대해서 조금도 신경 쓰지 않소."

이무환은 무심하게 가라앉은 눈빛으로 명위종을 직시했다.

"때로는, 당사자가 미처 모르는 일이 있을 수도 있지요. 한 번의 잘못된 판단으로 돌아가신 분의 눈에 피눈물이 나게 하는 것보다는, 확인 차원에서 한 번쯤 뒤돌아보는 것도 나쁘지 않을 것 같소만."

명위종은 악다문 이가 으스러질 것 같은 목소리로 씹어뱉듯 말했다.

"당신은… 모르오. 그때 무슨 일이 있었는지."

"당연히 모르죠. 그런데 말입니다, 당신들이 알고 있는 것이 온전한 사실이라고 자신할 수 있습니까?"

"그렇소."

"천마교주가 단지 시기심 때문에 명가를 멸문시켰다, 그 말이죠?"

"물론."

"천마교의 주인조차 겁을 먹어야 할 정도로 명가가 대단했다, 그 말이군요. 천마교의 교주는 그만큼 형편없는 사람이고 말이죠."

비웃음조의 말투가 이어진다.

명위종의 얼굴이 벌게졌다. 당장 이무환의 얼굴을 향해 찻잔을 집어 던지고 싶은 표정이었다.

형의 목숨이 이무환의 손에 달려 있지만 않았다면, 아마 찻잔이 아니라 검을 뽑았을 것이었다. 그러나 형의 목숨이 걸려 있는 한은 가슴에 바늘을 꽂아서라도 참아야만 했다.

그는 이를 갈며 물었다.

"무슨 뜻으로 하는 말이오?"

이무환의 목소리가 고저없이 흘러나왔다. 왠지 차갑게 느껴지는 목소리였다.

"명가가 정말 그 정도로 대단했냐고 묻는 거요. 천마교의 주인 된 사람이, 천마교를 두 쪽 낼 각오를 해야 할 만큼, 명가가 그리도 위대한 가문이었다 생각하쇼?"

"그건……."

명위종의 얼굴이 서서히 일그러졌다.

솔직히 그 정도는 아니었다. 천마교도들의 신망을 얻어 순우가가 위협을 느낄 정도는 되었지만, 그렇다고 순우가를 능가할 정도는 아니었던 것이다.

이무환은 대답을 망설이는 명위종을 향해 한마디 더 물었다.

"일양신마에게 듣자 하니 명가의 신망이 대단했다고 하던데, 당시 명가를 따르던 사람들이 지금도 다 당신들을 따르고 있나요? 아닌가요? 얼마나 되죠? 반 정도 되나요?"

명위종의 볼살이 눈에 보일 정도로 떨렸다.

반이 아니라 이 할도 안 된다. 그나마도 적극적으로 돕는 사람은 일 할 정도밖에 되지 않는다.

명위종이 답을 못하자, 이무환은 어깨를 으쓱 추켜올렸다.

듣지 않아도 뻔했다.

아마 반은커녕 그 반도 안 될 것이었다. 사우천에 몸을 담은 채 기회를 엿보는 걸 보면 말이다.

"그들이 왜 당신들을 돕지 않는 걸까요? 그것에 대해서 생각해 봤나요?"

생각해 본 적이 없다. 단지 배덕자라 여겼을 뿐.

한데 이무환의 말을 자꾸 듣다 보니 뭔가가 가슴을 짓누른다.

절대불변이라 믿었던 믿음에 쩍쩍 금가는 소리가 들리는 듯하다.

명위종이 발악하듯 소리쳤다.

"내가 왜 당신에게 이런 말을 들어야 하는 것이오?!"

이무환은 한마디로 대답했다.

"잘못된 것이 있으면 바로잡아야 하니까."

"이 일은 우리 집안의 일이오! 왜? 왜 당신이 우리 일에 관여하는 것이오?!"

이무환은 한숨을 내쉬며 답답하다는 듯 말했다.

"후우… 내가 워낙 마음이 여리다 보니, 지켜보기 안타까워서 그러는 거요."

그러고는 찻잔에 남은 차를 단숨에 털어 넣었다.

광룡단원들이 들었다면, 아마 기가 막혀서 뒤로 넘어가고도 남을 말이었다.

하지만 명위종에게는 정말 그런 마음인 것처럼 들렸다.

정말 형과 자신이 잘못 알았던 걸까?

뭔가 다른 이유가 있었던 게 아닐까?

명위종의 마음이 혼돈에 빠진 것처럼 뒤죽박죽 엉켰다.

그때 이무환이 타이르듯이 말했다.

"한 번쯤 알아본다고 해서 거짓이 사실로 바뀌지는 않을 거 아뇨? 그러니 눈 딱 감고 자세히 알아보쇼. 돌아가신 분들 눈에서 피눈물이 나면 안 되지 않겠수?"

명위종은 눈을 질끈 감았다.

그러지 않고는 마음을 진정시킬 수 없을 것 같았다.

이무환은 마지막 점을 찍듯 조용히 입을 열었다.

"원한다면 우리가 도와줄 수도 있어요. 물론 당신의 형도 확실하게 회복시켜 주고 말이죠."

이무환과 얼굴을 마주친 지 이각 후.

명위종은 이무환을 따라 장원의 구석에 있는 방으로 들어갔다. 방 안의 침상에는 한 사람이 죽은 듯 누워 있었다. 형인 명위진이었다.

명위종은 침상에 누워 있는 명위진을 내려다보았다.

가슴에는 피로 붉게 물든 천이 둘러져 있고, 창백한 얼굴에는 핏기가 보이지 않았다.

가슴이 들썩이지 않았다면 죽었다 해도 과언이 아닌 몸이었다.

'형님, 형님의 말씀을 못 믿어서가 아닙니다. 모든 것을 보다 더 확실하게 하기 위해서입니다. 그리고… 형님이 다시 일

어나는 모습을 보고 싶어서입니다. 조금만 참고 기다려 주십시오.'

명위종은 눈앞이 뿌옇게 가려지자, 눈에 힘을 주고 고개를 들었다.

"원하는 것을 말해보시오. 그냥 도와주겠다는 것은 아닌 것 같소만."

이무환은 어깨를 으쓱 추켜올리고 별것 아니라는 듯 말했다.

"별것없어요. 사우천에 대해 아는 대로만 말해주면 돼요."

명위종이 이무환을 쏘아보았다.

"배신을 할 수는 없소. 다른 것을 요구하시오."

이무환은 꿈쩍도 하지 않고 몇 마디 덧붙였다.

"당신 형제는 사우천을 이용해서 한을 풀려고 했는지 모르지만, 사우천은 당신 형제들에게 이용당할 만큼 어리석은 자들만 있는 곳이 아닙니다. 오히려 그들은 명가의 후예인 당신들이 크는 것을 바라지 않을걸요?"

사실이 그랬다. 형만 봐도 그렇지 않던가.

명위종이 아무런 말도 못하자 이무환이 말을 이었다.

"내 이름을 걸고 약속하죠. 사우천이 무너지면, 무슨 일이 있어도 명가의 명예를 되찾게 해주죠."

무공이 강한 것은 안다. 절대경지에 근접한 자신보다 훨씬 강하다는 것을.

하지만 세상일은 무공만으로 다 해결되는 것이 아니었다.

"당신이 무슨 재주로……."

이무환이 차가운 미소를 지으며 명위종의 말을 끊었다.

"혹시 말입니다, 구룡성의 광룡이라는 사람에 대해 들어봤수?"

강호에 널리 알려진 이름은 아니지만, 그도 들어봤다. 최근 한 달 사이, 사우천의 수뇌부들이 모이기만 하면 술안주 하듯이 씹어댔으니까.

혼자서 구룡성을 뒤집어놓은 놈.

미친 듯이 날뛰어서 잠풍련을 부순 놈.

더러워서든, 체면 때문이든, 절대고수들조차 피한다는 놈.

소문으로는 겉보기와 달리 나이가 많아서 백 살이 넘을 거라는 말도 있다고 했다.

한데 그 미친놈의 이름을 왜 이 자리에서 거론하는 걸까?

명위종은 왠지 모르게 가슴이 답답해짐을 느끼며 입을 열었다.

"천외… 광룡 말이오?"

이무환이 씨익 웃으며, 손가락으로 자신의 코를 가리켰다.

굳이 많은 말이 필요없었다.

명위종은 창백하게 굳은 표정으로 눈을 부릅떴다.

광룡이…… 떴다!

명위종이 떠나자 이 방 저 방에서 사람들이 우르르 나왔다.

그가 누군지 정확히는 몰라도, 장원에 외부인이 들어오고, 이무환과 대화를 나눈 것 정도는 알고 있었던 듯했다.

호연청은 명위종이 사라진 곳을 잠깐 바라보고 이무환을 향해 고개를 돌렸다.

"누군가?"

"저 방에 있는 사람의 동생이죠."

흠칫 놀란 일양신마가 침중한 표정으로 물었다.

"그를 그냥 보내도 괜찮겠나?"

"저에게 말해주신 것, 분명한 사실이죠?"

청풍산장까지 오면서 이무환이 시시콜콜 캐물었다.

천마교의 비사였기에 처음에는 망설였다. 그러나 어찌나 집요하게 묻는지, 말해주지 않으면 나중에 어떤 일이 벌어져도 책임을 지지 않겠다고 하는데 어쩌란 말인가.

일양신마는 땡감을 베어 문 표정으로 고개를 끄덕였다.

"물론이네."

"그럼 걱정할 것 없어요. 사실이면 그는 돌아설 수밖에 없을 테니까요. 그렇게 멍청한 사람은 아닌 것 같거든요."

호연청이 말꼬리를 잡고 몰아세웠다.

"그래도 너무 쉽게 우리를 드러낸 것 아닌가? 조심에 조심을 기해도 모자랄 것이거늘, 어찌 그리 가볍게 노출시키는가?"

몇 사람이 동조하는 눈빛으로 이무환을 쏘아보았다.

'역시 아직 어려서 서툴기 짝이 없군' 이란 표정이다.

하지만 이무환은 태연하게 고개를 갸웃거렸다.

"노출요? 그냥 내가 누군가 하는 것만 말했는데요? 광룡단의 다른 사람에 대해서는 한마디도 안 했는데 뭘 노출시켰다는 거죠?"

"자네… 정체만 말했다고?"

"그럼 제가 다 말해주었다고 생각했습니까? 설마 그렇게 멍청한 생각을 한 것은 아니겠죠?"

그렇다고 하면 멍청한 사람이 될 판이다. 호연청은 길지도 않은 수염을 쓸어 만지며 헛기침을 했다.

"험, 나는 그냥 우려되어서 물었을 뿐이네."

쏘아보던 사람들도 슬며시 눈을 돌렸다.

그러면서도 '그것만으로도 저 사람은 간이 떨어졌을 거야'란 생각을 했다.

다행히 일양신마가 다시 질문을 던지면서 어색한 상황이 그냥 흘러갔다.

"한데, 대체 언제 저 사람을 안 것인가?"

"싸울 때 숨어 있었는데, 저에게 들켰죠. 그런데 도망가면서 형님이 어쩌고저쩌고 하더라고요. 그래서 형의 목숨을 담보로 만나자고 했죠. 이렇게 일찍 찾아올 줄은 저도 미처 몰랐지만요."

이무환은 말을 마치고 빙긋 웃었다.

광룡단원은 물론이고, 일양신마와 역부산마저 할 말을 잃었다.

어쩐지 명위진의 목숨을 끝까지 살려주자고 할 때 뭔가 이상하다 했더니, 그런 수작을 부려놓았을 줄이야!

第十章
흑우령(黑雨靈), 그리고 천마교(天魔敎)

용호산은 봄나들이 온 사람들과 사원에 소원을 빌기 위해
온 사람들로 북적였다.

한데 삼월 중순의 어느 날이었다. 태양이 중천으로 힘겹게
기어오르는 사시 초, 용호산을 감싸고 도는 강가에 사십여 명
의 무사가 나타났다.

천웅표국을 먼저 보내고, 남쪽으로 달려온 광룡단과 천마교
의 무사들이었다.

그들은 이십여 장 넓이의 강을 평지처럼 내딛으며 건너더
니, 암봉이 죽순처럼 솟은 용호산 안으로 순식간에 사라졌다.

그로부터 이각이 조금 못 되었을 때였다.

용호산 깊고 깊은 계곡의 깎아지른 듯한 절벽을 타고 비명

과 고함 소리가 메아리치기 시작했다.

일양신마와 역부산을 필두로 광룡단이 태진궁의 담장을 넘은 지 반 각. 태진궁 안에서 굉음과 비명과 악다구니가 끊임없이 흘러나왔다.

널따란 마당은 쓰러져 신음을 흘리는 도인들로 순식간에 가득 찼다.

쓰러진 자들은 모두 흑포를 입은 무사들이거나, 갈색 도포를 입은 도인들이었다.

하지만 그 도인들 중 진짜 도인은 하나도 없었다. 피를 갈구하는 살기를 번뜩이는 도인들이다.

광룡단은 이미 이들이 사우천 전위 세력 중 하나인 흑우령이라는 것을 알고 있기에 손에 사정을 두지 않았다.

특히 밀천회의 고수들은 그들을 향해 속에 쌓인 울화를 풀었다.

개개인이 십여 명을 때려눕히는 것쯤은 절대고수인 그들에게 어려울 것도 없는 일이었다.

오히려 자신들에게 대항하던 적이 다 쓰러지자, 다른 사람의 상대까지 넘봤다.

그렇게 일각, 서 있는 자들보다 쓰러진 자들이 훨씬 많아졌다.

공포에 질렸을 법한데도 흑우령의 무사들은 악을 쓰며 달려들었다.

　광룡단의 고수들은 그들의 굴하지 않는 저항 정신을 높게 사주며 흡족한 마음으로 때려눕혔다.

　"진정한 무사는 뒤로 물러서지 않는 법이지!"

　흑우령의 령주인 노웅사는 헛것을 본 것처럼 얼굴이 창백하게 굳어졌다.

　도무지 믿을 수가 없었다. 사우천의 전위 세력 중 하나인 흑우령이 손도 써보지 못하고 무너질 줄이야!

　일대와 이대가 없다지만, 노웅사에게는 그 사실이 조금도 위안이 되지 않았다.

　"네놈들은 누구더냐?! 웬 악귀들이 도인들의 수양장에서 살겁을 자행하는 것이더냐?!"

　노웅사의 일갈에 이무환이 피식 웃었다.

　"내가 악귀라고 불렸던 적은 있으니 그에 대해선 뭐라 하지 않겠는데, 이곳이 도인들의 수양장이라고? 차라리 마귀들의 소굴이라고 하는 게 낫지 않겠어?"

　"어린놈이 감히 어디서 나서는 게냐?!"

　"딱 보니까 이 마귀굴의 대장인가 본데, 당신이 흑우령의 령주라는 사람이야?"

　노웅사의 눈매가 파르르 떨렸다.

　"무, 무슨 말을 하는 것이냐?"

　"사우천에 흑우령이라는 곳이 있다고 하던데, 아냐?"

　"누가… 그런 헛소리를……?"

"초문광이라는 사람 알지? 혈사단의 단주 말이야. 그가 죽기 전에 알려주더군."

물론 그가 말한 것이 아니다. 명위종이 말했지.

하지만 노응사는 믿을 수밖에 없었다.

혈사단뿐 아니라 초문광이라는 이름까지 알고 있다. 강호에 전혀 알려지지 않은 그 이름마저 알고 있는 이상 흑우령에 대해 아는 것이 당연해 보였다.

하지만 그가 충격을 받은 것은, 이무환이 흑우령의 정체를 알고 있다는 것 때문이 아니었다.

"초문광이… 죽었다고?"

"며칠 전에 죽었지. 그리고 이제는 당신 차례야. 그러니 너무 억울해하지 말라고."

"헛소리! 그는 이곳에서 천 리 떨어진 곳에 있다. 하거늘, 며칠 전에 죽었다니! 흥! 네놈은 나를 바보로 아는구나!"

"당신 바보 맞아. 구궁산에 있는 혈사단을 치면서 초문광도 우리가 죽였거든."

"이놈!"

노응사는 노성을 내지르며 몸을 날렸다.

새파랗게 어린놈이 말끝마다 신경을 건드린다.

그는 이무환의 목을 단숨에 꺾어버려야 마음이 풀릴 것 같았다.

거리라고 해봐야 이 장여 정도. 어린놈의 목을 꺾는 것쯤이야 썩은 가지 부러뜨리는 것보다 쉬울 것처럼 보였다.

하지만 이무환은 결코 썩은 나뭇가지가 아니었다.

단단히 벼르고 있는 섭마섭존마저 손이 근질거리는 것을 참아야 할 만큼 질기고 단단했다.

쾅!

일장의 격돌.

노웅사의 신형은 날아가던 만큼이나 빠르게 튕겨졌다.

그게 끝이 아니었다.

이무환은 천광수뢰장으로 노웅사를 튕겨내고는, 따라가며 삼장을 내갈겼다.

노웅사는 눈을 부릅뜬 채 이무환의 장력을 악착같이 맞받았다.

'이 빌어먹을 새끼가!'

일 상의 거리를 둔 채 언이어 세 번의 격돌음이 울렸다.

쾅쾅쾅!

일 장에 손목이 부러지고, 이 장에 어깨가 뒤로 꺾어지더니, 삼 장에 가슴이 움푹 꺼졌다.

"커억!"

오 장 밖으로 나가떨어진 노웅사가 벌떡 일어났다.

"푸헉!"

그는 입에서 피분수가 뿜어내고는 비칠거리며 뒤로 물러났다. 쓰러지지 않으려고 안간힘을 쓰는 것이 안쓰러울 정도로 다리가 흔들렸다.

이무환은 더 이상 손을 쓰지 않고 주위를 둘러보았다.

그 잠깐 사이, 서 있던 사람은 이제 열 명도 채 남지 않은 상
태였다. 그나마 그들도 쓰러지기 직전이었다.

무기마저 집어넣은 채, 고요히 둘러서 있는 광룡단원은 그
들에게 넘지 못할 벽처럼 보일 터. 무기를 늘어뜨린 표정들이
죽어 나자빠진 사람들이나 별다르지 않았다.

그때 문득, 흑우령의 무사 둘을 때려눕히고, 살았는지 죽었
는지 발로 툭툭 차고 있는 역부산이 보였다.

이무환은 큰 소리로 그를 불렀다.

"역 형!"

역부산이 고개를 돌렸다. 역 형이라는 말에 조금도 거부감
이 없는 얼굴이었다.

"왜… 그런가?"

"저 사람 데리고 안으로 들어가죠. 몇 가지 물어볼 게 있는
데, 아무래도 말로 해서는 안 들어갈 것 같으니까, 대충 몇 군
데 부러뜨려서 데리고 오쇼."

"그러지."

역부산의 눈이 노옹사를 향해 돌아갔다.

평소라면 한 수 위의 고수가 바로 흑살마자 노옹사다. 일양
신마조차 승부를 장담하기 힘든 고수.

그러나 그것은 조금 전까지의 이야기였다.

'흐흐흐, 흑살마자 노옹사를 내 손으로 끌고 가는 날이 오다
니.'

역부산은 즐거운 미소를 흘리며 노옹사에게 다가갔다.

그러자 노응사가 안간힘을 다해 입을 열었다.

"뭘… 물어보고 싶은 것이… 냐? 나는 내 발로……."

순간이었다.

역부산이 펄쩍 몸을 날려 단숨에 사 장 거리를 좁히더니, 노응사의 이마를 후려쳤다.

이무환에게 자신이 맞을 때처럼!

서 있기도 힘든 노응사가 피하기에는 역부산의 동작이 너무 빨랐다. 아마 최근 들어 가장 빠른 몸놀림이었을 터였다.

퍽!

노응사를 내려놓은 역부산은 대들보만 바라보았다.

너무 세게 때렸는지 일각가량이 지나서야 노응사가 눈을 떴다. 그동안 사람들이 혀를 찰 것 같은 표정으로 역부산만 주시했다. 역부산으로선 아무도 보지 않는 곳에 시선을 둘 수밖에 없었다.

'지미, 나는 이각이나 정신을 잃었는데.'

그래도 이무환은 별 불만이 없었다.

그 일각 동안, 남궁산산이 사방을 뒤져 구해온 차를 두 잔이나 마셨으니까.

이무환은 노응사가 눈을 뜨자 곧바로 입을 열었다.

"시간이 없으니까 두 번 묻지 않을 거야. 잘 판단해서 대답해."

한쪽 이마가 벌게진 노응사가 억지로 몸을 일으켜 앉았다.

“차라리… 그냥 죽여라.”

“별로 어려운 대답은 아니야. 말해도 별 상관없는 것만 물어볼 거니까. 어때? 대답하고 살겠어, 아니면 그냥 죽겠어?”

노응사의 눈빛이 흔들렸다.

말해도 상관없는 질문이라고? 살려주겠다고?

이무환이 다시 말을 이었다. 담담한 말투로.

“사실 힘줄을 뽑고, 내가 아는 열두 가지 고문을 차례대로 하면 들을 수 있지만, 오늘 너무 많은 사람이 죽어가는 것을 봐서 특별히 봐준 거야.”

사람 힘줄 뽑는 것을 머리카락 한 올 뽑는 것보다 쉽게 말한다. 게다가 그 정도는 열두 가지 고문에 속하지도 않는 듯하다.

노응사는 처절한 고통 와중에도 몸이 사시나무처럼 떨렸다.

자신의 손목을 부러뜨리고, 어깨마저 부순 놈이다. 그것도 웃으면서.

그전에는 두 녕의 조장의 목을 수수깡처럼 부러뜨려 죽이지 않았던가. 귀찮게 덤빈다면서 말이다.

충분히 자기가 말한 대로 할 놈처럼 보였다.

혹시 저 미끈한 얼굴도 남의 껍질을 뒤집어쓴 것 아닐까?

그럴지도 몰랐다.

'악마 같은 새끼. 나보다 열 배는 더 독한 놈. 어린놈이 어떻게……!'

그때 이무환이 소곤거리듯 물었다.

"사우천에서 제일 강한 놈, 열 명만 말해봐. 그럼 살려주지."

노웅사는 움찔하며 눈을 들었다.

사우천에서 제일 강한 열 사람만 알려주면 살려준다고?

단 열 명의 이름.

그것 역시 아무에게나 말할 수 없는 비밀인 것만큼은 분명했다. 하나 다른 것에 비하면, 그 정도는 큰 비밀이라 할 것도 없었다.

"정말… 그것만 말하면… 살려주겠다는 것이냐?"

하지만 다른 사람들은 악마새끼와 의견이 다른 듯했다. 이 사람 저 사람 나서며 악마새끼의 의견에 반대한다.

"그 정도만으로 살려주기에는 너무 아깝지 않은가? 흑우령의 령주 정도년 알고 있는 것이 적지 않을 텐데."

"정 뭐하면 나에게 맡기게. 내가 저자에게서 그보다 세 배는 더 많은 정보를 뽑아내겠네."

"잘근잘근 조져서라도 최대한 많이 알아내야 하네. 그래야 빨리 일을 끝낼 수 있을 테니까 말이야."

자신을 잡아먹지 못해 한이라도 쌓은 목소리들이다.

어떤 일을 하려고 하는지 몰라도, 그 일을 최대한 빨리 끝내는 것만이 지상 최대의 목표인 듯 말한다.

더구나 듣는 것만으로도 등골이 오싹한 목소리로 나서는 자도 있다.

"단주, 속하가 손을 볼까요?"

"눈발, 네가?"

"찾아보면 톱이랑 망치가 있을 것 같습니다만. 몇 군데 잘라내고, 잘게 부수다 보면 입을 열지 않을 수 없을 겁니다."

"됐어. 저번에 이틀간이나 그렇게 했는데도 실패했잖아?"

"이번에는 반드시 성공하겠습니다, 단주! 맡겨주시지요!"

이무환은 못미더운 눈으로 엽상을 흘겨보고는, 노웅사를 향해 고개를 돌렸다.

몸을 하도 심하게 떨어서, 악다문 잇새로 거품 섞인 핏물이 줄줄 흐르고 있었다.

"에이, 그냥 처음대로 하자고. 이보쇼, 당신도 그게 좋겠지?"

노웅사는 정신없이 고개를 끄덕였다.

그러더니 다른 말이 나오기 전에 열 사람의 이름을 말했다.

열 사람의 이름을 다 말한 후, 노웅사의 입이 닫히자 이무환이 또 물었다.

"그럼 이제 그 사람들의 신상명세에 대해서 말해봐. 길게 말고 짧게. 물론 자세하면 더 좋고."

노웅사의 눈알이 좌우로 굴렀다.

이름만 말하면 되는 줄 알았다. 한데 더 자세한 것을 원한다. 그것은 정말 비밀 중의 비밀이거늘.

노웅사가 망설이자 이무환의 표정이 싸늘해졌다.

"왜? 싫어? 어이, 눈발!"

"예, 단주!"

"톱하고 망치 찾아와! 못하고 집게도 좀 찾아보고!"

"알겠습니다, 단주!"

"사람이 말이야, 좋게 대해주며 협조를 해야지 말이야. 어차
피 이름까지 밝혔으면, 그 사람들이 어떤 사람들인지 정도는
알려줘야 하는 거 아니겠어?"

틀린 말도 아니다. 더구나 고문 전문가처럼 보이는 놈이 톱
과 망치에 집게까지 찾으러 간 마당이다.

노웅사는 겨우 입을 벌려 대답했다.

"마, 말… 하겠소."

이무환의 질문은 그 후로도 조금 더 이어졌다.

"그 사람들 친구도 있지?"

"그 사람 무공에 대해 아는 거 있어?"

"혹시 그 사람들이 숨기고 있는 비밀 같은 거, 아는 거 없
어?"

"어? 너무 떨지 마. 살려준다니까? 정말이야."

그렇게 이각, 이무환의 질문이 대충 끝나자, 노웅사가 처음
이자 마지막으로 질문을 했다. 이를 갈면서.

"천하에 너처럼 더럽게 지독한 놈이 있다니……. 네놈은…
대체 누구냐?"

물론 이무환은 기분 좋게 대답해 주었다.

"나? 남들이 광룡이라고 부르지. 뭐, 천외광룡이라고 좋게

불러주는 사람도 있긴 한데, 나는 그냥 광룡이 편해.”

노웅사의 눈이 튀어나올 듯이 커졌다.

머릿속이 윙윙 울렸다.

“구, 구룡성의 미치광이……!”

노웅사는 그 말을 끝으로 정신을 잃었다.

그리고 재수가 없었는지, 뇌 속에서 핏줄이 터져 다시는 제정신을 찾지 못했다.

광룡단이 태진궁을 나선 것은, 태양이 용호산 머리꼭대기에 올라선 오시 정각이었다.

자신들이 떠난 후에 명위종이 올 것이었다. 뒤처리는 그가 할 터였다.

한데 광룡단이 태진궁을 나설 때였다. 이무환이 남궁산산을 보며 말했다.

“나는 마음도 좋아. 그래도 죽이지는 않았잖아? 하긴 차라리 미쳐서 사는 게 더 나을 거야. 그렇지, 꼬맹아?”

뒤를 따르던 사람들이 일제히 이무환의 뒤통수를 쳐다보았다. 그들 중 이무환이 마음씨 좋다는 데 동의하는 사람은 거의 없었다.

그렇다고 아주 없는 것도 아니었다.

“헤헤, 그래서 내가 오빠를 좋아한다니까.”

“단주야말로 인의대협의 표본이죠.”

“그걸 모르는 사람들이 바보 아니겠습니까?”

"음하하, 쌍도끼를 자식에게 물려줄 때 단주의 무용담을 들려줄 겁니다."

"저는 칠도회의 삼사를 살려줄 때부터 눈치챘습니다, 단주."

나머지 사람들은 그저 입을 꾹 다물고 걸음만 옮겼다.

그들은 이런저런 생각에 머리가 복잡했다.

'징그러운 놈. 열 명의 이름만 알려주면 된다고 해놓고, 온갖 비밀을 다 캐내다니. 수룡단에 왔을 때 저놈에 대해 먼저 파악했으면 이렇게까지 되지는 않았을 텐데……. 제기랄!'

'지미, 이 부러진 복수를 이대로 포기해야 하나?'

'아무래도 이들을 총교로 데려가면 안 될 것 같은데. 특히 광룡은……. 뭔가 큰일이 일어날지도…….'

2

용호산에서 천마교의 총교가 있는 무이산맥의 주산 황강산(黃崗山)까지는 오백 리 길이었다.

광룡단은 관도를 따라 가지 않고 보다 빠른 지름길을 택했다. 사우천의 눈길도 피할 겸, 한시라도 빨리 천마교에 도착하기 위함이었다.

흑우령이 무너진 사실을 사우천도 곧 알게 될 터. 그전에 천마교에 도착할 수만 있다면 그만큼 유리해질 거라 생각한 것이다.

태진궁을 출발한 지 이틀 후.

산을 넘고, 물을 건너고, 깎아지른 듯한 절곡으로 이루어진 협곡을 빙 돌아간 광룡단의 눈에 수백 장 절벽으로 이루어진 협곡이 보였다.

"이제 거의 다 왔네."

일양신마가 걸음을 늦추며 말했다.

첩첩산중의 산길을 달리다 보니 오백 리가 아니라 천 리를 온 것만 같았다. 그나마도 일행을 이끈 천마교의 호위들이 일대의 지리를 잘 알기에 이틀 만에 도착한 것이었다.

이무환은 그림처럼 펼쳐진 협곡을 바라보았다.

아무래도 길이 아닌 곳으로 수백 리를 오다 보니 편함과는 거리가 먼 행로였다. 잠도 절벽 밑 움푹 파인 곳에서 자고, 먹는 것도 대충 사냥을 해서 구워먹었다.

자신이야 별 상관없었다. 그보다 열 배 힘든 일도 비룡도에서의 생활을 생각하면 고생이라 할 것이 없었다.

문제는 남궁산산이 생각지 못한 고생을 했다는 것이었다. 자신이 돌봐주고, 신기영이 찰싹 달라붙어 일일이 챙겨주었지만, 그것도 한계가 있을 수밖에 없었다.

더구나 어젯밤부터는 비까지 내렸다.

유철상이 재빨리 나뭇가지를 꺾어 비바람을 막지 않았다면 병까지 들었을지도 몰랐다.

오죽하면 사람들이 있는데도 춥다면서 품속으로 파고들었

을까.

‘음음, 진짜 아파지려고 해서 그런 것이었을 거야.’

어쨌든 이제 목적지에 도착했다.

조금만 더 가면, 세상에 그 모습이 거의 알려지지 않았다는 천마교의 총교를 볼 수 있을 것이었다.

꼬맹이도 그 생각에, 어제의 고생을 모두 잊은 듯 밝은 표정이다.

이무환은 만족한 웃음을 지으며 물었다.

“저 협곡 안에 있나 보죠?”

“협곡을 지나가면 총교의 건물들이 보일 것이네. 이제 삼십 리 정도만 더 가면 되지.”

아직도 삼십 리를 더 가야 한다고? 그런데 왜 다 온 것처럼 말한 거요?

이무환이 그런 눈빛을 담아 일양신마를 째려보았다.

역부산은 이무환과 눈이 마주치기 전에 호위들을 닦달하며 먼저 출발했다.

“앞서라, 공호!”

협곡의 입구로 다가가자 십여 명의 무사가 양옆에서 나오더니 일행의 앞을 가로막았다. 천마교의 무사들이었다.

“정지! 그대들은 누군데 협곡을 통과하려는 건가?”

호위무사들 중 광룡단을 천웅표국으로 안내했던 장한, 공호가 그들에게 다가갔다.

몇 마디 말이 오가는가 싶더니, 경비무사들의 얼굴이 급격하게 굳어졌다.

고개를 돌린 그들은 다가오는 역부산을 보고 후다닥 뒤로 물러섰다.

공호가 한 말이라고는 그저 단순한 몇 마디뿐이었다.

"열혈마종 공께서 천웅표국의 표사들과 함께 오셨다. 길을 터라."

더 말할 필요도 없었다.

멋모르고 역부산의 앞을 막았다가 떡이 되어 나가떨어진 경비무사가 수십 명이다. 개중에는 순찰과 경비를 책임지는 마경당에 부임한 지 삼 일 만에 병신이 된 부당주도 있었다.

그러니 경비무사들에게는 일양신마보다 열혈마종이 훨씬 더 공포의 대상일 수밖에 없었다.

입구로 다가간 역부산이 인상을 쓰며 한마디 던졌다.

"경비 똑바로 서!"

"옙! 들어가십시오, 대공!"

역부산은 오랜 만에 기가 살아서 넓은 어깨를 쫙 펴고 걸어간다.

그때 십여 장 뒤쪽에서, 소곤거리듯 중얼거리는 소리가 들렸다. 이무환의 목소리였다.

"강아지도 자기 집 앞에서는 호랑이를 보고 짖는다던데."

빌어먹을!

그렇게 백여 장가량을 들어가자 양쪽 절벽의 위용이 점점 거대하게 일행을 짓눌렀다.

붉은 바위가 수백 장 높이로 솟아 있다.

반듯한 면은 하늘의 칼로 뚝 잘라낸 것만 같다.

게다가 그 길이 십 리를 뻗어 있다.

이무환의 입에서 절로 탄성이 터져 나올 정도다.

"이야! 진짜 굉장하군. 앞뒤를 막고 공격하면 도망갈 데도 없겠어. 아니지, 저 위에서 커다란 돌만 던져도 어지간한 적은 다 막아내겠는데?"

앞장서 가던 사람들은 움찔 어깨를 떨고, 뒤따라가던 사람들은 눈에서 강기를 쏘아낼 것처럼 노려보았다.

'꼭 말을 해도, 재수없게!'

'으이그, 저 인간 입을 확 한 대 쳐버리면 좋겠는데!'

'십 리 협곡을 지나려면 아직 멀었는데… 하여간 입방정하고는.'

대부분이 그런 마음이었다.

하지만 크게 염려하지는 않았다. 사우천에선 아직 자신들이 온 것을 알지 못할 것이었다.

설령 뭔가를 알았다 해도 이곳은 천마교의 영역이다. 자신들의 정체를 드러내면서까지 앞을 막지는 못할 터였다. 막는다 해도 별 상관이 없긴 했지만.

그렇게 백 장을 들어갔을 때였다.

이무환이 검지로 절벽 위를 가리키며 역부산에게 물었다.

"역 형, 근데 저 위에 있는 사람들은 식사를 어떻게 해결하는 거요? 미리 준비해서 올라가는 거요?"

역부산이 의아한 표정으로 되물었다.

"저 위에 있는 사람들? 누구 말인가? 저 위에는 아무도 없는 것으로 알고 있네만?"

"응? 아닌데? 절벽 위에 사람들이 제법 있는데? 한 이십 명쯤. 저 사람들도 천마교 사람들일 거 아뇨?"

이무환이 말하며 고개를 쳐들었다.

바로 그 순간!

"오빠! 달려!"

한 소리 빽 내지른 남궁산산이 이무환을 손을 잡아끌었다.

눈치라면 이무환도 남궁산산에 뒤떨어지지 않았다.

눈을 번쩍 뜬 그가 소리치며 몸을 날렸다.

"방울 소리 나게 달려서 이곳을 벗어나! 빨리!"

제일 먼저 광룡사위를 비롯한 일조가 달렸다.

다른 사람들도 얼떨결에 이무환을 따라 땅을 박찼다. 그와 동시였다.

우르릉.

갑자기 허공에서 천둥치는 소리가 들렸다.

사람들은 달리면서 일제히 하늘을 쳐다보았다.

하늘에서 바위가 쏟아진다. 개중 큰 것은 황소만 한 것도 있다.

백수십 장 높이에서 떨어지는 바위다. 제아무리 고수들이라도 해도 정통으로 맞으면 끽소리도 못한 채 어육이 될 것이었다.

기겁한 사람들이 두 다리에 전력을 쏟아부었다.

천둥벼락 같은 소리만 아니었다면, 정말 다리 사이에서 방울 소리가 들렸을지도 몰랐다.

"벽에 붙어서 달려!!!"

"빌어먹을! 내 이럴 줄 알았다니까!"

"저 재수없는 인간 때문에……!"

"제기랄! 진짜 정 안 든다!"

사람들은 앞으로 달리면서 한소리씩 해댔다.

이무흰도 정신이 없기는 마찬가지였다.

"꼬맹아! 내 손 꼭 잡아! 장다리! 빨리 따라와! 어이! 뭐 해?! 달려!"

우르르릉! 콰과과광!

절벽에 부딪치며 부서지고, 쪼개어진 바위들이 사방으로 튕겨진다.

우박처럼 쏟아지는 바윗덩이!

위에서 떨어지는 바위만이 사람들을 위협하는 것은 아니었다. 튕겨져서 옆으로 날아들고, 암반에 떨어져 다시 튀어 오르고, 떼굴떼굴 구르며 덮쳐 오는 것도 있다.

거기에 더해 조각조각 부서진 수천수만 개의 파편은 강전만큼이나 위협적이었다.

눈 깜짝할 사이, 뒤로 처진 천마교의 무사들 중 둘이 비명을 지를 새도 없이 커다란 바위에 깔려 버렸다.

몸이 반쯤 뭉개진 그들은 이미 즉사한 듯했다.

하지만 누구도 그들에게 신경 쓰지 않고 앞으로만 달렸다.

달리면서 무기를 빼 들고 전면과 측면과 상단을 보호했다.

다행이라면 절벽에 바짝 붙어 달린 덕에, 어느 쪽이든 한쪽만 막으면 된다는 것이었다.

검막과 도막, 장막 등 그들이 펼칠 수 있는 모든 방어막이 다 펼쳐졌다. 대부분은 강기로 막을 형성한 상태였다.

사방팔방에서 날카롭게 부서진 수만 조각의 파편이 날아드는데, 잘못 맞아 운신에 부담이 되면 큰일이었다.

걸음을 멈춘 순간 천하의 그 어떤 강적보다도 위협적인 돌덩이들이 그들을 덮칠 테니까.

따다다다당!

우르르릉! 콰과광!

콩 볶는 소리가 우렛소리와 뒤섞여 절벽에 메아리쳤다.

와중에 여기저기서 나직한 신음이 흘러나왔다. 그러나 걸음을 멈추는 자는 없었다.

사람들은 뒤를 돌아보지 않고, 그야말로 혼신의 공력을 다해 경공을 펼쳤다.

강궁을 떠난 화살도 그들보다 빠르지는 않을 것 같았다. 아마 그들 대부분이 평생 동안 오늘처럼 빨리 달려본 적이 거의 없었을 것이다.

한데도 달리는 사람들에게는 단 삼십여 장의 거리가 삼십 리보다 멀게 느껴졌다.

바위가 떨어지는 곳을 벗어나는 촌각의 시간이, 용호산에서 이곳까지 달려온 이틀보다 더 긴 것만 같았다.

사람들은 그곳을 벗어난 후에도 한참을 더 달렸다.

그들이 걸음을 멈춘 것은, 바위가 떨어지는 곳에서 이백여 장을 훌쩍 벗어난 후였다.

콰르르르르…….

뒤쪽에서는 우렛소리가 절벽을 울리며 메아리치고, 뿌연 먼지구름이 일어나고 있었다.

“후우…….”

“제기랄…….”

사람들은 안도의 한숨을 내쉬며 각기 자신들의 동료를 찾아보았다.

다행히 광룡단은 피해가 거의 없었다. 서너 명이 파편에 맞아 피를 흘리긴 해도 그리 심한 것 같지는 않았다.

그러나 다섯 남은 천마교의 무사 중 세 사람이 보이지 않았다. 두 사람이 바위에 깔린 것만 봤는데, 한 사람이 더 당한 듯했다.

거기다 다섯 명의 장로 호위무사 중 두 사람이 상당히 큰 상처를 입었다. 한 사람은 이곳까지 온 것이 신기할 정도로 다리가 크게 다친 상태였고, 한 사람은 어깨뼈가 완전히 부러진 듯했다.

그나마도 이 정도로 끝난 것이 다행이었다. 만약 바위가 계속 떨어졌다면, 상당히 많은 사람이 죽거나 다쳤을 것이었다.

"어떤 개자식들이!"

역부산이 욕을 하며 씨근덕거렸다. 눈앞에 범인이 있으면 당장 찢어 죽일 것 같은 기세였다.

하지만 그들을 잡으러 쫓아갈 수도 없는 일. 분을 삭이며 욕만 해댔다.

"똥물에 튀겨 죽일 놈들! 잡기만 해봐라! 가랑이를 찢어 죽일 테니까!"

한편, 이무환은 먼지구름이 이는 협곡에서 눈을 떼고 일양 신마를 바라보았다.

"저놈들이 우리가 누군지 알고 공격했다고 생각하쇼?"

"정확히는 모르고 있을 거네. 어쩌면 천웅표국의 행렬이 들어오는 줄 알고 공격했을지도 모르지."

그럴지도 몰랐다.

"하긴 알았다면 훨씬 더 넓게 공격을 했겠죠, 아니면 독이라도 던져 넣든지."

한데 그때다. 느닷없이 뒤통수가 찌릿찌릿했다.

이무환은 슬쩍 뒤를 돌아다봤다. 사람들이 슬그머니 눈을 돌리는 게 보였다.

"왜들 그런 눈으로 쳐다보는 거유?"

'몰라서 묻냐?' 몇 사람이 그런 눈빛으로 흘겨보았다.

그리고 몇 사람은, '그놈의 입방정 때문에 죽을 뻔했는데, 또……!' 그런 표정으로 허공을 바라보며 입만 오물거렸다.

이무환이 그들의 마음을 모를 리 없었다. 하지만 그보다 먼저 모두의 가슴에 각인시켜야 할 것이 있었다.

그는 가슴을 떡 펴고는, 자신을 원망하는 사람들에게 도리어 큰소리쳤다.

"오늘, 우리 꼬맹이하고 내 덕에 무사했다는 거, 잊지 마쇼! 은혜라고까지 할 건 없지만, 그래도 남자라면 이런 일은 잊는 게 아닙니다! 안 그렇습니까? 하, 하, 하!"

그건 사실이었다. 비록 찰나의 차이라 하나, 그 작은 차이가 얼마나 큰 것인지 모르는 사람은 없었다.

아마 다른 사람이었다면 정중하게 고맙다는 인사를 했을 터였다.

문제는 그렇게 말하는 사람이 이무환이라는 것이었다.

자신들이 아는 이무환이리면, 이 상황에서도 뭔가 대가를 바랄지 모를 일. 사람들은 넌지시 딴청을 부렸다.

"험, 누가 뭐라고 했나?"

호연청이 딴청을 피우며 몸을 돌리자, 소천득이 일양신마를 재촉했다.

"일양신마 선배, 죽은 사람은 안됐지만, 이제 갈 길을 가야 하지 않겠소?"

일양신마마저 발길을 서둘렀다.

"알겠소. 적이 언제 또 공격할지 모르니, 이만 출발하겠소이다.”

그 말이 핑계일 뿐인지, 아니면 정말 걱정되어서인지는 그만이 알 일이었다.

사람들이 우르르 일양신마를 따라 움직였다. 부상을 당한 사람들도 대충 상처를 돌보고 그 뒤를 따라갔다.

남은 사람들은 광룡 일조뿐.

이무환이 앞서가는 사람들의 뒤통수를 향해 중얼거렸다.

“사람들이 말이야, 고마운 줄 알면 뭐라도 주면서 고마움을 표시해야지, 쩨쩨하기는…….”

3

협곡을 빠져나간 후로도 이십 리를 더 들어갔다.

불쑥불쑥 숏은 암봉과 깎아지른 듯한 절벽이 간간이 보이고, 산봉과 산봉 사이는 수천 년 동안 자라온 나무들로 가득 찬 원시림이었다.

천마교로 가는 길은 그 원시림을 갈지자로 가르며 흐르는 물가에 나 있었다.

처음에는 오 리마다 천마교의 경비무사들과 마주치더니, 십 리를 가자 이백 장 간격으로 천마교의 경비무사들이 보였다.

그들은 역부산과 일양신마를 대하고는 감히 검문할 생각조차 못했다.

그렇게 고목들이 빽빽하게 들어선 계곡을 지나 능선에 올라

섰을 때다. 갑자기 앞이 탁 트였다.

순간 광룡단 모든 사람들의 눈이 커졌다.

무이산에서 뻗어 나온 산줄기가 우뚝 솟아오르는가 싶더니, 완만한 지세를 이루며 남북으로 길게 뻗어 있다.

좌우를 둘러봐도 그 끝이 보이지 않는 웅장한 산세(山勢)다.

한데 검은 띠처럼 보이는 담장이 바로 그 웅장한 산세의 산자락을 둘러싸고 있고, 백여 채의 건물이 그 안에 빽빽하게 들어서 있는 것이 아닌가.

삼층으로 지어진 건물도 십여 채가 넘어 보였고, 대부분이 이층 건물이었다. 대충 봐도 백여 채는 되는 건물이 산자락의 곳곳에 자리 잡고 있었다.

천하제일마세 천마교!

마침내, 마도 성지 천마교의 총교에 도착한 것이다.

이무환은 역부산과 일양신미를 따라가다 고개를 모로 틀었다.

'얼래?'

그들은 천마교의 정문 쪽으로 가지 않았다.

그거야 이해할 수 있는 일이었다. 최대한 사우천의 눈길을 피하겠다는 생각일 테니까.

하지만 눈에 보이는 광경만큼은 도저히 이해할 수가 없었다.

"이보쇼, 역 형."

“왜 그러는가?”

“저 넓은 길은 뭐요?”

이무환은 천마교의 정문 쪽이라 짐작되는 곳을 가리켰다.

그곳에는 마차 두 대가 다닐 정도로 넓은 길이 청석으로 잘 다듬어져 있었는데, 아래쪽으로 길게 뻗어 있었다.

“관도와 이어진 길이네.”

“그럼 우리가 온 길은……?”

“그야 뒷길이지.”

이무환의 눈이 가늘게 좁혀졌다.

산 넘고 물 건너며 고생은 고생대로 하고, 하마터면 돌에 깔려 묵사발이 날 뻔했다. 차라리 관도로 왔으면 그런 고생은 하지 않았을 게 아닌가.

“그러니까, 뒷길로 오다 벼락을 맞았다는 말이군요.”

조금 불안해진 역부산은 슬금슬금 일양신마의 옆으로 피했다. 일양신마 옆에 바짝 붙은 역부산이 만반의 준비를 갖추고서 대답했다.

“그냥 재수가 좀 없었을 뿐이네.”

“아하, 재수가 없어서 돌에 맞아 죽을 뻔했다, 그 말이죠?”

한데 이무환뿐만이 아니었다. 다른 사람들도 곱지 않은 눈으로 역부산과 일양신마를 노려보았다.

이무환이 한 번 미쳐서 역부산을 두들겨 팼으면, 하는 눈빛이었다.

이무환은 미치지도, 역부산을 패지도 않았다. 이곳이 천마교이기 때문만은 아니었다.

"제길, 생각보다 더 썩었나 보군."

사람들은 갑자기 내지른 이무환의 말에 의아한 표정을 지었다. 남궁산산이 이무환의 속내를 짐작하고 한마디 거들었다.

"어차피 아무도 믿을 생각은 아니었잖아요, 오빠."

"그건 그렇지. 가자, 꼬맹아. 뭐 하쇼? 안 들어갈 거요?"

그때 일양신마가 딱딱하게 굳은 표정으로 물었다.

"그게 무슨 뜻인가? 우리도 못 믿겠다는 건가?"

이무환은 평소와 달리 무심한 얼굴로 한 자 한 자 쿡쿡 못을 박듯이 물었다.

"우리가 뒷길로 올 거라는 것, 비밀이었을 것 아뇨? 그런데 오자마자 공격을 받았죠. 그렇죠?"

"그건 그렇네만……."

일양신마의 눈빛이 흔들렸다. 그제야 이무환의 말뜻을 알아들은 것이다.

이무환이 무심한 눈으로 일양신마를 직시한 채 나직이 말했다.

"아는 사람이 누구누군지, 아마 노인장은 알 거요. 지금은 바쁘니까 나중에 이야기해 주고, 일단은 안으로 들어갑시다."

일양신마는 이를 악물고 돌아섰다.

이번 일에 대해 자세히 아는 사람은 열 명도 채 되지 않는다. 만일 이무환의 추측이 사실이라면, 그 사람들 중에서 말이 새어나갔다는 뜻.

문제는, 그들이 모두 믿을 만한 사람들이라는 것이다.

'젠장할!'

4

고요함이 무겁게 대기를 짓누른다.

청삼중년인은 짓눌린 기운을 밀어내며 힘겹게 고개를 들었다. 그의 앞에는 핏빛만큼이나 붉은 적포를 걸친 초로인이 앉아 있었다.

그는 그의 상관이자, '천' 의 삼인자라 할 수 있는 사유전의 주인을 향해 조용히 입을 열었다.

"놈들이 안으로 들어왔습니다, 전주."

"놈들의 정체는 파악했는가?"

"아직⋯ 다만 구룡성에서 온 자들이고, 제법 강한 자들인 것만큼은 분명합니다."

"음, 교의 졸개들만 몇 죽고, 정작 죽여야 할 놈들은 한 놈도 죽이지 못했다고?"

"예, 전주. 부상을 입은 놈은 몇 되는 것 같습니다만."

적포초로인은 잠시 찻잔을 들어 입술을 적시고 나직이 물었다.

"천주께선 어찌할 생각이신지 아직 말이 없으신가?"

"외부의 세력을 끌어들인 걸 문제 삼아서, 이 기회에 모든 것을 해결하실 생각인 듯합니다."

"그것도 괜찮겠지. 더 길게 끌어봐야 좋을 것도 없으니까.
그래, 다른 사람들의 움직임은 어떤가?"

"전력을 집중시키고 명이 떨어지기를 기다리고 있습니다."

적포초로인의 입가에 잔잔한 웃음이 걸렸다.

"훗, 그럼 우리도 사람들을 모아야겠군."

"하온데……."

"뭔가?"

청삼중년인은 잠시 숨을 고르고 입을 열었다.

"그가 너무 많은 것을 요구하고 있습니다."

"너무 많은 것을 요구한다?"

"복건 쪽의 모든 권리를 넘겨주기를 바라고 있습니다."

적포초로인의 눈에서 싸늘한 한광이 일렁였다.

"살모사 같은 놈이 너무 많은 것을 바라는군."

"어찌하실 것인지요?"

"요랑(妖郎)이 놈을 사로잡은 것은 분명하겠지?"

청삼중년인의 얼굴에 비릿한 조소가 어렸다.

"요랑의 말대로라면, 제 부모도 팔아먹을 놈입니다."

"흥, 그래? 그럼 네가 적당히 말을 돌려서, 일단 놈의 뜻을
들어주는 것처럼 해라. 당장은 놈의 도움이 필요하니까."

"알겠습니다, 전주."

5

천마총교의 뒷문을 통과한 광룡단은 고색창연한 기와로 뒤덮인 삼층 전각으로 안내되었다.

역부산의 말에 의하면, 천마교의 군사전인 마월전에 딸린 부속 건물이라 했다. 아마 당분간 그곳에서 지내야 할 듯했다.

그리고 여장을 풀자마자 이무환은 남궁산산과 공손척과 염환과 모용상명을 대동하고 역부산과 일양신마를 따라 마월전으로 향했다.

원래 이무환은 염환이나 모용상명 대신, 호연청 등 밀천회의 절대고수들을 대동할 생각이었다.

이유야 단순했다. 그런 사람들을 수하로 거느리고 가면 더 멋지게 보일 것이 아닌가.

하지만 남궁산산이 반대해서 포기해야만 했다.

"어디에 적의 눈이 있는지 모르는데, 미리부터 다 보여줄 필요는 없어요."

아주 당연히, 호연청 등은 환영하며 남궁산산의 의견을 반겼다.

광룡과 잠시 떨어져 있는 것만으로도 세상의 공기가 맑게 느껴지거늘, 왜 따라가서 답답함을 자초한단 말인가.

불만이 없는 것은 아니었지만, 이무환도 남궁산산의 말이 옳다는 것을 부정하지 않았다.

그렇게 들어간 마월전은 생각보다 수수했다.

사방에 마귀들이 잔뜩 그려져 있고, 방에서 사이한 마기가 느껴질 줄 알았는데, 일반 대전이나 별다를 것이 없었다.

양쪽 벽에 커다랗게 그려진 아수라와 나찰이 눈에 띄었지만, 그 정도는 애교로 봐줄 만했다.

오히려 그보다는, 사방에 숨어서 눈을 번뜩이는 비밀 호위무사들이 더 신경에 거슬렸다.

'스물두 명이군.'

이무환이 숨어 있는 호위무사의 숫자를 대충 셀 즈음 역부산이 안쪽으로 발걸음을 옮겼다.

"이쪽으로 오시오."

아수라가 금실로 새겨진 검붉은 휘장이 전면에 보였다.

그 앞에는 검은 칠이 칠해져 유난히 육중해 보이는 서탁이 하나 놓여 있고, 방 중앙에는 여덟 명이 앉을 수 있는 탁자가 있었다.

상당히 큰 그 방에는 오지 한 사람만이 있었는데, 그는 서탁에서 뭔가를 보고 있었다.

일양신마와 역부산을 필두로 이무환 일행이 들어가자, 서탁 너머에 앉아 있던 사람이 고개를 들고 몸을 일으켰다.

그는 칠흑빛 장포를 입고, 머리에는 도관도 아니고, 유생건도 아닌 조금 묘하게 생긴 뾰족한 건을 쓰고 있었다.

나이는 오십 중반 정도로 보였는데, 얼굴이 깡마른데다가 하얘서 조금 사이하게 보이는 인상이었다.

아마 눈꼬리마저 아래로 처지지 않았다면, 마주 대하고 이야기하는 게 꺼려질 정도로 날카로운 눈빛을 지닌 자였다.

그가 바로 천마교의 태군사인 귀곡마유(鬼谷魔儒) 순우결이 었다.

"모시고 왔습니다, 태군사."

역부산이 고개를 숙이자, 순우결이 담담한 표정으로 입을 열었다.

"어서 오시오. 먼 길을 오느라 고생하셨소."

공손척이 먼저 포권을 취했다.

"또 뵙게 되었습니다, 태군사."

"이렇듯 내 부탁을 들어줘서 고맙네. 저분들을 소개 좀 시켜 주시겠나?"

순우결은 공손척에게 말을 거는 와중에도 이무환과 남궁산산을 묘한 눈으로 바라보았다.

공손척은 속으로 쓴웃음을 지으며 먼저 염환을 소개했다.

"만겁궁의 장로이신 염환 장로님이십니다."

염환이 포권을 취했다.

"염환이라 하오. 대천마교의 태군사를 뵙게 되어 영광이오."

순우결이 가볍게 놀란 표정으로 마주 포권을 취했다.

"허어, 만겁궁의 삼존자 중 한 분께서 오실 줄은 미처 몰랐소이다. 고맙소이다."

"별말씀을."

그때 공손척이 모용상명을 가리켰다.

“저 공자는 모용상명이라 합니다, 태군사.”

순우결은 담담히 모용상명을 바라보다가, 문득 그의 이름이 떠오른 듯 눈을 조금 크게 떴다.

“모용상명? 혹시… 잠천신룡 모용 공자가 아니신가?”

“강호의 친구들이 그렇게 불러주고 있긴 합니다만, 태군사께서 염두에 둘 정도의 사람은 아닙니다.”

“그게 무슨 말이신가? 차대의 강호를 이끌어갈 신룡을 어찌 염두에 두지 않을 수 있단 말인가? 허허허.”

순우결에게는 염환에 이어 잠천신룡의 출현이 뜻밖이지 않을 수 없었다.

자신이 가진 정보가 잘못되지 않았다면, 모용상명은 초절정의 경지를 넘어선 고수가 아니던가.

‘온 자들이 하나같이 고수라는 말을 들었는데, 이 정도의 고수가 몇 명만 섞여 있다면 상당한 도움이 되겠어.’

그러나 흡족한 마음도 잠시, 순우결은 의아해하는 눈으로 이무환과 남궁산산을 향해 눈을 돌렸다.

공손척이나 염환이나 모용상명은 두말할 것 없는 고수들이다. 그러니 이곳에 온 것을 충분히 이해할 수 있었다.

하지만 이제 스물 남짓한 이무환이나 열대여섯 정도로 보이는 남궁산산은 어떤 이유로 이곳에 왔는지, 천마교의 머리라는 그조차 판단할 수가 없었다.

‘뭔가 특별한 재주가 있는 아이들인가?

역부산과 일양신마는 순우결의 표정을 보고 묘한 쾌감을 느졌다.

천하제일의 모사라는 순우결이 저런 표정이라니!

두 사람은 슬그머니 눈을 돌리고 이무환이 직접 입을 열기만 기다렸다.

순우결에게 이무환의 정체를 미리 말해주지 않은 것이 조금 마음에 걸리기는 했다. 하지만 이무환이 절대 말하지 말라고 했으니 자신들도 할 말은 있었다.

공손척마저 두 사람을 소개하지 않자, 순우결이 먼저 공손척에게 물었다.

"저 두 어린 친구는 뉘신가?"

『광룡기』 8권 끝

뿌리를 찾아가는 목동 파소의 여행.
그 여정의 끝에서
검 든 자들의 고향 대무천향 (大武天鄕)을 만난다.

검객 단보, 그는 노래했다.

…모든 검 든 자들의 고향 무천향.
한초식의 검에 잠든 용이 깨어나고, 또 한초식의 검에 잠든 바다가 일어나네.
검의 흐름을 따라가다 보면 어느새, 세월도 잊어버리고, 사랑도 잊어버리고,
무공도 잊어버려…….
결국에는 자신조차 잊어버리는…….

은하의 가장 밝은 빛이 되어버린다는
그 무성(武星)들의 대지(大地).

아, 대무천향(大武天鄕)이여!

유행이 아닌 자유추구 -
WWW.chungeoram.com

Book Publishing CHUNGEORAM

閻王眞武
염왕진무

김석진 新무협 판타지 소설

"그, 그럼 어디서 오셨습니까?"
무심하게 고개를 돌리며 진무가 속삭이듯 말했다.

……지옥에서.

인간이라면 절대 익힐 수 없다는 강호삼대불가득!
그것에 얽힌 비사를 풀기 위해 그가 강호로 나섰다!
피처럼 붉은 무적의 강기, 혼돈혈애를 전신에 두르고
수라격체술과 염왕보로 천하를 질타하는 쾌남아, 진무!
염왕의 진실한 무학을 발현하여 무림삼패세와 고금십대천병을
이겨내고 속세의 악업을 심판하는 진정한 염왕이 되어라!

이제 강호는 진무의
일거수일투족에 열광한다!

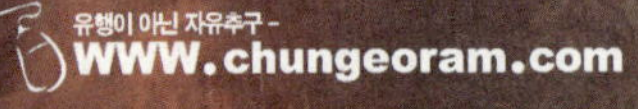

유행이 아닌 자유추구 -
WWW.chungeoram.com
Book Publishing CHUNGEORAM

絶代君臨

절대군림

장영훈 新무협 판타지 소설

문피아 골든베스트 1위, 선호작 베스트 1위

「표표무적」, 「일도양단」, 「마도쟁패」에 이은 장영훈의 네 번째 강호이야기.

절대군림

"왜 나를 선택했지?"
"당신은 좋은 어른이니까."

호북 제패를 시작으로 적어건의 강호 제패가 시작된다.

"비록 아버지의 강호가 옳다 해도, 난 어머니의 강호에서 살 거야.
아버지의 강호는 너무… 고리타분하거든."

왼손에는 군자검을, 오른손에는 지옥도를 든 천하제일 과일상 행운유수의 장남 적이건.
그의 유쾌하고 신나는 강호제패기

"문파를 세울 거야. 이 강호에서 가장 강하고 멋진."